新宿特別区警察署　Ｌの捜査官

吉川英梨

角川文庫
24031

目次

第一章　貝　女

自宅の防犯シャッターを開けた。暗い。

新井《あらい》琴音《ことね》は、椎茸《しいたけ》と三つ編みと真冬の早朝が大嫌いだった。一日の始まりなのに闇。冬の朝には、底知れぬ絶望感がある。

毎朝、四時半に起床する。一月十三日の今朝はまだ星が瞬《またた》いていた。歯を磨きながらテレビをつける。今日は成人の日だった。振袖姿の女性たちの華やかなイメージ映像が画面に映る。琴音は三十九歳だ。自分の成人式を懐かしく思い出すような年齢でもない。顔を洗う。セミロングの髪はくしで数回といただけで、ぱぱっと後ろに束ねる。

洗濯機から電子音がした。毎朝四時四十五分に洗い終わる。夫の敦《あつし》が階段を下りてきた。二重瞼《ふたえまぶた》の幅が、いつもより広くなっている。目が殆《ほとん》ど開いていない。夫と目を合わせることも、おはようと声をかけあうこともなかった。敦は洗濯物を干しに二階へ上がった。

琴音はパンを焼いてかじりながら、息子の弁当を作る。卵焼きと唐揚げには電車のモチーフのついたピックを突き刺した。

階段を上がり、息子の部屋に入った。

「虎太郎《こたろう》。そろそろ起きるよー」

紺色のランドセルを開ける。三連休の最終日だが、三日とも夫婦そろって仕事だった。小学校三年生の虎太郎は、土曜日は公立の学童に、日曜日と祝日は駅前にある民間学童に通う。

琴音はここのところ帰宅が遅く、学校や二つの学童の連絡帳を見ていなかった。配られたプリントや連絡帳三冊を引っ張り出す。

学校からは三学期の給食費納入案内のプリントがあった。学年だよりではインフルエンザが流行し始めていると報《しら》せている。クラスだよりでは宿題の指示の他、工作で使用するので空き箱を来週までに準備しておけとある。ＰＴＡからのプリントでは、学期末のお楽しみ会に参加するか否かの記入をして提出するようにとあった。公立の学童からは、三学期最終日のピザパーティの費用百八十円をおつりなく入れてくださいと封筒が入っている。民間学童のノートには着替え用の服のサイズがもう小さいので、取り換えるようにと指示があった。

琴音はもうパンクしそうだった。

敦が寒そうにワイシャツのボタンをとめながら、虎太郎の部屋を覗《のぞ》く。

「虎太郎、大丈夫か。さっきうなされてた」

怖い夢でも見ているのか。琴音は虎太郎を揺り起こした。ぼんやり目を開けた虎太郎の瞼が、くっきりとした二重になっていた。普段は琴音に似た切れ長の一重《ひとえ》瞼だ。寝不足だったり、熱を出したりすると、敦のような二重瞼になる。額に触れてみた。

熱い。

学年だよりの文面を思い出す。インフルエンザが流行し始めている……。

気がつくと、敦がいなくなっていた。大急ぎで一階へ下りる。敦の革靴がない。五時半に家を出れば職場に間に合うくせに、もう出勤したようだ。

逃げられた。

朝六時になるのを待って、琴音は今日から上司となる人物に電話した。

「朝早くに失礼します。本日より警視庁新宿特別区警察署、刑事課長代理を拝命しております、新井琴音警部です。初日早々、大変申し訳ないのですが、息子が熱を出しまして……」

警視庁第四方面本部、新宿特別区警察署。

歌舞伎《かぶき》町をはじめとする新宿の歓楽街のみを管轄する、新しい所轄署だ。

五年前、歓楽街のど真ん中にあった電力会社の変電所が二十階建てビルに建て替えられた。新宿角筈《つのはず》ビルという名前の頭文字から、STビルと呼ばれる。その十階から十五階に新宿特別区警察署が入る。住所としては歌舞伎町一丁目だ。ゴールデン街の南側に隣接しており、花園《はなぞの》神社の裏手にあたる。

かつてこの地には四谷署《よつや》の花園交番があった。変電所の建物の一部を間借りしているような交番だった。電力会社のビルに警視庁の所轄署が入ることになったのも、この地ではそんなにおかしいことではない。

新宿特別区警察署は、新宿署の管轄だった歌舞伎町、四谷署の管轄だった新宿二丁目、三丁目エリアを管轄する。地図上で見るといびつなL字になっているから、『新宿L署』と呼ばれることもある。管内に、LGBTタウンとしては世界一の規模を誇る新宿二丁目が入っているということもあるだろう。

かつては暴力団や中華系マフィアが幅を利かせていた歌舞伎町も、二〇〇〇年代に地元自治体と警察による追放運動でクリーン化された。

代わってこのエリアを闊歩《かっぽ》するようになったのは、外国人観光客だ。歌舞伎町は日本一の歓楽街として世界各国のTOKYOガイドブックに載っている。ホテルの数も多く、交通機関が充実しているので各観光地へのアクセスも良い。

一方で、外国人向けの店が実は少ない。英語の看板は増えていないし、英語のメニューすら置いていない店も多い。性風俗店などは肌の色であからさまにサービスを断るケースもあり、トラブルが多発していた。

かつてこの地を管轄していた新宿署は拠点が西新宿にある。歌舞伎町と西新宿は五本の線路が束になるJR線で分断されてしまっている。二丁目と三丁目の一部を管轄していた四谷署は新宿一丁目にあって地の利はあり、大規模所轄署に分類されるが、世界一のゲイタウンに成長した二丁目を充分に取り締まる力を持っていなかった。

これらに柔軟に対応するために五年前に誕生したのが、新宿特別区警察署だった。異動の内示を受けたとき、琴音は怖気《おじけ》づく一方で、昂《たかぶ》りもした。

警部という、警察組織の幹部のスタートを二十三区内の重要所轄署で始めることができる。組織が自分に期待をかけている証拠だ。

所轄署の中では階級が上のものは署長と副署長しかいない。横並びの課長、課長代理職はほかにも十人ほどいるから、その中では新米の琴音は立場が低い。それでも、層の分厚い刑事課は人数が多い。部下が百人近くもいる。張り切らないはずがない。

だが、異動はズレにズレ、年明けの成人の日が幹部デビューの日というへんてこりんな事態になった。警部昇任に伴い、警察大学校で学び直す必要があったのだが、全寮制であり、週末しか家に帰れない。虎太郎の子守を誰がするのか、その調整もあって入学も卒業も大幅に遅れてしまった。それで異動日も後ろ倒しになったのだ。

しかも、赴任初日からこのざまだ。

朝日がいつの間にか昼の日差しになっている。

琴音はバス停でバスを待ちながら、スマホで乗り換え案内の検索をする。署に到着できるのは、正午過ぎになりそうだった。

最寄りの本八幡《もとやわた》駅行きの路線バスに乗る。祝日なので、バスはガラガラだ。席に座り、目を閉じた。もう一日を終えたいと思うくらい、疲れている。

虎太郎はインフルエンザA型だった。休日診療窓口は大混雑で、高熱に浮かされる虎太郎を膝枕で寝かせながら、電話を掛け続けた。この後、虎太郎を看てくれる人をさがさないと、出勤できない。病児保育所はもう一杯だった。インフルエンザやノロが流行《はや》る冬の時期、当日連絡して預けられる施設はまずない。地元自治体の登録シッターも、あいていなかった。

仕方なく、義姉の武内真澄《たけうちますみ》を頼った。自宅から徒歩十分の距離に、家族五人で住んでいる。実弟の敦が頭を下げてくれればいいのに、電話が繋がらない。電話を掛けるとメールだけが届く。

〈ごめんいま張り込み中〉

夫の敦は、警視庁本部刑事部捜査一課の刑事だ。いまは東京湾岸《わんがん》署管内であがった水死体の捜査で忙しくしている。

終点の本八幡駅に到着し、JR線エリアを抜けて、都営地下鉄新宿線の階段を駆け下りる。電車に揺られること四十分、新宿三丁目駅で降りた。

時刻は十二時前。祝日ということもあり、人出が多い。観光客らしき外国人や若者の他、家族連れもいる。

靖国《やすくに》通りを右折し、花園交番通りに入る。車線はなく歩行者の多い路地だ。

STビルに到着した。ガラス張りの一階ロビーは三階まで吹き抜けで広々としている。正面玄関は回転扉方式だ。コンビニやカフェが入り、一見するとおしゃれなオフィスビルのようだった。

琴音はマフラーを取りながら回転扉に入った。

変な女が目につく。

琴音に手を振っている。待ち合わせしていた相手が来たみたいな様子だ。

この真冬のさなかにソフトクリームを食べている。黒いダウンコートの前を開けていて、アディダスの赤いジャージと、ひざ丈の黒いタイトスカートが見えた。足元は黒革のブーツだった。ヒールが十センチ近くはありそうだ。グッチのウエストポーチを肩から斜めがけにしているからか、両乳房が強調されて見える。

回転扉のガラス越しに、彼女が見える。円形に組まれたガラスのつなぎ目にその輪郭が何度でも崩れるのに、すぐまたもとに戻る。琴音はみとれた。

回転扉を抜けた。話しかけられる。

「新井琴音さん？」

「そう……ですけど」

彼女を頭のてっぺんから足の先まで見てしまう。ベリーショートの髪型は、ワックスで遊ばせているのか、手入れをしていなくてはねているのか、区別がつかない。二重瞼の大きな目は猫のように吊り上がる。口に真っ赤なルージュを引いていた。アイメイクはしていない。唇より目立つきらきらと輝いた瞳は、素のようだった。

「行こ」

女が琴音の手を引いた。ひどく熱い手だった。ソフトクリームを持つ方の手の指に、煙草《たばこ》まで挟んでいる。ロビーのすぐ先に喫煙所がある。

「あの、どちら様?」

彼女に引っ張られたまま、琴音は尋ねる。

「あ、今日から部下。よろしくね」

「え? 上司、ですか?」

そもそもこれが警察官か。

「違う違う。私の方が部下。あなたの」

——それ、上司に対する言葉遣い?

琴音は思ったが、言葉は呑み込んだ。初対面でいきなり部下にきつく当たりたくない。

「あの、ちゃんと、名乗ってくれるかしら」

「堂原六花《どうばらりっか》巡査部長でーす」

ふざけている。琴音は手を振りほどいた。

「私、一旦署に顔を出してから」

「いま行っても誰もいないって。新課長代理は息子がインフルで遅れてくるから、お前が連れて来いって。待ってたんだから」

彼女は喫煙所の灰皿に煙草を捨てた。いっきにソフトクリームのコーンを頬張る。

「どうして署に誰もいないの」

六花はもぐもぐ口を動かし、子供みたいな顔で言った。

「殺人。みんなもう臨場してる」

今度は琴音が、六花の手を取った。

「早く連れていって！」


現場は歌舞伎町一丁目にある地上二十八階建てのホテル・ドーリーだった。かつての新宿コマ劇場近くにある。琴音が学生時代は四方を映画館が囲んでいた。いま旧劇場前広場の突き当たりは工事中だ。ホテル・ドーリーはその右手に建っていた。現場は二十七階、ツインルームの中でも最上級のデラックスルームだった。琴音は六花と、高層階行きエレベーターに乗る。

「堂原さん、だっけ」

「六花でいいよ。みんなそう呼んでる」

言葉遣いは後で注意するとして、とにかく事件の概要を知りたい。尋ねた。

「一一二三《ヒトヒトニーサン》、歌舞伎町一丁目のホテル・ドーリー二十七階にて、ノコギリを持った男に従業員が襲われたという通報あり。歌舞伎町交番の警官三名が現場に駆けつけたところ、男はすでに逃走した後で、室内にはスーツケースに半分入った状態の全裸女性の遺体があった、というもの」

琴音は腕時計を見た。十二時十分。現場検証の立ち会いに間に合いそうで、ほっとする。

「凶器を持った男が逃走中なら、緊急配備は」

「とっく」

そっけない口調に、遅刻を咎《とが》められたように感じる。被害妄想か。

「堂原さん。誰に対してもその口のきき方？」

六花は、まあね、と得意げに笑った。彼女とは距離を置いた方が良さそうだ。価値観や生き方の違う相手は切り捨てる。

二十七階に到着した。琴音は防犯カメラの位置や場所を確認する。規制線の目の前で、騒ぐ中国人観光客らしき家族がいた。このタワーホテルはワンフロアに二十の部屋がある。現場となっている２７１７号室沿いの通路は塞がれていた。男性警官が、流暢《りゅうちょう》な中国語でやり返している。Ｌ署には語学堪能な警察官を多く配置していると聞いた。

六花に続き、琴音も規制線を抜ける。

「村下《むらした》さん、お姉さん連れてきたー」

開け放した扉の前に立っていた男が、振り返る。スキンヘッドにスーツ姿で、口周りに無精髭《ひげ》を生やす。村下久徳《ひさのり》刑事課長だ。琴音の直属の上司にあたる。新宿警察署の刑事課強行犯係で係長を長らく務めてきた。かつてはアジア系マフィアのヘッドですら、村下が通り過ぎると頭を下げたという。歌舞伎町の鬼刑事だった。

村下は、六花の馴《な》れ馴れしい態度を咎める様子もない。琴音に視線を投げてくる。琴音は背筋をピンと伸ばした。

「村下課長、初日から遅くなってしまって、大変申し訳ありません」

「事件は待ってくれないからな」

琴音にはずしりと来る言葉だ。

「いま鑑識が準備してる。板張ったら中入るから、準備しておけ」

琴音は鑑識作業員から、シューカバーやキャップを拝借した。手袋は常に持ち歩いている。トートバッグから出した。

現場は鑑識作業員以外、立ち入り厳禁だ。作業が終わっても警部補以下は、規制線の中には入れない。幹部も、板を敷いた上から現場をざっと見る程度だ。

2717号室の先の廊下で、パイプ椅子に腰かけて頭を冷やしている若い女性がいた。ノコギリで襲われたという従業員のようだ。事情聴取しているのは、強行犯係の木島昇《きじましょう》介《すけ》警部補だった。新天地で唯一の顔見知りだ。ほっとする。木島も琴音に気が付いた。眉だけ上げて微笑《ほほえ》む。

琴音は木島の背後に回り、一緒に聴取を聞いた。大きな背中だ。木島は警視庁レスリングクラブに所属していて、身長は一九〇センチ近い。

従業員がぼそぼそと説明する。

「清掃に入るとスーツケースがあって。人間の手足が生えているように見えました。驚いて部屋を出ようとして、若い男性とぶつかって……」

「この部屋に宿泊していた人物ですか」

木島が尋ねた。

「そこまではわかりません。悲鳴を上げたら、あちらもワーッと声を上げて、ノコギリみたいな銀色に光るもので頭を叩かれて」

見たところ、従業員は怪我をしていない。叩かれた部位を冷やしているだけだ。琴音は尋ねる。

「本当にノコギリでした？　金槌《かなづち》とかの鈍器ではなく？」

従業員は大きく首を横に振る。

「金槌なんて振られたらいまごろ生きてないですよ。ノコギリです。平べったかったし、痛くなかったので」

「では、なぜ冷やしてるんです？」

「支配人がわざわざ保冷剤を持ってきてくれたので、使わないと悪いかなって」

琴音は立ち上がり、誰にともなく言った。

「防犯カメラの確認はもう始まってるわよね。念のため、似顔絵も取りたい。署に似顔絵捜査官はいたかしら？」

確認します、と木島が短く答える。琴音は慌てて取り繕った。

「いえ、木島さんに命令したわけじゃ」

木島は苦笑いした。

「気にすんな。階級社会だよ。新井警部」

「そんな呼び方」

「琴ちゃんとはさすがに呼べねぇだろ」

木島は今年五十歳になるベテラン刑事だ。十五年前、刑事になりたてだった敦の世話役をしていた。結婚式では仲人《なこうど》を引き受けてくれた。そんな恩人の階級を、琴音は越してしまったのだ。

「旦那は元気か」

琴音はただ、肩をすくめた。

「虎太郎はいくつになった？」

「春には小四になります」

木島は穏やかな表情ながら、琴音を見る目に憐憫《れんびん》があった。敦とはしょっちゅう飲みに行っているから、家庭の様子を知っているだろう。多忙故《ゆえ》のすれ違いで、夫婦仲がぎくしゃくしていることも。

琴音は仲人だけでなく、夫の階級も越した。

敦はまだ警部補だ。捜査一課十係の班長として、部下の数は四人のみだ。

「ホトケがあるなら、捜本《そうほん》、立ちますよね」

琴音はため息混じりに、木島に尋ねた。

「俺に訊くなよ。幹部のあんたの判断だろ」

「いえ……本部が来るとなると」

夫のいる十係に招集がかかったら、琴音は捜査本部で夫を見下ろさなくてはならない。

「まあなー。そろそろ湾岸署の案件も送検が済んで解散だろうし」

「えっ。もう送検なんですか」

今朝のメールには〈張り込み中〉とあった。容疑者を逮捕して送検するとなったら、あとは裏取り捜査だけだ。張り込みするはずがない。琴音の反応に、木島が目を泳がせた。何かに足を引っかけ、転びそうになる。

六花が27117号室の入口で四つん這《ば》いになっていた。尻を大胆にこちらに向けている。

「おい！　こんなとこでそんな恰好《かっこう》すんなよ」

木島は、いまにも六花の尻を蹴り飛ばしそうな勢いだ。六花は謝罪もせず立ち上がる。

「これ、ここに落ちてた」

格安量販店、ドンキー・マジックの黄色いビニール袋だ。現場から一キロメートル圏内に四店舗ある。二十四時間営業の免税店だから、訪日外国人が多く訪れる。六花が袋の中を見た。レシートが一枚入っている。

「靖国通り沿いの店舗だね。今日十時半に千円のノコギリを購入したみたい」

犯人が購入したものか。

「清掃係の子が無傷だったのは、ノコギリ買ったばっかりだったからだろうね。刃がケースに入ったままだった」

琴音はすぐさま指示した。

「堂原さん、すぐドンキー・マジックへ行って防犯カメラを確認。犯人写っているところは押収して」

「令状は」

「今日中には出すと伝えて。渋ったら、くれぐれも上書き消去しないようにと」

村下に呼ばれる。

「新井。中入るぞ」

琴音はバッグからヘアキャップを出し、かぶる。後ろでひとつに束ねただけの髪を、キャップの中に詰め込んだ。部屋の入口の規制線をくぐる。

扉は開けっ放しだ。廊下の喧騒《けんそう》が届くが、人が死んでいる空間だ。独特の緊張感と静謐《せいひつ》さがある。鑑識が渡した板の上を、シューカバーをかぶせたパンプスの足でそうっと歩く。デラックスルームとはいえ、四十平米《すす》ほどしかない。入ってすぐ右手にバスルームがある。焦げ臭かった。壁に黒い煤がついている。鑑識係長が説明した。

「湯船の中に半分燃えた状態の衣類がありました。女性用の下着やスカートなどで、ガイシャが身に着けていたものかと」

被害者の持ち物を処分しようと、犯人が風呂場で火をつけたか。

「火災報知機は鳴ったんですか」

「いいえ。火が大きくなる前に、シャワーの水で消し止めたんでしょう。だから中途半端に燃えカスが残っている」

「ちなみにこの部屋の宿泊客は……。すみません、いまさらこんな質問」

村下が淡々と答える。

「一昨日《おととい》から、鳥取県の母子が連泊している。死体は母親の方だ」

中尾《なかお》美沙子《みさこ》、四十三歳と、息子の中尾尚人《なおと》、十八歳。住所は鳥取県鳥取市。

琴音は改めて、部屋を見回した。

大きな窓は東を向いている。歌舞伎町や新宿三丁目、二丁目エリアを一望できる高さだが、向かいの高層ホテルが邪魔で見晴らしはよくない。北側にバッティングセンターのネットが見える。職安通りを挟んだ新大久保《しんおおくぼ》あたりまで見渡せるが、南側はドコモタワーまでだ。

部屋はTOHOシネマズのゴジラヘッドを見下ろす高さにある。下から見ると大迫力のゴジラヘッドも、上から見ると頭しかないのがよくわかる。

絨毯《じゅうたん》の上に、電気ケトルが落ちていた。湯の注ぎ口から側面にかけて陥没している。血の付着が見えた。

ベッドの上は衣類や化粧品、参考書などの書籍が山積みになっていた。赤本が見える。一流大学のものだ。大学受験のために上京してきた親子だろうか。

ベッドの脇に、無造作にスーツケースが置かれている。琴音はスーツケースの前でしやがんだ。

従業員女性の〝スーツケースから手足が生えたよう〟は言い得て妙だった。海底の巨大な貝が、水管や足を外に出しているかのようだ。右足は持ち手のある方に投げ出されているが、左足はスーツケースの中に納まっていた。立て膝で、スーツケースの蓋を支えている。両手ともスーツケースの中に入っていて見えない。首は出てしまっている。ボブカットの髪は上品なダークブラウンに染められている。

「検視はこれからですが、後頭部に外傷が見られます」

鑑識係長が言った。

「あれで後頭部を殴られたことによる頭部外傷が死因か」

村下が電気ケトルを見た。「恐らくは」と鑑識係長が頷《うなず》く。

「大型スーツケースといえど、小柄でない限り、成人女性の体を詰め込むのは至難の業だ」

「切断しないと納まらないでしょうね」

それでノコギリを買いに走ったか。

いきなり誰かが琴音の両肩をつかんだ。寄りかかるように背伸びして、室内の様子を見ている。こんな馴れ馴れしいことをするのは、六花だ。彼女と出会ってまだ一時間も経っていないが、もうその性格がなんとなくわかる。

「堂原さん、まだ巡査部長でしょ。中に入っちゃだめ」

「でも気になるものが」

「ドンキー・マジックの聞き込みは」

「ついでに聞き込みできるかもしれないじゃん。あれ」

六花が、ベッドサイドを指さした。備え付けのランプシェードとティッシュボックスの間に、筒状の白いプラスチックが転がっていた。巨大なリップスティックみたいな形だ。アルファベットのロゴが入っていた。

「ドンキー・マジックでも売ってるよね」

村下は謎の物体に目を留めたが、なにも言わずに立ち去った。規制線の脇で、木島が腕を組み、肩を揺らしている。

「琴ちゃん気をつけろよ。その女、真性レズだから」

六花がぱっと琴音から離れた。笑いながら木島に言う。

「ひどーい。アウティングした」

「公然の事実だろ」

規制線を出た村下が、木島を注意した。

「本人が公にしていない性的指向などの秘密を勝手に言うことを、アウティングという」

「知ってますよ。何年こいつの面倒を見ていると」

木島が六花を一瞥《いちべつ》する。村下が続けた。

「アウティングで自殺した人もいる。それからレズって言葉も差別的に捉えられる。気をつけろ」

木島は黙礼し咳払いしたが、六花には眉毛を上げて睨《にら》む。この二人は犬猿の仲か。

琴音は鑑識係員に指示し、ベッドサイドの方へ板を渡してもらった。六花には再度、規制線の外に出るように注意した。彼女は木島の隣に立つ。二人は睨み合ったあと、ぶっと噴き合った。六花が木島の胸をパンチする。木島は六花の尻を叩いた。犬猿の仲ではなくただの仲良しか。平気で女の尻を叩く、女は抗議しない、とみると男女の仲かと疑いたくなるが、六花はレズビアンらしい……。

琴音はベッドサイドに近づき、プラスチックの筒に顔を近づけた。黒く汚れている。指紋採取した後だろう。鑑識係員に尋ねた。

「これ、手に取っても？」

鑑識係員が変な顔をした。琴音は顔を近づけ、よく観察する。木島が慌てた様子で言った。

「琴ちゃん、触るな」

「もう鑑識作業済みですよ。これがなんなのか、調べないと――」

「いやいや。女性が触れるもんじゃない」

「これがなにか、知っているんですか」

木島は顔を赤くした。

「えーっと。その……」

六花が真顔で言った。
「それ、オナホールだよ。使用済み」
琴音は悲鳴を上げて、それを落とした。

現場検証後、琴音はやっと新宿特別区警察署のフロアに初出勤した。四基あるエレベーターのうち二つが、ガラス張りだ。箱が琴音を高層階へ吸い上げていく。管内を広く見渡せるようになった。

ゴールデン街の古い屋根が連なる向こうには東京新宿天然温泉テルマー湯がある。中伊豆《なかいず》から毎日、天然温泉を運搬しているスーパー銭湯だ。東側には花園神社の社殿の瓦《かわら》屋根が見えた。芸能事務所の東京本社の他、歌舞伎町の東側にはホストクラブがひしめく。ソープランド等の性風俗店は西側に乱立している。東側にホストクラブが集中しているのは、文化施設の周辺に性風俗店を出店できないという法律のせいだ。新宿区役所内に図書館の分室ができたことで、歌舞伎町の東側に性風俗店の出店ができなくなった。ホストクラブは現在の法律上、性風俗店の扱いにはなっていない。

刑事課は十一階フロアにあった。生活安全課と隣り合っている。刑事課には木島や六花のいる強行犯係に五つの班があり、他に盗犯、詐欺担当の係がある。

署長をはじめとする幹部、各課へのあいさつ回りなどしている暇もなかった。捜査本部設置のため、右へ左へ動く刑事たちでフロアは落ち着きがない。デスクについてひと休みできる空気ではなかった。

琴音はトイレの個室に入る。便座の蓋の上に座って、ため息をついた。

所轄署に捜査本部が設置されると署員はてんてこまいだ。捜査資料を人数分準備したり、泊まり込みする刑事のために、道場の布団を干しておく。食事、飲み物の準備など、買い出しもひと苦労だ。強行犯係は捜査に集中していればいいが、琴音は幹部だから末端捜査員たちが捜査に集中できる環境を整えてやらなくてはならない。

虎太郎が心配だ。義姉の真澄に電話をして様子を聞きたいが、あまり彼女と話をしたくない。

真澄は明るくあっけらかんとした性格故か、悪気なく毒舌を吐くことがある。上から小六、小四、幼稚園児と三人の子供がいて、上の子は中学受験間近だ。今朝もこう言われた。

「長男にうつって受験に響いたら賠償金請求するね～」

腹立ちまぎれの嫌味なのか、冗談なのか。琴音はいつも戸惑い、考え込み、やがて被害妄想が膨らんで泥沼の思考回路に陥ってしまうのだ。

敦に連絡を入れてもらおうと、彼のスマホに電話をした。出ない。すぐ返信が来た。

〈張り込み中なんだ。あまりかけないで〉

琴音は返信する。

〈木島さんから聞いてるよ。もう送検なのに一体誰を行確《こうかく》しているわけ!? そもそも虎

太郎が熱出してるのにとっとと出勤なんて、通院や看病がいやで逃げ出したってことだよね？〉

琴音は送信ボタンを押そうとして、手を止めた。目を閉じ、六回、深呼吸する。以前読んだ自己啓発本のアンガーマネジメント方法だ。

メールの文面を消した。夫だって大変なのだ。夫の気持ちにも寄り添う。琴音の両親は不仲だった。母は父をとても憎んでいた。そんな夫婦にはならないと心に誓って結婚し、子をもうけたのだ。

スマホのメモパッドに、打ち込んだ。

〈敦ありがとう敦ありがとう敦ありがとう敦ありがとう敦ありがとう敦ありがとう〉

夫への怒りを鎮《しず》める、おまじないだ。これをやっておくと、感情的なメールを送らずに済む。そして必死に言い聞かせる。敦がどれだけ愛情深い良き夫であるか。

初めて言葉を交わしたのは警察学校の喫煙所だった。琴音は結婚前まで、眠気覚ましに煙草を吸っていた。敦が「声、かわいいね」と声をかけてくれた。琴音はハスキーボイスだ。『琴の音』という名前のくせにと幼少期からからかわれていた。毎朝きっちり琴音の髪を三つ編みにして送り出していた母親からは「オカマみたいな声」と差別的な言葉で罵《ののし》られた。

敦はそんな自分のコンプレックスを褒めてくれた。警察学校の同期だったが教場は別で、当時は名前すら知らなかった。刑事研修で再会し、縁を感じて自然と付き合うようになった。敦はお調子者でひょうきんで、一緒にいても気を遣わない。酒も煙草もほどほどで、ギャンブルもしない。頼りないと思うときもあるが、それは琴音がしっかりしすぎているせいだ。

敦ありがとう敦ありがとう敦ありがとう。

捜査本部に戻る。

女子トイレを出てすぐ、琴音は署長の見留《みとめ》警視正と行き合う。副署長と総務課長を引き連れていた。琴音は一歩下がり、十五度の敬礼をした。見留は太鼓腹がベルトに載っている。眼鏡のフレームは顔の肉に食い込んでいた。

「こんなところで初日のあいさつ、大変申し訳ありません。本日付で——」

ジャケットの懐に手を入れて名刺ケースを出したが、あとあと、という様子で手を振られた。十五度敬礼したまま、見送る。

百三回目。

今日「ごめんね」「ごめんなさい」「すみません」「申し訳ありません」を言った回数だ。記録を更新しそうだった。数えるほど病むとわかっているのに、やめられない。

捜査本部に入った。入口に紙が垂れている。戒名というやつだ。

『新宿区歌舞伎町ホテル全裸女性殺害死体遺棄及びホテル従業員暴行事件』

会議室の可動式壁を刑事たちが取り外している。三百人は入れそうな広さになった。

総務課や警務課の警察官も椅子や長テーブルを準備している。ひな壇の背後に日本国旗と紺色の警察旗が取り付けられていた。

村下が琴音に声をかけてきた。

「犯人が凶器を持って逃走中ということで、三百人規模の特別捜査本部になった」

琴音は生唾を飲み下した。捜査本部を幹部として率いるのは初めてなのに、〝特別〟と冠される捜査本部自体、過去に二度しか経験したことがない。

「本部からは刑事部の他、警備部と地域部にも応援要請して緊急配備の規模を広げる。機動隊からは五機と六機を出隊させる。捜査会議には来ないが、頭に入れておけ」

琴音は頷き、尋ねる。

「刑事部捜査一課からはどこの係が？」

「六係の全個班と八係三個班が入る」

ほっと胸をなでおろす。敦は来ない。

「本部御一行は捜査一課長を筆頭に一六一五《ヒトロクヒトゴー》現着予定だ。表玄関で出迎えるから、それまでに戻って来い」

「出かけません。捜査本部設置の準備を手伝います」

「お前今日初日だろ。土地勘は大丈夫か」

正直、地図とにらめっこしただけだ。異動前に管内の隅々まで見て回る余裕もなかった。歌舞伎町やその入口の靖国通り、伊勢丹《いせたん》や紀伊國屋《きのくにや》書店がある新宿通りはプライベートでも来たことがある。二丁目、三丁目、ゴールデン街には疎い。

「堂原が案内する。行ってこい」

村下が顎《あご》で指した先に、六花がいた。

ダークスーツの群れにいて、赤いジャージの六花は目立つ。キーリングを指でくるくる回しながら近づいてくる。

「堂原が例のやつの販売元に心当たりがあるそうだ。店で聴取してくるというから、ついでに管内の土地勘をつけて来い」

「例のやつ？」

六花が「オナホール」と言った。琴音は言い直す。

「男性用性玩具ですね。承知しました。堂原さん、お願いします。先に車両出しておいて」

警察官としてあるべき態度、口調を示したつもりだったが、六花は「はいはーい」と軽く応《こた》え、行ってしまった。黒のタイトスカートの尻をぷりぷりと振りながら。

村下に尋ねる。

「彼女、あれでいいんですか。服装、言葉遣い、どれも警察官の服務規程から逸脱しています」

「歌舞伎町や三丁目はほかの捜査員でも回せるが、二丁目は別だ。堂原がいないとあの街は仕切れない」

「調べは令状があれば強制できますよ」

「強制と協力は違う。我々が市民に求めるのは協力であり、強制は犯罪者に対してのみだ」

琴音ははっとした。自省する。

「彼女、レズビアンだから顔がきくということですか」

村下はどこか羨ましそうに、頷いた。

「性的マイノリティをカミングアウトし堂々と組織を闊歩してるのは、堂原だけだ」

琴音は一階へ下りた。ロビーを抜ける。急ぎ足で回転扉を抜けた。待ち構えていた六花を見て、目を丸くする。

「えっ。自転車!?」

六花が荷台のついた黒い自転車に跨《また》がり、右手でグレーの自転車を押さえている。

「管内の道は狭いよ。新宿通りや靖国通りはすぐ渋滞するし、駐車場も殆どない。あっても満車。チャリの方が早い」

琴音はトートバッグを荷台に投げ入れ、自転車に跨った。電動ではない、ホームセンターで一万円くらいで売っていそうなママチャリだ。二人で漕《こ》ぎ出す。

「どこから見たい?」

「一六一五に本部を迎え入れる。十六時までに戻りたいから、とりあえず例の性玩具販売店へ」

「了解。こっからチャリなら三分だよ。車だと信号待ち、駐車場さがすので二十分かかる」

路地裏を出たらもう靖国通りだ。片側三車線の新宿の大動脈のすみっこを、自転車で疾走する。靖国通りが歩行者で溢れているのは歌舞伎町界隈だけだ。新宿五丁目の交差点を過ぎれば人の数が減る。琴音は六花の隣に並んだ。

「ドンキー・マジックの聞き込みは？」

「防犯カメラは令状ないと押収できないって。お姉さんの指示通り、今日の分を上書き消去しないように言っといた」

お姉さん……琴音のことのようだ。咎めようとしたが、村下の言葉を思い出し、やめた。

「店員にノコギリ買った若い男がいなかったかも訊いたよ。客が多いから覚えてないって」

「ドンキー・マジックといったら性玩具も販売しているわよね」

「それも訊いた。午前中に売れたオナホールは一個もないって。だから、二丁目のＳＭショップじゃないかなって。大人のおもちゃも売っているから」

新宿五丁目東の大交差点が見えてきた。靖国通りと交わる芝《しば》新宿王子《おうじ》線は、グリーンベルトのある通りだ。御苑《ぎょえん》大通りとも呼ばれる。南にある新宿御苑の前で甲州《こうしゅう》街道に吸収される。この御苑大通りは新宿三丁目と二丁目の境目だ。新宿三丁目は新宿駅界隈のにぎやかさの延長にあり、飲食店やスポーツショップ、ブランド店などが軒《のき》を連ねる。二丁目はガラッと性格が変わる。ゲイバーやレズビアンバー、女装バー、ドラァグクイーンのショーパブなど、四百店舗以上の飲食店がひしめき合う。最近は観光地化しており、性的マイノリティでなくても入りやすい店が増えてきたらしい。ミックスバー、観光バーと呼ばれる類《たぐい》のものだ。

御苑大通りを渡る信号を待ちながら、六花に尋ねる。

「よく二丁目には遊びにくるの？」

「うん。私、ここで拾われたんだ、警視庁に」

とあるゲイバーに入り浸っていた六花を、新宿署時代の村下が警察官にスカウトしたというのだ。

「村下さんの髪がふさふさしてた頃だよ。あのときまだ三十代だったんじゃないかな」

「それ、いつの話？」

「えーっと私が十七くらいのときだから、もう十八年近く前になるね」

未成年でゲイバーに入っていた……。

「それってもしかして、スカウトじゃなくて補導だったんじゃ」

そうかもー、と六花は笑い飛ばしてしまった。琴音は更に首を傾《かし》げた。

「当時はまだこのあたり、四谷署の管内でしょ？　村下さんはどうして二丁目にいたの」

六花は目を丸くした。

「それ、訊いちゃう？」

訊いてはいけなかったらしい。村下が、木島にアウティングをきつく注意したことを思い出す。村下はカミングアウトしていないだけの……？

琴音は慌てて話を逸《そ》らした。

「それにしても、御苑大通りって短いのに、片道二車線でグリーンベルトまであって、不思議だよね」

「この通りは昔、都電が走ってたんだよ」

琴音が靖国通りの西の方を指さし、説明する。

「靖国通りへ左折して、歌舞伎町中央通りの目の前が終点だったの」

当時はまだ二丁目は〝赤線〟と呼ばれる、売春が許可された地域だった。

「よく知ってるね。そんな古い話を」

「二丁目に六十年通ってるおっちゃんから聞いたんだ。面白いよ。『雪国』の冒頭みたいに言うの」

都電が通る道路を抜けると、赤線だった。

琴音は思わず噴き出す。信号が青になった。六花がペダルを漕ぎ出しながら言う。

「いまはこうだね。〝グリーンベルトのある御苑大通りを抜けると、二丁目だった〟」

『二丁目』という言葉がいまや性的マイノリティの街の代名詞なのだ。

南へ曲がり、すぐに左折する。新宿二丁目を東西に貫く花園通りに入った。まだ夕方にもなっていないから、シャッターが閉まっている店が多い。コンビニやカフェ、ラーメン屋、小さな雑貨屋が店を開けている程度だ。

二丁目を南北に突っ切る仲《なか》通りとの交差点に到着する。六花が自転車のブレーキを握った。

「ここが二丁目の中心かな。仲通りがメインストリートだね。ビアン系のお店は二丁目の南側に多いよ。あとは殆どゲイのお店」

六花はハンドルを右に向け、仲通りを南へ走り始めた。

「それにしても、どうしてこの辺りがＬＧＢＴの街になったのかしら」

「ゲイバーが多かったからじゃない？」

「なぜゲイバーが多かったの？」

次々と質問を投げかけても、六花はすらすらと答える。

「戦後の赤線の影響だろうね。ちなみにこないだＬ署に来た卒配《そつはい》の子、赤線って言葉知らなかったよ。警察隠語なのにね」

日本は戦前まで、女性が身代金と引き換えに売られる遊郭、売春宿があった。戦後にＧＨＱが人身売買だと禁じたが、するとこれまで生計を立てていた娼妓《しょうぎ》が大量に路頭に迷ってしまう。そこで指定地区内での売春のみ許可されることになった。警察が地図上に赤線を引いて取り決め、赤線は誕生した。

「赤線は一九五七年の売春防止法施行で消えたのよね」

「そう。赤線だったころから、二丁目は男娼もいたの。都電であの界隈が分断されるまでは、いま三丁目になってるとこも二丁目で、そこに日本の元祖のゲイバーがあったらしいよ。三島由紀夫《みしまゆきお》も通ってたとか」

赤線の廃止以降、この界隈はすっかりゴーストタウンと化し、人が寄り付かなくなったという。西側を都電が走り、北側を靖国通りで区切られ、新宿駅界隈のにぎわいから分断されたのだ。そんな人目につかない一角に、ゲイバーが次々と出店した。同性愛がオープンに語られることのなかった時代の空気も手伝い、六〇年代にゲイバーの出店が集中したらしい。

「さすが詳しいね。よく勉強してる」

「勉強なんかしてないよ。いろんな人から聞いた話だから。ちょっと寄り道」

六花が左折した。雑居ビルの立ち並ぶ向こうに、ブロック塀で囲まれた一画が見えてきた。寺の屋根が見える。新宿二丁目の東部にある太宗寺《たいそうじ》だ。入口のすぐ右手にある巨大な地蔵前で、観光客が記念撮影している。六花は史跡の看板を顎で指した。

「そもそもなぜこの地域は娼妓街だったのか。『内藤《ないとう》新宿』の成り立ちが関係してるんだよ」

琴音は史跡の文章を読んだが、いまいちピンとこない。

「江戸時代の山の手なんか、その名の通り山と森しかなかった。ここ新宿もね」

六花は自転車を停めた。寺の敷地内を歩きながら、説明する。

「江戸から地方に街道が延びていたでしょ。新宿を通るのは甲州街道。その最初の宿場は下高井戸《しもたかいど》のあたりだった。遠いよね」

他に四つある街道はもっと江戸から近い場所に宿場町があった。甲州街道だけ遠すぎて馬や人の負担が大きかったらしい。

「そこで、力のある商人たちが私費を投じてこの場所に新しい宿場を作ったの」

『新宿』は新しい宿場町、という意味だったのだ。『内藤』がついたのは、もともとこの界隈が内藤氏の領地だったからだという。

「宿場町として定着するまでは、飯盛女《めしもりおんな》とか娼妓を置いて人寄せしたのが、新宿が性風俗の街として発展する源だったらしいよ」

六花は説明しながら地蔵脇の閻魔《えんま》堂へ向かう。建物を囲む玉垣の前に立つ。寺に多額の寄付をした個人や企業の名が彫られている。風雨で削られたのかぼやけてはいるが、「楼《ろう》」や「妓」のつく店の名前がいくつか見えた。

「この界隈は妓楼だらけだったらしいけど、東京大空襲で殆ど焼けちゃった。再建できないうちに都電で町が分断されて、妓楼として復活できなかった。やがてカフェーになって、一階で酒を出して、二階で売春させる、みたいな赤線になったたってわけ」

琴音は聞き入り、すぐさま質問する。

「それじゃ、歌舞伎町の方はどうだったの」

「あの界隈は青線だよ」

いずれ警察から赤線地区に指定されるのを期待し、カフェーや飲み屋の二、三階でこっそり売春させる店が集まる地域のことだ。

「ゴールデン街なんかもそうだし、闇市を牛耳《ぎゅうじ》ってた連中が撤退後に続々とそういう店をオープンさせたみたいよ。それが、赤線指定されるどころか売春防止法で赤線自体がなくなっちゃった」

しかし人々は生活のために、こっそりと性サービスを続けていた。やがて、あいた土地に違法風俗店が続々とオープンした。

「そうやっていまに至るのが歌舞伎町かもね」

そこへ暴力団、アジア系マフィアなどが入り込み、アジアンでアンダーグラウンドな空気が醸成され、日本屈指の歓楽街が出来上がったというわけだ。

六花は時計を見た。

「あと二十分しかない」

急いで自転車を停めた場所へ戻る。

「あ、最後にひとつ。あのマンション」

六花が、太宗寺の西側に隣接するレンガ造りのマンションを指さした。

「四階にさ、アディダスのジャージ干してある部屋、見える？」

琴音は首を上げた。蛍光ピンクのアディダスのロゴが入った青いジャージの上下が、寒そうに風に吹かれている。

「あれ。私の部屋」

どうでもよくて、笑ってしまう。

「お地蔵さんの頭を見下ろす場所ね」

「そう。ばち当たりでしょ。だからあの部屋に決めたんだー」

六花は朗らかに笑って、自転車に跨った。


六花が話していた性玩具店は、新宿二郵便局の向かいにある雑居ビル一階に入っていた。シャッターが三分の二ほど開いている。コードが巻き付いた看板が外に出してあった。店の名前は『風俗と共に去りぬ』だ。『俗』の字がやたら小さい。名作映画をこんな風にもじってしまうのが二丁目らしいなと思う。

間口の狭い小さな店舗だった。青いテント屋根は雨の筋が黒ずんで残る。

「ちわーっす」

六花はガラスの引き戸を開けた。上がり切っていないシャッターの下をくぐり、店内に入る。鞭《むち》や仮面、ろうそくが所狭しと置いてあるような店内を想像していたが、裏切られた。商品棚が殆どない、スタイリッシュな空間だった。生々しいマネキンもない。SM女王風のコスチュームが、色別に並ぶ。男性器の形をしたディルドは取り付け棚に置かれている。同サイズのものを色別にディスプレイし、間接照明で照らす。アート作品を展示しているようだ。

店の奥の扉が開き、花柄のロング丈のカーディガンをはおった女性が出てきた。下はワイドパンツで、フリースの黒のハイネックを着ている。

その美貌に、琴音は妙に納得してしまう。ゆるくパーマがかかったブルネットと彫りの深い顔は『風と共に去りぬ』の主演、ビビアン・リーによく似ている。外国人とのミックスだろうか。

「静乃《しずの》さん、すいません。開店前に」

六花がぺこりと頭を下げた。上司にはタメ口なのに、彼女には敬語なのか。六花は組織の人間関係より二丁目の人間関係を大事にしているようだ。静乃が琴音に視線を移す。どこか冷めた、力のない目をしている。琴音と同年代か、年上だろうか。琴音は名刺を渡した。名乗り、説明する。

「午前中、歌舞伎町のホテルで殺人があったんですが」

「へー。パトカーや警官の数が多いわけだ」

「犯人はノコギリでホテルの従業員を襲い、未《いま》だ凶器を持って逃走中なんです」

えーっ、と静乃は言ったが、声が低く抑揚がないせいか、驚いていないように思えた。

「二丁目に逃走してきたの？」

六花が懐から、写真を出した。現場にあった使用済み性玩具を写したものだ。

「あら。これって」

静乃は店の片隅に置かれたワゴンを引いてきた。セール品とある。開店中は店の表に出すものらしい。リップスティック型の男性用性玩具が山積みになっている。

「同じ製品ですね」

琴音は写真と見比べた後、尋ねた。

「この店でしか扱ってないんですか？」

「どこでも取り扱ってますよ。ただ、うちほど数は扱ってないかも」

静乃は苦笑いし、ひとつを琴音に渡す。

「バイトの子が間違えて三百個近く発注しちゃったの。十個追加注文してって言ったのに」

三十個入りのケースを十個注文してしまったらしい。

六花は続けて、中尾尚人の写真を示した。ホテルの防犯カメラ映像を拡大、鮮明化したものだ。黒いリュックサックにダウンジャケット姿で、ノコギリを前に抱く。逃走直後のものだ。

「この青年に見覚えは？　中尾尚人という鳥取県から来た青年です」

静乃は前のめりになり、写真を手に取った。心当たりがあるようだ。写真は遠目に見る。老眼だろうか。腕を伸ばした際に、静乃の手首が露《あら》わになる。細く赤い水膨れが所狭しと浮かぶ。リストカットの痕《あと》だった。

「あのオナホール、尚人に売りました？」

六花が尋ねた。

「売ったというか、あげた。明け方ごろだったかな」

店の前を何度も往復する青年がいた。勇気がなくて入れないようだったので、静乃の方から声をかけたという。

「まだ頬にニキビがいっぱいある、初々《ういうい》しい子だった。童貞かな、かわいいなぁって。オナホール欲しそうだったんだけど、財布の中を何度も見てるから、お金足りないんだろうなと思って。声、かけた」

ワゴンセールの商品とはいえ、定価で三千円するものだった。

「千円しかないって言うんだけど、うちは安価のオナホールは取り扱ってないし。そうしたら、この世の終わりみたいな顔をするから。健全な青少年育成のためにひと肌脱いだってわけ」

静乃が自信たっぷりな様子で言う。

「六百円のローションをお買い上げいただいて、そのオナホールはおまけでつけてあげた」

琴音は尋ねる。

「その時、尚人がなにか奇妙な行動をしたとか、特異な言動があったとかは？」

「全然。田舎から出てきていろんなものに興味津々の、かわいい男の子だったわよ」

店に防犯カメラはついていない。

また来るかもしれないと話し、琴音は六花と店を出た。静乃が店先まで見送りに出る。

「六花。今晩、ZEROに来ない？」

静乃が両腕を揺らし、ステップを踏む。ダンスに誘っているのがわかる。

「無理っすよ。事件だし。私パリピじゃないし」

「今日のイベントは結構お堅いみたいよ。世界名作映画劇場、だって」

六花が目を丸くした。

「クラブで名作映画って……クラシック音楽でどうやって踊るんです」

「そこはDJの腕の見せ所でしょ。とりあえず今日のイベントは大人イメージらしいよ。成人式だしね」

六花は静乃を笑顔で指さした。

「あーっ、もしかして、風と共に去りぬ？」

「そうそう。スカーレットのコスプレで行くよ。千円引きになるから」

楽しんで、と六花が自転車を漕ぎだした。琴音も追いかけながら、尋ねる。

「ZEROってクラブかなにか？」

「イベントスペース。週末とか祝日に、月に一回だけ開くの。秋はハロウィンナイトとか、夏はビキニナイトとかね。ちなみにノンケお断りのお店」

「私は行けないのね」

「自己申告だから偽って入ってくる人もいるけどね、冷やかし程度な感じで」

「静乃さんもレズビアンなの？」

六花は首を傾げてみせる。よく知らないのではなく、曖昧《あいまい》らしい。

「いろいろありすぎてビアンになったというか。私みたいな生まれつきとはちょっと違う。ほら……」

六花はハンドルを握る左手の手首を、指で切る真似をした。リストカットの痕のことだろう。

「社会や男からひどい目に遭わされて、二丁目に逃げてきた人だから」

再び、御苑大通りの横断歩道で信号待ちになった。六花がニコニコと尋ねてくる。

「どうだった、二丁目」

「うーん。店、殆ど開いてなかったし」

「『雪国』の冒頭は有名だけど、最後の一文、知ってる？」

「それは知らない」

信号が青になった。

「さあと音を立てて天の河が島村《しまむら》のなかへ流れ落ちるようであった」

琴音は特別捜査本部の壁にかかる時計をちらりと見上げた。十八時半を指している。

第一回捜査会議は長引いていた。琴音は義姉の真澄に「十九時までに虎太郎を迎えに行く」と伝えていた。初日から特別捜査本部が立つほどの事件が起こるとは思ってもいなかったのだ。テーブルの下で敦にメールを送る。

〈真澄さんとこに虎太郎いるから、迎えに行って。十九時過ぎるとまずい〉

ひな壇には中央に捜査一課管理官の美濃部《みのべ》警視が座る。捜査一課長は冒頭で訓示を垂れただけで、立ち去った。捜査本部を仕切るのは管理官だ。

管理官の右側に本部捜査一課六係長の警部が、左隣に見留署長が並ぶ。琴音は見留の横に、村下課長と共に座る。

琴音は改めてひな壇から、百人の捜査員が並ぶ壮観を見た。普通なら、これだけの駒を動かせる幹部に上り詰めた喜びに、自尊心が満たされるものだ。琴音は息子が心配で気が気ではない。熱を出している息子のそばにいられない焦燥で、胃がぎゅっと絞られるようだ。

特捜本部は三百人態勢だが、うち二百人は緊急配備で管内を回っている。路上に張り巡らされた監視カメラ網で、尚人の足取りは判明していた。

ゴジラのオブジェがあるTOHOシネマズからロボットレストラン近くの筋道を東へ抜けた後、区役所通りを跨ぎ、『四季の路《みち》』に入っていた。都電の引き込み線跡地を石畳で整備した遊歩道だ。ゴールデン街と歌舞伎町の歓楽街を、優しいS字で遮る。

尚人は四季の路にある監視カメラに写ったのを最後に、忽然《こつぜん》と姿を消していた。その先にあるゴールデン街は、サッカー場ひとつ分に等しい広さに、二百近い店舗が軒を連ねる。監視・防犯カメラの数は少ない。

尚人は、ゴールデン街のどこかの店舗に逃げ込んだか。捜査員が全ての店舗を見回っている。昼間はシャッターを閉めている店がほとんどで、人が押し入った痕跡のある店はなかった。押し入られたと訴える店もない。南隣はL署の入るSTビルだ。周辺道路は、人の出入りが激しく、タクシーの往来もある。尚人は警察組織の入るビルの目の前で、堂々とタクシーを拾い、逃走したということか。

鑑識捜査員が、当該時刻に界隈を通過したタクシーのナンバーを解析済みだ。捜査員が各タクシー会社に確認している。

琴音の太腿《ふともも》の上に置いたスマホが、短くバイブする。敦だ。

〈会議中。ごめん〉

腹が立った。

〈こっちも会議中。ごめん〉

と返す。すぐに返信が来た。

〈お疲れ〉

琴音は頭が沸騰した。それで息子をどうするの。インフルエンザで高熱に苦しむ我が子を、親類に押し付けたままでいいのか。

琴音はダーク色のスーツの男たちの群れを見た。六花がいないことに気づく。赤いジャージを着ての文字通り紅一点だから、いてもいなくても目立つのだ。女性捜査員は数人いるが、みな黒のパンツスーツ姿で、没個性な恰好をしている。

「では次、ナシ割！」

美濃部管理官の指示で、鑑識捜査員が立ち上がる。凶器が電気ケトルと断定した上で、情報を付け加える。

「持ち手に指紋がいくつか出ています。このうち一つが、現場に落ちていたドンキー・マジックの袋、スーツケースの持ち手、参考書等から出た指紋と一致しております」

犯人は被害者の息子の中尾尚人で間違いないだろう。運転免許は取得していない。学生服姿の証明写真が、捜査本部のスクリーンにプロジェクターで映し出される。室内に残されていた、大学の受験票に貼られていたものだ。

尚人は襟足を刈りあげ、前髪は額の半分を隠す程度だ。目に力がなく、眠たそうで素朴な印象だ。殺人犯には見えない。

「また、隣室の２７１８号室の宿泊客が、午前八時頃に女が罵るような大声を聞いたということです」

殺害はそのころか。尚人は死体をなんとかしようと母親の衣類を脱がし、スーツケースの中に詰めようとした。入らなかったので、ドンキー・マジックでのこぎりを買い戻ってきたのだろう。清掃に入った従業員と出くわしてしまい、ケースに入ったままのノコギリを振り下ろし、逃げた。

狂暴な犯人がノコギリを持って都内を闊歩している、という感じがしない。いまごろどこかで膝を抱え、震えているのではないかと琴音は思った。

「次、鑑取りはどうだ。ガイシャが鳥取から来ているなら、今日わかったことは少なそうだが」

美濃部管理官が問うた。木島が手を挙げる。

「ホテルの宿泊カードにあった連絡先にかけたところ、父親を名乗る人物が電話に出ました。氏名は中尾繁《しげる》です。状況を伝えましたが、妻の死を嘆くとか、逃走した息子を心配する、もしくは怒りを見せるという反応は、一切ありませんでした」

捜査本部にざわめきが起こる。

「曰《いわ》く、自分は足が悪いので上京できない。頼れる親戚もいない。妻の遺体は東京で茶毘《だび》に付し、遺骨にしてから持ってきてくれないか、という始末で」

本部の六係長が腕を組みながら尋ねる。

「夫婦仲が悪かったのか。息子の心配は？」

「特に言及していません。連絡も入っていないということです。東京のことも全くわからないので、行き先の見当もつかない、と」

琴音は質問する。

「東京のことが全くわからないというのは、父親が、ですか。それとも尚人はわからないだろうと父親が言っているのですか」

木島が口元を引きつらせた。

「あとでもう一度、確認してみます」

美濃部管理官が尋ねる。

「息子を庇《かば》うために嘘をついている様子は？」

電話では……と木島は言葉を濁した。琴音は美濃部に進言した。

「家庭の状況が特異と感じます。こちらの捜査員を現地に行かせる必要があるかと」

美濃部は大きく頷いた。

「明日にも十人くらいは行かせようか。家族だけでなく、近隣や学校でも聞き込みさせる必要があるだろう」

本部、所轄署から五名ずつ出すことになった。琴音は木島を含むL署の五名に、鳥取に飛ぶよう指示した。木島が目を丸くする。

「係長の俺が行くんですか」

東京で尚人の行方を追いたいのだろう。

「所轄署からも五名出さなくてはいけません。堂原さんがいないので、木島係長にも行っていただくことになります。そもそも彼女はなぜここにいないのですか」

「あいつは独自の人脈が二丁目にある。基本、ひとりで動きます。下手にペアを組ませると、店によっちゃ門前払いだ」

「だからといって捜査会議に出ないというのはありえません。直属の上司の木島係長がしっかり手綱《たづな》を握らないから、勝手に動くし、服装も派手だし、言葉遣いも無礼なのでは？」

木島が反論しようとするのを「そもそも」で琴音は遮る。

「堂原巡査部長を管轄外には出したくありません。あんな恰好で他都道府県警に行かれるのは警視庁の恥です」

敦にむかついている。だから、敦と仲が良い木島にきつく当たってしまう。

捜査会議終了後、琴音は再び、トイレの個室にこもった。自己嫌悪で潰れてしまいそうだった。

帰宅の電車で座れても、バスの座席で座っていても、琴音の足は走り出したい衝動に駆られる。

虎太郎を早く自宅のベッドで寝かせてやりたい。ほてった額を冷やしてやりたい。発熱して汗をかいた体を拭いてやりたい。おかゆを食べさせてあげたい。咳で痛む喉を、はちみつで潤してやりたい。

バス停から自宅まで走る。玄関で車のキーだけ取って、家を出た。

隣の松戸《まつど》市の住宅街に向かう。『武内』という表札の出た家の前で、車を停めた。インターホンを押す。はい、と真澄が返答した。

「ごめんなさい、琴音です」

今日、百二十五回目の謝罪。署を出る前に、村下課長、見留署長、副署長、本部六係長、美濃部管理官それぞれに頭を下げてきた。

ひと昔前まで、捜査本部が立てば捜査員は泊まり込みが当然だった。いまでもそういう刑事はたくさんいる。幹部はもっとひどい。事件が解決するまで半年以上自宅に帰らない者もいる。

だが琴音は、即日帰宅だ。

当該所轄署の当該部署の幹部が初日に自宅に帰るなど『警視庁史上初』かもしれない。扉を開けたのは、まだ幼稚園児の甥《おい》っ子だった。「琴ちゃんだー」と恥ずかしそうに逃げていく。

真澄は洗い物をしていた。

「真澄さんホント、ごめんなさい。ご迷惑をかけました」

百二十六回目。

「敦は？」

「連絡つかなくて。ほんと、すいません」

百二十七回目。

「敦は史上最低のバカ夫だね」

出た。〝史上最低のバカ夫〟を生涯の伴侶に選んだ琴音の立場までは思い及ばないらしい。もしくは、琴音を攻撃したいがための言葉なのか。

リビングで小四の次男坊が叫び声をあげる。ゲームのコントローラーを投げ出し、大の字に転がった。横で虎太郎が笑っている。

「虎太郎！　マスクちゃんとしておきなさい！」

虎太郎は顎にマスクをかけた状態で、従兄弟《いとこ》と密着してゲームをしていた。この家の六年生の長男が二階から下りてきた。「うるさくて勉強できない」とぼやく。琴音は虎太郎を叱った。

「寝てなくて大丈夫なの？　ゲームなんてダメじゃない！」

真澄が食器を乱暴に扱う音がした。彼女の怒りを感じ取ってしまう。

「解熱剤が効いてるみたい。昼過ぎからずっとこの調子。家でひとりで留守番できるよね」

「すみません。タミフル飲ませているので、医者から目を離さないようにと……」

百二十八回目の謝罪をし、虎太郎を叱った。

「マスクつけなさい！　みんなにうつったらどうするの」

病気の我が子に鞭打つようなことを言ってしまう。本当は「ママが看病してやれなくてごめんね」と抱きしめたいのに。

逃げるように真澄の家を出た。

「おやすみなさい、ほんと、申し訳なかったです」

百二十九回目。新記録樹立だ。

解熱剤がよく効いたようで、虎太郎はすぐ眠りについた。寝息が聞こえてきてほっとした直後、敦が帰宅してきた。怒りに火がつくタイミングだ。

「ただいま～」

飄々《ひょうひょう》とした声音にまた憎悪が湧く。敦はジャケットとネクタイを取るとそそくさとシャワーを浴びに行った。妻から逃げている。琴音は殺意を覚えた。

だが、夫婦喧嘩《げんか》をしている暇はない。琴音はタウンページやネットのベビーシッターサイトを片手に、電話をかけ続ける。二十二時を過ぎたので、つながらないところが多い。

敦が濡れた髪を拭きながら脱衣所から出てきた。

「明日の子守が見つからないよ」

琴音は訴えた。

「え、熱下がったんだろ。姉貴から聞いたよ」

「解熱剤で一時的に下がっただけ。しかもインフルだよ。出席停止六日間。明日以降五日間は学校も学童も利用できない。熱が下がらなかったらもっと長引く」

「病児保育は」

「十六日からしか予約いれられなかった」

「シッターさんは？」

「明日は急すぎるって。いまネットでもさがしてるんだけど――」

「やめとけよネットは。どこの馬の骨かわかんないやつに大事な息子を託せるかよ」

「じゃあなたが休んでよ」

「無理。もうすぐ送検だよ。いま取調べ、山場だ」

「今日誰を張り込みしてたのよ、犯人逮捕してるのに」

「捜査に関することは互いに口を出さない。結婚前に約束しただろ」

「木島さんには話すのに？」

「刑事の先輩だよ。捜査の相談くらいする」

あ、と敦が人懐っこい笑顔を琴音に見せた。

「今日、捜本でブチ切れたんだって？　琴ちゃんすげー怖くなってるって、木島さん苦笑いしてたぜ」

いま気が付いた。アルコールのにおいがする。

「まさか、木島さんと飲んでたの」

「断ったんだよ。琴、忙しいだろうなと思って。夕飯のときビール一杯飲んだだけだよ」

気が利くだろと言わんばかりだ。

「いいね。私はまだ夕飯すら食べてない」

「だろー？　作れないと思って、外で食ってきたんだ」

外で済ませてきたから感謝しろということか。

「私は朝も昼もまともに食べてない。コーヒーと軽食を口に押し込んだだけ」

「体に悪いよ〜。ちゃんと食べないと」

敦が琴音の後ろをすり抜けようとした。

「あのさ……！」

低い声になった。吐息が震える。敦はぴたりと、足を止めた。

「私、今日、虎太郎のことで百二十九回謝った」

敦は黙り込んだ。

「同じ親であるはずのあなたは今日、どれだけ頭を下げた？」

敦がため息をついた。肩越しに言う。

「わかったよ。明日は俺が休む」


疲れているのに、寝付けない。扉の隙間から、階段の明かりが漏れる。敦がなかなか夫婦の寝室に来ない。明日、夫に仕事を休ませてしまう。申し訳ないという気持ちが膨らみ、苦しい。つい一時間前には殺意が湧くほど憎んでいたのに、いまは感謝を通り過ぎて自己嫌悪だ。何度も寝返りを打ったあと、スマホを見た。二十三時を過ぎたところだった。

お腹が空《す》いているから寝られないのかもしれない。起き上がり、廊下に出た。敦の声が聞こえてきた。ハンズフリーで電話をしている。足音を忍ばせて階段を下りた。

「酒誘っても、子供がいるし妻も忙しいからって断りまくってよ。そういう席でお前が刑事として学べないこと、失うものが相当あるということを、自覚すべきじゃないのか」

　上司と通話しているのだろうか。琴音はリビングの扉をそっと開けた。敦は床にあぐらをかき、ワイシャツにアイロンをかけていた。

「はあ……でも本当に、どうやっても子守が見つからなくて」

「嫁に強く言えねぇのかよお前は。階級が上だからって、家庭では男が上だろ」

「いや、そういう時代じゃ」

「時代は関係ない！　警察官っていうのはそうあるべきなんだよ！」

　指先にアイロンが触れたのか、敦が、あちっ、と指を振る。

「あち、じゃねぇよ。ホンボシほったらかしでガキにおかゆでも作ってんのか。もういい。取調べはお前の後輩に任せるからな。もうお前の出る幕はねぇや」

　上司がダメ押しする。

「明日ホンボシをいよいよ落とせるぞというタイミングで、息子がインフルなんですぅ〜って平気な顔して休むような刑事は、幹部には推薦できない。今年の夏も警部昇任試験を受けるつもりだろうが、無駄無駄無駄」

　電話の向こうで、鼻で笑う声がした。

「お前はそうやって、嫁が警部で居続けるために、永遠に警部補どまりってわけだ」

＊

新井敦は終電に乗り、新宿二丁目に出てきた。

もう深夜一時すぎだ。始発に乗って駅からタクシーを使えば、六時前には自宅に帰れる。

妻の琴音は、虎太郎のベッドで寝ていた。「ちょっと出たい」と言ったら、あっさり許された。インフルエンザがうつるんじゃないのと心配してやったのに「うつった方がまし」という答えが返ってきた。

俺への当てつけか？

飲んだくれないとやってられない。木島に電話をしたら「来い来い絶対来い」と大歓迎だ。新宿二丁目のショーパブ『新宿十字軍』にいるという。二丁目の中心地から外れた、成覚寺《じょうかくじ》の墓地のすぐ脇にある。

新宿にはゴールデン街をはじめ、バラックかと思うような店舗や、昭和を感じる建物が無数に残っている。『新宿十字軍』も、戦後すぐに建てられたビルの中にあるようだ。タイル張りに太い柱が二本立つアーチ形の入口は赤線時代のカフェーを彷彿《ほうふつ》とさせる。中に入る店舗は全て、ゲイバーらしい。二階以上の各窓に、店名を記した看板が並ぶ。色とりどりのネオンサインが光り、けばけばしい。『新宿十字軍』は地下一階を占めている。二丁目屈指のショーパブだ。

一階にはなにがあるのか、シャッターが閉まっていてよくわからない。小さな入口に、行列ができていた。『ZERO』と看板が出ている。シャッターにはイベント告知のフライヤーが三十枚ほど、貼られている。オードリー・ヘプバーンやジェームス・ディーンなど、往年の海外スターの顔写真がコラージュされている。建物の雰囲気もレトロなだけに、昭和モダン時代にタイムスリップしたような気になる。

列に並び、身分証を呈示している客の中には、マリリン・モンローみたいな白いドレスのコスプレをした者がいた。顔は男だった。連れの男性は、ピチピチのストレッチシャツの上から、筋肉の筋が見える。コートを着ないのか。

敦は地下階段を駆け下りた。ガラスの扉と、防火扉を抜けた途端、ミラーボールと洋楽の爆音、客の嬌声《きょうせい》に包まれた。異世界だ。

妻の小言も上司の雷も全部忘れて、今晩は楽しむ。

「いらっしゃぁ〜い！　いい男一名さま、来店よー！」

店内はディスコクラブのような装いだ。銀色のボディコンスーツに真っ赤なマントをはおる女装した男が、腰をくねらせて踊る。ブラック・アイド・ピーズの古い曲がかかっている。ファーギーになり切ったドラァグクイーンが、リップシンクで『マイ・ハンプス』を披露する。私のでっぱり——胸とお尻、という意味の曲で、その膨らみを強調するかのように踊る。バックダンサーにはゴーゴーボーイを侍《はべ》らせていた。上半身裸のマッチョな男たちだ。左右の胸筋を自由自在に動かし、観客の大歓声を浴びる。

客席は騒然としている。ショーを手拍子しながら楽しむ客、テーブルを囲んで話し込む客、宴会をしているように見えるうるさい団体、様々だ。

口紅をつけたボーイが案内しようとする。待ち合わせだと答え、店内を見回す。木島はステージの目の前の席にいながら、背を向けて座る。隣の女と夢中で話していた。

木島が女連れとは珍しい。二十五歳で結婚し、二人の子供たちはとっくに自立している。愛妻家で不倫などしたことはないはずだが、たまに風俗で発散はするらしい。敦が理想とする〝男の道〟を歩む先輩だ。

隣の美女に目をやる。

吊り上がった大きな猫目が印象的だ。カクテルをしっとり飲むのが似合いそうなのに、無邪気にアイスクリームを食べている。木島はたまに指先で、女の唇からはみ出たアイスクリームを拭《ぬぐ》ってやっていた。どこかのキャバクラの子を同伴で連れてきたのか。

「先輩！　珍しいっすね。かわいこちゃんつけちゃってー」

早く飲んで日常から解放されたい。敦はテンションを一気にあげようと、テーブルに着くなり女の太腿を触ってみせた。ビンタが飛んできて、びっくりする。

「触んなよお前、誰！」

目だけでなく、言葉遣いもとんがっている。木島が肩を揺らして笑った。敦は謝る。

「あ……すいません。木島さんの後輩で」

女が木島を睨んだ。

「連れ呼ぶならそう言ってよね」

女は木島のワイシャツの上から、その乳首をつかむようにしてひねった。いてててて、と木島は言うが、やけに嬉しそうだ。

「お前、男だからっておっぱい触っていいと思うなよ。お前のも揉《も》んでやるぞ」

「揉めるもんなら揉んでみなよ。課長署長すっ飛ばして監察に訴えてやるから」

敦はぎょっとした。

「えっ。もしかして、同業!?」

女は敦に一瞥をくれただけで、名刺をテーブルに叩きつけた。

警視庁新宿特別区警察署、刑事課強行犯係、巡査部長　堂原六花。

敦はがっくりした。

「ちょっとよしてくださいよ。こんなとこまできてカミさんの部下と一緒って」

「俺だって琴ちゃんの部下だよ」

「いやいや、木島さんは僕にとっては先輩、仲人までやってくれた人ですよ。でも僕とこの人、直接関係ないんで」

堂原六花という猫目の女が、たくさん瞬《まばた》きをして、珍しそうに敦を見た。

「えーっ。もしかして、お姉さんの旦那?」

上司のことをそんな風に呼ぶか。そもそも——と、視線を下に下ろす。アディダスの真っ赤なジャージを着ている。ジッパーを胸の下までおろしていた。胸元が大きく開いたキャミソールがのぞいている。谷間までは見えないが、膨らみは見える。下は黒のタイトスカートにロングブーツという恰好だった。

「君はその服装、潜入捜査かなにか？」

木島は手を叩いて笑い出した。店の奥から、若者が煽《あお》る声と手拍子が聞こえてくる。

「ちょっとイイトコ見てみたい……！」

スーツを着た若い男がジョッキビールを一気飲みしている。振袖やドレスを着た若い女たちもいる。新成人だろう。煙草と酒と夜遊びを心おきなく楽しんでいる。敦は口紅のボーイにビールを注文し、その場で席料を払う。

「ていうか特捜本部立ってんのにそんなに飲んじゃって大丈夫なんですか、木島さん」

「これも捜査だよばかたれ」

「どこがっすか。泥酔して、部下の体べたべた触って」

「六花はいいんだよ！　六花はな、俺にとっちゃ家族だ、大事なひとり娘みたいなもんだ。どんな男にも指一本触れさせねぇぞ！」

「あんたが一番私に触ってるけどね」

六花の冷めた言葉に、木島は目尻を下げた。

「そう？　だってかわいいんだもん、お前」

木島は六花のショートカットの頭をこねくり回すようにして撫《な》でた。六花は迷惑そうだ。

「この人さ、明日から鳥取で越境捜査なの」

「え、鳥取？　砂漠じゃないっすか」

「砂丘だ、ばかやろう」

「まだホンボシ逃走中で管内に潜伏している可能性が高いのにさ。鳥取行きとはねー」

あんたの奥さんの命令、と六花に耳打ちされる。敦はサーブされた生ビールを一気飲みし、抗議した。

「せっかく日常から解放されにきたのに、ここまできてカミさんの話、やめてよ」

六花はにやっと笑い、つまみのナッツを口に入れた。

「あら。うまくいってないの？」

上目遣いの目に、敦に媚《こび》を売るような色が見えた。

ステージでは曲がクライマックスを迎えていた。レーザービームが扇形に広がる。絹のような光がゆっくりと降り注ぎ、六花の体を通過していく。ベールをまとったような神秘的な六花の姿にみとれる。

木島が割り込んできた。六花の頭を両手でつかみ、強引に自分の方へ向かせた。

「おい六花！　俺を見ろ。お前、何度でも言うぞ。俺はお前が残念でならない。この体と美貌が、女でしか消費されないなんてな、男としてこんなにむなしいことは……」

ステージを下りたドラァグクイーンが、木島の背中に膝蹴りをお見舞いした。木島はのけぞった。

「はい木島チャン終了〜！」

ガードマン風の屈強な男が二人、やってきた。アジア系の太った男と、白人だった。

「ホモフォビアは追放よー！」

ドラァグクイーンがマイクで仰々しく叫んだ。方々から笑い声が上がり、拳が突きあがる。やれやれやれやっちまえ、と。

木島は椅子ごと持ち上げられ、退場となった。敦は慌ててコートをつかんだ。

「やべぇ、先輩だよ。俺も出るわ」

六花に引き戻された。

「大丈夫、タクシー捕まえて乗せてやるまでが〝追放〟だから」

「それただの見送りじゃん。ていうか」

この体と美貌が、女でしか消費されない、という木島の言葉――。木島は以前、部下にLGBTがいると話していた。扱いが大変そうだと言ったら「とんでもない、いつもあいつの手のひらで転がされている」と木島は照れたような顔をして笑っていたのだ。

「君、もしかして――」

ステージの脇の小さな扉が開いた。カウボーイの恰好をしている。店員かと思って手を挙げた。人の性的指向のことなど、酒を追加しないと、聞けない。

「いやだぁ〜、素敵なお兄さんにナンパされたぁ！」

カウボーイハットにウエスタンブーツを履いているのに、口調や仕草が女性っぽい。どうやら店員ではない。敦は首をぶんぶん振る。カウボーイは六花に目を留めると、とたんに眉毛を八の字にして彼女に飛びついてきた。

「六花ー！　ちょっと聞いてよ〜！」

「ZEROから来たの？　そこの通路使ったら怒られるよ」

六花が、カウボーイが入ってきた扉を顎で指す。

「だってさぁ、今日のイベントのためにウエスタンブーツ新調したのに、ひどいの！」

カウボーイは椅子をどこからか持ってきた。六花が敦に説明する。

「この上にZEROっていうイベントスペースがあるの」

「なんかレトロなチラシがべたべた貼ってあったけど？」

「そうそう、今日のイベントのテーマは世界名作映画劇場なんだって」

「クラシック音楽で踊れるかぁ？」

カウボーイが眉を上げる。

「意外や意外、さっきなんかジョーズのテーマ曲が流れて、大盛り上がりよ」

敦は身を乗り出した。

「楽しそう。行ってみたいな」

「ブー。ノンケはだめ」

六花の言葉に、カウボーイはつまらなそうな顔になって敦を見た。

「やだ。彼ノンケ？　残念すぎる〜」

太腿を撫でられた。敦は笑顔を見せながら、十センチほど椅子を六花の方に近づけた。

スピーカーから、レトロなエレキギターのイントロが流れてきた。タランティーノの映画で使われていたな、と敦は思い出す。

舞台では派手なフリルの衣装を着たマッチョな男たちが、円を作る。中央に向かって一斉にコサックダンスを踊った。ステージの真ん中ではたわわな胸を揺らした女がポールに足を絡ませ、回転している。客の拍手が大きくなっていく。先と同じくブラック・アイド・ピーズの名曲『パンプ・イット』だ。

「それにしても、なんで上のイベントスペースと地下のショーパブが秘密の通路で繋がってるの？」

赤線だったころの名残、と六花は説明する。

「戦後は上がダンスホールで、この地下空間は細かく仕切られた売春部屋だったらしいの」

カウボーイも身を乗り出す。

「他にもああいう秘密の地下階段がこの建物にはいくつかあったらしいね。改装で全部潰したらしいけど、舞台脇のあの通路だけは舞台装置の関係で壊せなかったとか、なんとか」

昭和の男たちは夜な夜なダンスホールに集い、お気に入りの女の子を見つけたら下の部屋に連れて行って、体を貪《むさぼ》っていたようだ。羨ましい。

「売春防止法で赤線が廃止されてからも、こっそり営業してたらしいよ。上はヌードスタジオだった。下ではこっそり売春」

バブルのころには暴力団が入ってきたという。

「地下の仕切りを全部取っ払って、巨大な賭博場を作ったんだって」

二〇〇〇年代の歌舞伎町クリーン作戦の影響で賭博場も一掃されたはずだ。そこへ八年前、『新宿十字軍』がオープンしたのだという。

カウボーイが話題を変えた。

「そんなことより人さがしに協力して！　警察でしょ。マサトが行方不明なのよ」

私の彼氏のことね、とカウボーイが敦に説明する。

「いつから」

六花が尋ねた。カウボーイが腕時計を見た。

「三時間くらい前？」

敦はズッコケて見せた。カウボーイが必死に訴える。

「夕方にデートすっぽかされた上、店終わったあと家行っていいって訊いたら断られたの。今日は店が忙しいって言ってたのに、店顔出したらバイトしかいないし」

六花が説明してくれた。

「この人の彼氏、ゴールデン街でバーやってるの。『八散《はっさん》』ていう店」

敦は半分ふざけて、聴取風に訊いた。

「なるほど。八散の経営者。名前は?」

「川口《かわぐち》マサト。あ、これは通称ね。本名は川口麻沙美《まさみ》」

「ん、女?」

六花が「FtM」と言った。

「Female to Male の略、トランスジェンダーね。女だったけど、いまは男。あれ、マサトは工事済んでるんだっけ?」

六花の確認に、カウボーイはすんなり答えた。

「おっぱい取っただけ。子宮とかは手付かず」

「ってことは、戸籍も女性のままっすか」

日本では、性別適合手術が済んでいないと、戸籍の性別変更が認められなかったはずだ。

「そうなの。本当はマサトはね、工事済ませて戸籍を男にしたいのよ。だけどそしたら私たち、結婚できなくなるじゃない」

性的マイノリティがどれだけこの日本社会で生きていくのが大変で不便か、カウボーイは敦の手を握って語り出した。

「もう自分なんかこう見えて四十五なわけ。お兄さんは?」

「俺? 四十ぴったり」

「わかるでしょー、四十になれば。いろんなことがさー」

　敦は、わかるわかるー、といい加減に相槌を打った。

「もうアラフィフ、還暦、老後は目の前でしょ。家とか株とか贈与とかさ。いま私死んだら、財産は殆ど、兄弟とその子供たちに行くのよ。私のことオカマだ気持ちわりいっていじくり倒した小学生とかにさ。それで愛するマサトには一円も行かないとかありえないでしょ」

「そっか。戸籍変えなければすぐ結婚できる」

「そう。妻になれば何の法的手続きをしなくても財産を相続できるでしょ」

　六花も付け足した。カウボーイは嘆き続ける。

「でもいつまでもマサトを女のままにしておけないし、最後の手段の養子縁組とかも考えなくもないけど、『夫婦』って響きにやっぱ憧れるのよ。養子じゃなくてこのまま結婚した方がとか考えちゃって」

　殆ど聞き流していたが、『夫婦』という言葉に敦は引っかかる。自分たち夫婦はなんの障害もなく結婚したが――。

　幸せか？

　琴音のことを考える。家を出るとき布団に丸まってふて寝していた。夫のことなんか見向きもしなくなった。階級を越したことで、見下している部分もあるはずだ。

　初めて会ったのは警察学校時代だ。あのころの警察学校は教場が男女共学になってまだ間もなく、琴音は〝史上初の女性場長〟として目立つ存在だった。スポーツ万能、成績優秀で卒業時には警視総監賞も受賞した。卒業生代表スピーチのとき、切れ長の目を潤ませ、凜《りん》とした口元で警察官としての志を熱弁する様子に、敦を含め同期の警察官たちは感涙にむせんだものだ。講堂が琴音への大喝采であふれた瞬間を、いまでもよく覚えている。


彼女はあのとき、輝いていた。

男たちは琴音を高嶺《たかね》の花と仰ぎ見て、女たちは姉御肌の彼女を慕った。

彼女は変わってしまった。艶《つや》のある漆黒のロングヘアが際立っていたのに、出産を機にバッサリとつまらない髪形に切ってしまった。いまは手入れする余裕をなくし、毛先がばさばさだ。出産したてのころはまだそれでも、赤子に全てを注ぐ姿は聖母のように見えた。仕事に復帰した途端に、般若《はんにゃ》のお面をかぶった老婆みたいになった。ずっとイライラしていて、これみよがしにため息をついてくる。敦は彼女といると、生気を吸われていくような気分になる。

六花が潤んだ目で敦を見つめていた。

年齢はそう変わらなそうだが、かつての琴音を彷彿とさせる、輝く瞳をしていた。女しか受け付けない、女しか知らない体。木島の言う通りだ。勿体《もったい》ない。男として、こんなに神聖な存在があるだろうか。これまでもこの先も永遠に、どの男も通り過ぎることができない、女体。

「ねえ聞いてる！」

カウボーイが敦の両頬をつかみ、ぐいっと首をひねった。

「聞いてない。三時間行方不明？　まずは相手に電話しましょうか」

「だから、出ないの！　こんなこと付き合って十年、初めてよ。定休日以外に店出ていないのだって初めてだからね。しかも成人式、こんな書き入れ時の日に……！」

六花が目をぎらつかせた。刑事なのだ。

「確かに気になるね。ゴールデン街だし」

六花がスマホで木島に電話をかけた。敦は尋ねる。

「なんの話」

「事件の話」

木島はすでにタクシーに乗せられているようだ。怒っているのか、嘆いているのか、受話器越しにやかましい声が聞こえる。

「昼にゴールデン街見回ったんでしょ。八散は見た？」

敦だけでなくカウボーイも六花のスマホに顔を近づける。六花は男二人に言った。

「店内捜索済み、特異動向ナシ。マサトも普通に対応してたって」

六花が電話を続ける。

「ねえ、三階は見た？　三階だってば」

馬鹿ね、とカウボーイが六花の肩を叩いた。

「八散は二階建て。ゴールデン街で三階に店舗があるトコなんかない」

　カウボーイは行ってしまった。六花はその後も木島と長電話をしていたが、最後は面倒くさそうに「わかったわかったはいはーいバイバイ」と一方的に電話を切った。

　ほったらかしの敦に、ごめんね、と微笑みかけてくる。敦はウィスキーをロックで注文した。改めて彼女に身を寄せる。

「ていうか、訊いていい？」

「なになに」

　六花がショートカットの髪をかけた耳を傾けてくる。特徴のない小さな耳だが、リングピアスが妙になまめかしい。

「木島さんが、前にその——いろいろ言ってたのを思い出して。それでさっき、女しか知らない体が勿体ないとか、どうとか」

　性的指向を直接確認するのはまずいか。遠回しな言い方になる。

「気遣い過ぎ。レズビアンですけど。なにか？」

　六花はあっさり答えた。

「いやぁ……警察で。珍しいね。ていうか木島さんに相当気に入られてない？」

「あの人、年頃の娘がいるでしょ。心配で仕方ないけど口出しすると嫌われる。娘への思いを、私をかわいがることで消化してるのよ」

「ずいぶんベタベタしてたけど？」

「ホント。たまにおっぱいも揉んでくるのよ」

ウィスキーが来た。呷《あお》る。

「それはやっちゃまずい奴だ」

「私がその前にふざけて股間つかんだからかも」

「それは……やっちゃっていい奴かもー！」

敦は酔っぱらい、足を広げて六花の方へ近づいた。ばっかじゃないの、と頬をつねられるが、痛くなかった。撫でられたようにすら感じる。

「やっべ。超楽しくなってきた。飲んでよ六花ちゃんお願いだから」

「ダメだって。捜査」

「聞かせろよ。俺まだ警部補だけどさ。名探偵だぜ」

「名探偵は自分のこと名探偵って絶対言わないと思うよ」

「だから話してみろって所轄よ。俺は本部捜査一課だからな」

六花が耳を貸せ、と人差し指をくいくいと曲げてくる。顔を寄せた。耳元で、六花が殺人事件とノコギリ青年の詳細を話す。吐息が熱い。ふと視線を下にやる。六花の胸の谷間が見えていた。タイトスカートは体の線にぴったりだ。ウエストはくびれ、尻はボリュームがある。

敦は途中から殆ど内容が頭に入らなかった。血がどんどん下半身に流れていく。頭がクラクラした。

「どう思う？　タクシー使ってもう新宿出たと捜査本部は見てたんだけど、ホシを乗せたタクシーが見つかってないの」

「そりゃ、きっとまだ新宿にいるさ」

頭の中は六花のおっぱいとお尻でいっぱいだったが、敦はそれっぽく推理した。

「新宿は隠れ放題だ。人も多いし、二丁目入ったら厚塗りのドラァグクイーンが闊歩してんだぜ。意外に、いまステージに出て歌って踊る女装した奴らの中に犯人がいるとか」

悲鳴が聞こえた。

歌と音楽、ダンスを楽しむ嬌声に紛れた、趣味の悪い余興のようだ。途切れ途切れの悲鳴は、近づいているようだ。どこから聞こえているのか。

六花も気が付いたか。はっと顔を上げて背筋をピンと伸ばすさまは、サバンナに生きる女豹《めひょう》のようだ。

ステージ上はスピーカーの音が大きいから、悲鳴が聞こえないようだ。七色の角刈りのカツラを被り、肩パッドの入ったスーツを着たドラァグクイーンが歌うのは『アイ・ニード・ア・マン』だ。この曲を歌うグレイス・ジョーンズらしく、男女の性差を超えた恰好をしている。

ステージ脇の扉が開いた。カウボーイが出入りしていた、ZEROに通じる扉だ。

血塗《ちまみ》れの女性が転がり出てくる。

「助けて！　男が、人を刺しまくってる！」

敦は、すぐに状況を呑み込めなかった。ミラーボールとレーザービームで彩られた異空間に、男女の定義を超えた存在が優雅に舞い踊る。全てが張りぼてのような、メルヘンでファンタジーな場所に、〝事件〟が入り込むのはあまりに奇天烈《きてれつ》だった。

客席が騒然となっている。六花が血塗れの女性を抱きかかえていた。敦は慌ててスイッチを切り替えた。立ち上がり、叫ぶ。

「誰か救急車呼んで！　警察だ、みんな落ち着いて！」

敦はスマホで一一〇番通報した。本職を名乗った上、端的に現場住所と状況を伝える。六花が「彼女をお願い」と叫び、扉の奥に消える。女性は興奮して息が上がっている。衣服や手に血がついているが、傷が見えない。

「どこ切られた？」

「血で滑って。私は怪我してない」

──血で滑るほどの現場か。

敦もステージ脇の扉に飛び込んだ。狭く細い通路の先にらせん階段がある。白熱灯の照明のみで、薄暗い。天井も低い。身長一七八センチの敦は、腰をかがめないと頭をぶつけてしまいそうだ。衣装の入った段ボール箱やビールのケースなども置かれていた。狭く急ならせん階段を駆け上がる。血の足跡が点々と残っていた。踏まないように留意した。

階段の先から、泣き声が聞こえてくる。男の怒号も聞こえた。パーティイベント中だったはずだが、音楽は一切聞こえない。身を寄せ合い、震える女性が段差に座り込んでいた。二人とも腕を切られている。ハンカチで押さえたり、手で止血したりしていた。命に別状はなさそうだ。

「犯人はまだ、上？」

女たちが震えながら頷く。ひとりはショートカットの髪型で、ジャケットをはおり、ボーイッシュだ。レズビアンのカップルだろう。

「刃物って、ノコギリだったかな？」

わからない、とロングヘアのフェミニンな雰囲気の女性が言う。

「いきなり悲鳴が聞こえて、なにかと思って後ろを向いたら、無言で人を切りつけている男の人がいて……」

六花は丸腰なのに現場へひとり入ってしまった。応援を待つべきだが、まずは男の自分が守ってやらねば。

敦はらせん階段を上り詰めた。鉄の防火扉が目の前にある。重心を落とし、開け放つ。赤い。

壁や椅子がどぎつい赤色で装飾された店だった。

目の前は、ホールと受付を繋ぐ通路だった。トイレの入口とコインロッカーがある。通路をはさんだ向かいに小さなバーカウンターとソファセットがある。飲み物がこぼれ、プラスチックの容器が散乱していた。カーペットの色も臙脂《えんじ》で、血痕がわかりにくい。

右手の受付には、手提げ金庫を抱いた受付の女の子が腰を抜かして床に座り込んでいた。怪我をしている様子はない。

左手のダンスホールが、惨劇の舞台だった。

音楽は鳴っていない。ミラーボールは回転したままだ。入ってすぐ左手の高台はＤＪスペースだった。誰もいない。右側にはバーカウンターがあった。酒のボトルやビールサーバーが並ぶ。売り子の姿はない。客も少なかった。敦が一時間前に見たとき、入口に行列ができていた。みな外へ逃げたか。

ダンスホールの壁際にテーブル席が五つだけあった。ソファ席に仰向けになり、泣いている女装男性がいた。網タイツの太腿から出血している。スタッフらしき人が太腿の付け根にタオルを巻きつけ、止血している。

他、数人の怪我人がそれぞれに傷口を押さえ、呻《うめ》いている。腕、顔など、上半身を切られている者が多い。

清潔そうな大量のタオルを持ち、負傷者を回る女性がいる。鮫《さめ》の被り物をしていた。この場にそぐわない滑稽《こっけい》な被り物を、取る余裕すらないようだ。

小さなステージにはスクリーンが垂れていた。白黒映画が流れている。『サンセット大通り』だろうか。ラストの、落ちぶれ女優ノーマの異様な形相がアップになった。スクリーンは無音のまま『Ｅ．Ｔ．』の名場面に切り替わる。少年が漕ぐ自転車が、月とすれ違う。

舞台の上手《かみて》側は控室か、白いカーテンが引かれていた。血で汚れた手でカーテンを引いたような痕が多数残っていた。敦はハンカチで手を覆い自分の痕跡を残さないようにしながら、カーテンをそっと開けた。

うっ、と堪《こら》えるような小さな悲鳴がある。身を寄せ合う人々が十人ほどひしめき合っている。全員が本格的なコスプレをしていた。

「警察です。お客さんですか」

「いいえ、ここのダンサーです」

「犯人は？」

首を横に振る者、ステージの方に顎をやる者、わっと手で顔を覆う者、様々だ。一人が泣きながら言う。

「静乃さんをメッタ刺しにしたあと、自殺を……」

ステージの上に、六花がいた。

血塗れの女性が倒れている。レトロなヨーロッパの貴族風のドレスを着ていた。パニエから伸びる足首に力がない。ハイヒールの右足は天を向き、左足はストッキングだけだった。青白い足の裏に血がついている。六花は自身の赤いジャージを脱いで、女性の胸を止血している。血だまりができていた。人々が逃げまどったのか、ステージ上には血のゲソ痕《こん》があちこちにある。

六花が「心音がしない」と泣いている。女の半開きの口に吸い付き、人工呼吸をする。

女が息を吹き返す様子はない。

ステージ下にひとり、スーツを纏《まと》った男が足を投げ出し、座り込んでいた。微動だにしない。絶命しているように見えた。首から血が垂れ続けている。彼の周りに丸く血だまりができていた。顔は血塗れで人相がよくわからない。血に汚れた刃物をぎゅっと右手につかんでいた。

刃物をよく観察しようと、敦は男に近づいた。指先に反応があった。まだ生きている。敦は咄嗟に数歩下がり、重心を落とした。モップが足にあたる。誰かがこれで応戦しようとしたのか。警杖《けいじょう》代わりに構える。

犯人は最期、ふうーっ、と長いため息をついた。

息絶えた。

第二章　スカーレット

深夜三時、ようやく自宅にタクシーがやってきた。義姉の真澄に深く一礼し、家を出た。虎太郎にも伝えてある。

「管内で大きな事件が起こったみたい。パパもそこにいるの。ママ、どうしても行かなきゃならない」

虎太郎の看病のため、真澄を呼んでくれたのは敦だった。電話口で敦は、かなり興奮した様子だったらしい。無差別殺傷事件発生直後の現場にいたのだから、「いつもの敦じゃなかった」と義姉が言うのも当然だろう。

敦は、阻止できた事件かもしれない、と口走っていたという。ノコギリを持って逃走中の中尾尚人が犯人だったら、琴音のキャリアに傷がつく。

「仕方がないよ。女にとって、子供の病気と現場の事件、どう考えたって子供の病気が優先だもの」

これから現場に向かう琴音に、真澄は親身な顔で言う。

タクシーの中で、ため息をついた。

田んぼ、畑、住宅街の景色が、車窓に繰り返される。東京外環自動車道に入った。

唇を嚙み締める。

敦は、死者二名、重軽傷者五名と話していた。死亡した被害者の氏名を聞いて、「阻止できたかもしれない事件」の深刻さが増す。

小沢《おざわ》静乃、雑貨店経営の四十二歳。

逃走中の中尾尚人と接点がある。

ディズニーランドが見えてきた。旧江戸川《えどがわ》を渡る。東京都に入った。ついたため息の最後が、震える。霞《かすみ》が関《せき》を抜けて、やがて靖国通りに入った。現場はこの路地を一本入ったところだ。何台もの捜査車両と消防車両が両脇に停まっている。赤色灯の明かりが周囲を照らしていた。

タクシーを降りた。琴音は敦に電話をかける。野次馬の数が凄《すさ》まじい。靖国通りだけで数百人はいるだろう。みな規制線の向こうにスマホを向けている。

敦が路地から出てきた。毛布のようなものをはおっている。立番《りつばん》の警察官が琴音を通してくれた。中に入り、敦に声をかけた。

「コートとジャケット、どうしたの」

「ワイシャツが血塗《ちまみ》れだから、はおれない」

毛布をちらりと開いた。容疑者の死亡確認と被害者の救命にあたったという。

「犯人の身元は」

「指紋で照合中。着衣は聞いていたものとちがう。スーツ姿だ」

逃走したとき、尚人はダウンジャケットにジーンズ姿だった。

「ただ、サイズが合ってない。だぶだぶで、袖が指の付け根まであった」

警察の目を晦《くら》ませるために、誰かのスーツを拝借したのか。

「顔は確認できなかった。自殺の直前に自分でめちゃくちゃに切りつけたらしい」

——なんのために。

「凶器はノコギリ？」

「いや。市販されている出刃包丁だ」

凶器と服を替えて、静乃を殺しに来たのだろうか。だが、性玩具をサービスで与えただけの彼女を殺す動機がわからない。

「他の人にも切りつけているのよね」

「ああ。軽傷者の殆《ほとん》どは腕とか手だ。重傷者は女装していた男性ひとり。太腿《ふともも》を刺されて大動脈が断裂した。意識はあるらしいけど、いま緊急手術中」

静乃だけを狙ったわけではないのか。

「木島さんは？　彼と飲んでたんでしょ」

「木島さんは泥酔して、先に店を出た」

「あなたひとりだったの」

「いや。堂原さんという刑事と」

琴音は一瞬、言葉に詰まる。息子がインフルエンザの日に、女と二人で飲んでいたことになる。たとえ六花がレズビアンであっても、敦が次の日から子守を代わってくれるとしても、琴音は嫌悪感を抱いた。口には出さなかった。

「彼女は？」

「まだ中にいる」

「巡査部長が現場入っちゃだめじゃない。鑑識作業中でしょ」

琴音は最前線の規制線前に到着する。『ZERO』のシャッターには同じフライヤーが数十枚貼られていた。往年の海外スターの写真のコラージュだ。同じものが並んでいるせいか、眩暈《めまい》がする光景だった。何枚かは破れ、剝がされている。

「俺らはこの建物の地下で飲んでた」

地下に通じる出入口には『新宿十字軍』という看板が出ていた。

「木島さん、なんで泥酔するほど飲んでたの。管内で重大案件が起こっているときに酔いつぶれるような人じゃないでしょ」

「今日から鳥取出張だからだろ。午前中は新幹線で寝ていれば着くから、つい飲んじゃったんじゃないか」

琴音のせいだ。出張を命じた。

ZEROの入口は鑑識作業中で、封鎖されていた。幾人もの鑑識捜査員がしゃがみこむ。ライトで外壁を照らしルミノール反応を見る者、地面の微物を採取する者、写真を撮る者で、混みあっている。

「中、しばらく入れそうもないね」

「地下から上がれる。内階段があるんだ」

敦が琴音を連れて、新宿十字軍の階段を下りていく。ここは現場ではないので鑑識作業は行われていない。捜査関係者が何人かいて、ドラァグクィーンから聴取をしていた。

敦がステージ脇の扉を開けた。狭いらせん階段を上がる。上の扉は開きっぱなしになっている。鑑識作業用の照明が強い光を放っていた。

ホールと受付を繋ぐ通路に出た。

シューカバーと手袋、マスク、キャップを装着し、現場に入った。傍《かたわ》らの椅子に、六花が座っていた。肩が細かく震えている。血塗れの両手のひらを持て余すように天井に向けている。放心状態なのがわかった。

敦が彼女の元に跪《ひざまず》いて気遣った。六花は被害者の血で、顎《あご》や頬、耳まで赤くなっている。ガタガタと震え、寒そうだ。敦が自らの毛布を六花の肩にかけた。

「いったん署に戻ったらどうだ」

六花の目が敦を捉えていない。琴音は六花の前にしゃがみ、顔を覗《のぞ》きこんだ。

「大丈夫？」

静乃と友人だったのだ。捜査できるか。六花は「問題ない」と、怒ったような口調で答えた。

「村下さんから捜査指示は出てる？」

「野次馬の撮影をしておけと」

LGBTの集まる新宿二丁目で、無差別殺傷事件が起こる――思想犯による襲撃、ヘイトクライムという線も考えられる。犯行が成功したか確かめるために、共闘する仲間が現場の野次馬に交ざっている可能性がある。

六花がふらりと立ち上がった。

「待って。一度署に戻って着替えてからにして。血塗れよ。目立つ」

「通り沿いの雑居ビルにビアンカフェが入ってる。窓から通りがよく見えるから、そこで撮影する。ママ知り合いだし、大丈夫」

そこで着替えを借りるとも言う。咎《とが》めたら、六花はこう答えた。

「友達が殺された。一分一秒も惜しい」

敦のスマホが鳴った。上司からのようだ。つい五時間ほど前、「お前は昇進できない」と敦に言い切っていた人物だ。

「了解しましたけど、昨日の通りです」

敦は電話を切った。琴音に言う。

「捜査一課十係全個班、新宿二丁目無差別殺傷事件に投入だそうだ」

悪夢だった。

「上司に言えばよかったのに。ちょうど現場にいたって」

「いや。俺は家に帰る」

「どうして」

お前が訊くなと言わんばかりに、敦は目を剝《む》いた。今日、敦は虎太郎の子守のため、休みを取っていた。

こんな重大事件の初動捜査に、敦は関われない。


惨劇のあったホールは規制線が張られていた。琴音ら捜査幹部であっても、中に入れるのは昼以降になると言う。被害者の数が多く、遺留品が大量にあるので、鑑識作業に半日はかかる。

琴音は規制線の外側から、ホールの様子を目に焼き付けた。イベント中は間接照明だけで薄暗いらしい。ミラーボールと、DJがミックスした音楽の爆音で、華やかながらも妖《あや》しい空間だったただろう。

いまは全てが沈黙している。蛍光灯の光がイベントスペースを隅々まで晒《さら》す。壁も床も天井も老朽化が進んでいた。内装も安普請だ。二つの死体は簡易的な検案を終えて、監察医務院へ運ばれた。負傷者も救急搬送されている。血と、逃げまどうパーティ客たちが散らかしたコップ、皿、食べ物、衣装の一部が散乱している。

村下がZEROに入ってきた。琴音に説明する。

「現場に居合わせたスタッフはキャストやDJも合わせると三十人、客は三百人近くいた」

琴音は驚いた。

「三百人もの客を、どこで聴取しているんです？」

広い場所を借り切って、いっきに聴取していくのが常だ。村下は憮然《ぶぜん》と言う。

「ほとんど逃げた」

「逃げたって……」

「わかるだろ。二丁目だ。ここで何をしていたのか、家族や会社に知られると困る客も多い。出血しているのに病院を拒否して消えた客までいる」

「防犯カメラ映像は？」

「ホールにはない。受付に一台あるのみだ」

スタッフは署で聴取しているという。

「応じているのは支配人、ＤＪ、セキュリティスタッフ二人、バーカウンターで酒を売っていた売り子の計五人とキャストの六人、合わせて十一人のみだ」

「半分以上は？」

「逃げた」

琴音は腕を組み、首を傾《かし》げた。

「ここのイベントスペース、風営法違反でもしているんでしょうか」

「生安に問い合わせたが、届け出に問題はない。厳しい身分証チェックもある」

いかがわしいことはなにもしていないのに、逃げる。ZEROで被害に遭ったと世間に知れるということは、世間に自分が性的マイノリティであるとカミングアウトするも同然、ということか。

「難しい事件になりそうですね」

「二丁目で起こる事件はいつもそうだ。みな、ここでは本当の素性を話さない。本名も職場も家族関係も、居住地すらも明かさない。ゼウスやらひなぽんやら通称を使う」

村下が、壁に貼られたイベントポスターをノックしながら言う。キャストの顔写真と源氏名が載っている。ゼウスやひなぽんの他、マドレーヌ青山など、タレントのような名前が並ぶ。

「ちなみにここのキャストは正規雇用されていない。イベント自体が月に一回のみだ。日雇いバイトみたいなもんだな」

村下のスマホが鳴る。二言三言で通話を切り、琴音に言った。

「堂原についてやれ。外でトラブっているようだ」

琴音は新宿十字軍を通じて地上に出た。靖国通りに出る路地裏の規制線前で、六花と男性が押し問答をしているのが見えた。六花は血で汚れた服を晒したままだ。野次馬からスマホを向けられていた。琴音が呼びかけても、見向きもしない。六花が男の襟首をつかんだ。

「マサト。ちょっと来て」

規制線の内側へ一人の男を引きずり入れた。マサトと呼ばれたのは、チノパンにダウンジャケットという恰好《かっこう》の、小柄な男だった。マサトが身をよじる。

「なにすんだよ六花！　放せったらっ」

顎鬚《ひげ》がパラパラと生えているが、男性にしては声が高い。喉仏もない。FtM、元女性のトランスジェンダーか。

六花が捜査車両の後部座席にマサトを押し込めた。彼女は二丁目のことをよく知っている。なにか気がついたのかもしれない。

琴音は見守ることにした。助手席に回る。後部座席の六花がマサトに問う。

「彼氏が心配してたよ。恋人ほったらかしでなにしてんの」

「なにって。店やってたら、二丁目でなんかやばい事件あったって聞いて、ちょっと見に来ただけだろ」

「店やってたなんて嘘。八散はバイト任せ、スマホも連絡がつかないってあんたの彼氏が嘆いていたの」

「知らねぇよ。つうかほっとけよ。警官が、ゲイカップルの事情に首突っ込んでんじゃねーよ」

六花が鋭くマサトを見つめている。マサトは威勢よく睨《にら》み返していたが、視線を一瞬、外した。

「マサト」

「言わせんなよ！　生理中で調子悪いんだよ、むかついてんだよ！」

マサトが助手席を蹴った。琴音の背中に衝撃がある。

「くそ、お前にはわかんねぇよ。男性ホルモン打ちまくってんのに生理来ちゃう俺の気持ちなんか、ビアンのお前にはわかんねえよ！」

「なに買ってきたの」

「は⁉」

マサトは手に、コンビニの袋を持っていた。

「なにって――豆腐だよ」

「深夜に野次馬がてら豆腐買いに来たの？」

「悪《わり》ぃかよ、食いたくなったんだよ、好物なんだよ！　俺はもう帰る。善良な市民をこんなふうに拘束していいわけないだろ！」

マサトが扉に手を掛けた。六花がすかさず、マサトの右腕をつかみ上げる。琴音に指示した。

「お姉さん、ロック」

琴音は従わない。

「令状はない。拘束できないわ。何の根拠があって――」

「だから、豆腐」

「豆腐のなにが」

「FtMで男性ホルモン打ってる人が、大豆食品を大量に食べるはずないでしょ」

大豆にはイソフラボン——女性ホルモンに似た作用がある成分が含まれている、と琴音は思い出した。六花がマサトに向き直る。

「誰に食べさせるための豆腐なの？」

「だから、客だ！」

「ならどうして好物だと嘘ついたの」

マサトは目を逸《そ》らした。

「あんたは昔っからそう。嘘が下手。やけっぱちになって豆腐好きとか嘘つかないで、店の客に出すとか言えばいいのに」

クソ、とマサトが厚底のスニーカーで扉を蹴る。ごつい靴を履いてはいても、小さな足だった。

「お姉さん、L署へ」

マサトを立番の警察官に押しつけ、六花がエレベーターに飛び込んだ。琴音は慌てて追う。六花の速さについていけない。六花は署長室に突進していった。ノックをしたが、返事を待たず、名乗りもしない。

署長の見留はスーツ姿で、受話器を耳に当てていた。署長ともなると、所轄署のすぐ近くに立派な官舎を提供される。歌舞伎町二丁目の三十階建てタワーマンションの二十階にある、百平米超えの一室に住んでいると聞いた。事案一報を受けて見留も飛んできたようだ。

　六花が訴える。

「見留署長。けん銃帯同許可を」

　琴音は慌てて六花を咎めた。署長に直で言うことではない。まずは上官の木島、そし
て琴音や村下に進言してからの話だ。見留も、俺に言うな、という顔をしている。

「犯人は死んでいる。必要とは思えない。そもそも私に進言しないで、後ろの上司に言
いなさい」

「後ろの上司は子育てに忙しい上に異動してきたばかりで影響力がない。直属の上司は
泥酔していて使い物にならない」

「なら村下に」

「どこにいるのかわかんない。一分一秒も無駄にできないから署長に直訴に来た。歌舞
伎町の事件の犯人のアジトがわかった。突入させて」

　琴音は目を丸くした。

「ちょっと待って。犯人は――」

「ＺＥＲＯ襲撃事件の犯人と、ノコギリ青年は別人だと思う」

　見留が根拠を尋ねた。六花は自信満々だ。

「根拠も何も、ノコギリ青年の潜伏場所にあてがある。ゴールデン街の八散。だから犯

人は別人と推理した」

琴音は首を横に振る。

「確かに豆腐をなんのために買ったのかという疑問はあるけど、だからってマサトさんが尚人を匿《かくま》っているというのは飛躍しすぎてる」

六花が見留に訴える。

「だから、上司を説得する前に署長のところに来た。この人、頭固そうだし」

親指で琴音のことを指す。琴音は言い返そうとしたが、反論の言葉が出ない。

村下が署長室に飛び込んできた。顔に安堵《あんど》の色が出ていた。

「鑑識係からの報告です。ＺＥＲＯ襲撃犯と中尾尚人の指紋、一致しませんでした」

琴音は腰が抜けそうになった。六花だけ表情が違う。

「これからだよ、お姉さん」

署長に向き直る。

「見留署長。尚人の姿はゴールデン街で消えた。そしてゴールデン街の店の店長が、誰のものかわからない食べ物を買っている。それだけで充分だよ」

見留は苦い顔だ。

「動機はなんだ。なんのために八散の店長は、殺人犯を匿うっていうんだ」

六花はあっさり答える。

「マサトは二十年前に、流産している。男児を」

琴音は目を丸くした。

「流産って――。彼はFtMとはいえ、心は男でしょ。妊娠なんかする？」

「マサトは三十までは必死に女性として生きようとしていたの。どうしても子供が欲しくて、男と結婚した。で、妊娠した」

琴音は眩暈がした。次々と新しい情報が、本人ではなく六花の口から出てくる。見留と村下は神妙に耳を傾けている。これがL署の日常風景ということか。

「でも、そこで混乱しちゃったの」

琴音も混乱している。

「性自認は男なのに、お腹が膨らんでいく現実を受け止められなくなってきて、発作的に薬物を飲んで救急搬送された。それで、流産しちゃったの。子供は男の子で、柾人《まさと》って名前を考えていたんだって」

「マサト」といういまの通称は、亡くした息子の名前だったようだ。お墓もきちんとあり、命日にも必ず足を運んでいるという。

「毎年、マサトは子供の年齢を指折り数えていた。もうすぐ成人だって言ってたし、昨日は成人式だったでしょ。死んだ息子もそろそろだと、昨日は特に強く、思い起こしていたんだと思う。だから尚人を匿い、食事を与えるために豆腐を買いに行ってた」

見留署長、と六花が決断を迫る。

「夜明けと共に記者連中が集まってくる。ホテルの事件と無差別殺傷を勝手に関連づけられる前に、決着をつけた方がいい」

見留が根負けした様子で、受話器を上げた。

現場はL署の入るSTビルの目と鼻の先だ。

琴音は、けん銃を帯同し玄関口へ現れた六花を見て、息を呑んだ。交番詰めの警察官はニューナンブやSAKURAと呼ばれるリボルバー式の小さなけん銃を持たされる。六花がタイトスカートの腰にぶら下げているのは、自動けん銃だ。機動隊やSATなどの特殊部隊員に支給されることが多い、ベレッタだった。

同じものを胸のホルスターに収めた村下が言う。

「ここは新宿特別区だからな」

歌舞伎町を仕切っていた暴力団やマフィアと対峙《たいじ》してきた村下らしい迫力で、覚悟を示す。六花はあっさり言う。

「相手は鳥取の田舎の坊やだよ。ぶっ放すことにはならないとは思うけど」

「だったらチャカ欲しいとか署長に直訴すんなよ」

「抑止力」

村下が厳しく首を横に振る。

「平和な田舎の坊やほど、暴れたら手がつけられないもんだ」

八散はL署から見て三本目の通り『あかるい花園一番街』の北側にある。ゴールデン街は二階建ての建物が続く。上と下は別店舗で入口は共に一階というメゾネットのような構造だ。八散はゴールデン街でも数少ない、上下同一店舗だ。一階にカウンター席、二階はテーブル席になっている。

覆面パトカーが東の花園通りと、西のまねき通りにつけた。あかるい花園一番街の路地を塞ぐ。横にも抜け道があるが、車が進入できるスペースはないので、捜査員を配置する。マサトに家宅捜索の立ち会いをさせるべきだが、貝になってしまった。いまは署の取調室に放り込んである。

ゴールデン街は、真冬のいまでも扉を開けっ放しにしている店舗がある。ビニールカーテンが垂れる店もあった。背を丸めて酒を飲む外国人の姿も見える。「いってくる」「いってらっしゃい」というゴールデン街特有の客と店主のやり取りが聞こえてきた。路上で瓶ビールをラッパ飲みする欧米人、酔いつぶれて寝そべるアジア人もいる。

「午前四時半なのに、こんなに人がいるんですか」

「五時閉店の店が多いからな。いま時分は路上に人が溢れる」

五百メートル離れた二丁目で無差別殺傷事件があったとは思えないほど、呑気《のんき》な光景だった。

ゴールデン街の東側は、花園神社の裏手になっている。神社の拝殿へ続く階段で寝ているスーツ姿の若者と、晴れ着姿の女性がいた。何十万円かはするであろう振袖を地面に垂らし、スマホをいじくっている。

琴音も続く。村下は捜査員を引き連れ、近隣店舗の店員や客に避難を呼びかける。

「さあ。行こう」

六花が先頭に立つ。

八散は扉が閉ざされていた。カラオケの曲は聞こえてくる。六花が扉を開けた。琴音も続く。村下は捜査員を引き連れ、近隣店舗の店員や客に避難を呼びかける。

カウンターに客が五人、座っていた。スマホをけだるそうに見ているだけの欧米人のカップルと、つなぎ姿の日本人の中年男性三人組だ。金髪にした男がマイクを握り、米津玄師《よねづけんし》の『LOSER《ルーザー》』を歌っていた。

カウンターで酒を提供しているのはアルバイトの青年だった。六花を追っ払う。

「すいません、上も満員！」

「警察！」

六花が桜の代紋を示した。中年の男たちが、金を置いて店を出て行く。欧米人カップルは意に介さず、スマホを見ている。

「上、見させてもらうから」

バイト青年が面倒そうな顔をした。

「店長には警察の方から言っといてくださいよ。令状なしであげたって言ったら、怒られちゃうから」

「マサトは豚箱に入れる。問題ない」

青年は絶句した。

六花が入口のすぐ脇にある階段を上がった。琴音もついていく。人ひとり通るのがやっとの階段は狭い。ホルスターに収まったベレッタが六花の尻の上でバウンドする。琴音は、高揚していく気持ちを深呼吸で押し殺す。日本一の歓楽街の中でも独特の空気が残るゴールデン街で、けん銃片手に捜査をする。警察官としてこの場を管轄する立場に選ばれたことに、血湧き肉躍る喜びがある。母であることも、急病の息子のことも、頭から飛んでいった。

尚人にワッパを掛けるのだ。

二階は一階よりも狭い。奥半分はアコーディオンカーテンで仕切られていた。窓のすりガラスにはダイヤの模様が入っている。

小上がりのようなスペースに掘りごたつがあった。成人式を祝っていた風の若者六人が集う。男たちはスーツで、女たちはまだ振袖姿だった。帯が苦しくないのか、突っ伏して寝ている女の子もいた。イマドキの子はたくましい。

六花が桜の代紋を見せた。「俺たちもう二十歳でーす！」と若者たちはふざける。目の前で一気飲みを始めたり、煙草《たばこ》に火をつけたりする。スマホで警察を撮影する者もいた。「下に避難して」と指示する琴音の声は、かき消されてしまう。

「やばーい！　はしゃぎすぎて警察来ちゃったけど、我々はれっきとした成人でーす！」

動画の生配信でもしているのか。

六花は臆することなく、畳の上に流れるいくつもの振袖の袂《たもと》を跨《また》いで奥へ突き進む。

アコーディオンカーテンを開け放った。物置き場だった。パイプ収納棚が左右の壁に背をつけて、向かい合わせに置かれている。棚にはぎっしりと段ボール箱が詰まり、その隙間に物が突っ込んである。パイプ収納棚に挟まれたスペースにも段ボール箱が積み上がる。人が隠れる余地はない。その向こうはもう壁だ。六花はしきりに上を見ている。

「お姉さん、三階があるはずだから入口をさがして」

琴音は懐から書類を出した。生活安全課の担当者から急ぎ、『八散』の営業届出書をコピーしてもらってきたのだ。店舗は二階建てと届け出されている。

「三階はないはずだけど」

「ある」

六花は壁とパイプ収納棚の隙間に突っ込んであった梯子《はしご》のようなものを引っ張り出した。畳んであったものを六花が開くと、二メートル近い脚立になった。昇れば天井まで届く長さだ。琴音は目を丸くする。

「なんでこんなところに脚立が」

昭和三十年代にできた建物だ。天井は低い。踏み台ひとつで天井近くまで積みあがった荷物に手が届くから、こんなに長い脚立は大袈裟《おおげさ》だ。

六花は天井を仰ぎ、見当をつけた様子だ。段ボール箱の隙間に体をねじこみ、奥へ奥へと突き進んでいく。琴音も段ボールの壁に囲まれた隙間に入る。かび臭かった。壁に突き当たる。右手は段ボール箱が壁にぴったりとくっつけて置かれている。左手には、人がひとり通れるだけの隙間ができていた。周囲の段ボール箱のいたるところに、人が手をついたような痕が残っている。ゲソ痕《こん》もある。新しい。

六花が左の突き当たりに脚立をセットした。部屋の北西側のすみっこにあたる。琴音は天井の違和感に気が付いた。

天井にはストライプのラインと花柄の模様が入った壁紙が貼ってある。六花の真上だけ、白く真新しい壁紙が画鋲《がびょう》で留められていた。

「まさか、隠し部屋が屋根裏に?」

「昼に話したでしょ。このあたりは青線だった」

いつか赤線に指定されるのを夢見て、飲食店の別部屋でこっそり売春をさせていた——。

「だから三階は造っても、警察や消防に届け出はしていないの。警察の手入れがあったら、すぐさま梯子を上に引き上げて床を塞いで、売春なんかさせてませーんって言う。それが青線」

やがて売春が法律で禁じられ、三階は使われなくなった。三階入口は塞がれたというわけだ。

「ゴールデン街の中でも新しい建物は三階がないけど、八散が入るこの建物から向こう五軒は最古参なの。建設は昭和三十年。絶対三階があると思ってたんだ」

琴音は一旦引き返し、段ボール箱の山を出た。カーテンの向こうでは成人した若者たちがまだ騒いでいる。琴音が追い払おうとしても、言うことを聞かない。また撮影を始めた。

村下が階段を上がってきた。スキンヘッドに無精髭、防弾チョッキを身に着けた分厚い胸板を反らし、若者たちを一瞥《いちべつ》する。手にはベレッタ。若者たちは硬直した。

「え……ガチなの」

「子供は早く外へ出ろ」

若者たちが一斉に階段を下りる。振袖を踏まれてつんのめる女性もいた。

六花はすでに梯子のてっぺんに上り詰めている。タイトスカートに包まれた太腿で脚立を挟むようにして立つ。短く入ったスリットが破れそうだ。六花がけん銃を取った。弾倉を確認し、安全装置を解除した。右手でベレッタを持ち、左手で画鋲留めの壁紙を剝がした。

人が出入りするには充分な大きさの、四角い枠が見えた。上から板で塞がれているようだ。

六花が板を乱暴にノックする。村下が天井に向かって叫んだ。

「警察だ！　誰かいるか。出てこい！」

琴音は腕時計を見た。三十秒。沈黙が続く。

「入るよ」

六花が琴音と村下を順に見た。琴音も村下も了承する。六花が両手で板を持ち上げようとする。びくともしない。全体重をかけるように、首を曲げ、肩で押した。一センチも浮かない。苛立《いらだ》ったのか、六花はベレッタを握る右手の拳で板をパンチした。

板は軽い音を立てただけで、びくともしない。

「いったぁ……！」

六花はベレッタを持ち替え、ふうふうと拳に息を吹きかける。

「女では無理だ」

村下が言う。琴音は村下に期待した。村下は「俺でも無理だ」とあっさり言い、電話をかけた。大男が駆けつけてきた。木島だ。目が据《す》わっている。

「酔いは大丈夫ですか」

「とっくに醒《さ》めてる」

木島は六花のいる梯子のたもとに向かう。段ボール箱の隙間に何度もはまる。そのたびに体を揺すって、周囲の段ボール箱を蹴散らした。奥のスペースへ泳ぐように進む。方々から物が落ち、埃《ほこり》が舞い上がる。

「六花。降りろ。代わる」

六花が脚立を降り切らないうちに、木島が覆いかぶさるようにして脚立を上がっていく。巨体の木島の重さで踏板が軋《きし》む。防弾チョッキを着用しているが、けん銃は所持していなかった。アルコールが入っているので、村下が持たせなかったのだろう。

木島は上り詰めた途端に拳を繰り出した。六花の拳を簡単に跳ね返した板が、破壊される。上から木くずや埃が落ちてきた。厚さ五センチほどのベニヤ板だったようだ。木島は穴に両手を突っ込んで、板を破るようにして破壊していく。頼もしい。

六花は下でベレッタを構える。タイトスカートの足を肩幅に開き、重心を落とす。膝は閉じているから下品ではない。むしろ、美しい。

「俺のケツに撃ち込んでくれるなよ」

「それはそれで面白そう」

木島は六花をひと睨みした。口は笑っている。入口の枠をつかみ、木島は頭、腕、肩、上半身といっきに三階へねじ込んだ。

「警察だ！」


一月十四日、朝六時になろうとしていた。

琴音は中尾尚人の緊急逮捕にかかる報告書を大急ぎで作っていた。八散に三階があったという現場の状況から説明しなくてはならない。鑑識が作った見取り図を片手に、現場の状況を事細かにデータ入力していく。

取調べは課長の村下が行っている。木島は突入したが、ワッパもかけていない。アルコールがまだ残っているからだ。六花は犯人蔵匿罪でマサトの取調べをしていた。

七時から、二丁目無差別殺傷事件の第一回捜査会議が行われる。逃亡していた尚人は襲撃犯ではなかった上、逮捕した。状況は少しましになったと言える。

尚人の確保を受け、特別捜査本部は一般的な捜査本部に規模を縮小した。無差別殺傷事件の方が被害者の数が多い上、社会的な影響がありそうだ。こちらが特別捜査本部となった。

六時四十五分に、再び本部捜査一課の刑事たちを出迎える。先頭は昨日と同じ捜査一課長だろうが、後ろに控えるのは十係長とその捜査員たちのはずだ。十係長の高倉伸介《たかくらしんすけ》警部は敦に〝永遠に警部補どまり〟と言い放った男だ。

敦は事件現場に遭遇しながら、初動捜査に出遅れることになる。

息子の看病のために。

いや、違う。

妻のキャリアのために。

琴音はまた、マイナス思考に陥る。

一旦パソコンを閉じた。取調べの様子を見に行く。

取調室ではなく、隣の小部屋に入った。マジックミラー越しに中を見ることができる。

中尾尚人は、八散の三階の隅っこで膝を抱えて座っていたときと、ほぼ同じ様子で容疑者側の席にいる。背中を丸め、視線を下にやったままだ。

八散の三階は、昭和初期の空気がそのまま密閉されていたかのようだった。埃っぽくかび臭かった。古い畳はボロボロで、琴音のストッキングの足の裏に、い草の破片が大量についた。黄ばんだせんべい布団には黒カビが点々と浮かんでいた。

ちゃぶ台の上には魔法瓶、サッポロの赤星の瓶が転がり、コンビニ弁当のゴミと飲みかけのペットボトルも置いてあった。昭和と令和が隣り合わせになったような不思議な空間で、尚人は膝を抱えて無表情に座っていた。木島の突入をぼけっと眺めていて、大人しく逮捕された。ノコギリは八散の厨房《ちゅうぼう》のゴミ箱にあった。

取調室で、村下が確認する。

「お母さんを殺したことは、間違いないか」

はぁ、と尚人は気の抜けた返事をした。顎を突き出すような頷《うなず》き方だ。強面《こわもて》の村下を怖がることもない。へつらう様子もなかった。

「どうやって殺した」

返事はない。

「電気ケトルを振り下ろしたか？　そこから君の指紋と、お母さんの血痕が出た」

「はぁ………」

「お母さんの衣類をはぎ取り、浴室で燃やしたことは間違いないか」

尚人は同じ仕草と言葉で、肯定した。

「スーツケースにお母さんの遺体を入れて、どこへ運ぼうと思った？」

「……隠さなきゃと」

「大学の試験はどうするつもりだった」

「受けないと、いけないので」

た。

「受験するつもりだったのか」

「申し込んじゃってたので。終わったら、お母さんと鳥取に帰ればいいかな、と」

「死体を持ち帰るということか？　そこで死体をどうするつもりだった」

　黙りこんでしまった。十八歳にしては行き当たりばったりすぎないか、と琴音は思った。

「ノコギリはなんのために買いに行った？」

「スーツケースに入らなかったので……」

「遺体を切断するつもりだったのか」

「入らなかった、ので」

「腹を痛めて君を産んで、苦労して育ててくれたお母さんの体を、君はノコギリで切断できるのか」

　尚人は困ったように、村下を見返す。

　琴音は隣の聴取室に移動した。六花がマサトの聴取を行う。隣の無感情な空間とは一転、こちらは感情大爆発でやかましい。マサトはむせび泣いていた。

「店を開けようとしたら、勝手口の鍵が壊れていて、中にあの子が。炊飯器を膝の上に抱えて、しゃもじでご飯を食べてた」

　昨日、十四時頃の話だという。

「知ってたよね？　歌舞伎町のホテルで母親を殺した男が、ノコギリ持って付近を逃走中って」

マサトがしゅんと視線を外す。

「なんで一一〇番しないの。私に連絡しないの。私たち友達だよね」

「友達なら、わかってくれよ」

マサトは泣き崩れた。しゃくりあげながら切々と訴える声は高く、女の声だ。

「殺したあの子のこと、忘れられない。私が殺しちゃった、柾人のこと……！」

自らの過ちで流産してしまった子を、二十年経っても忘れられない。その本能は母親そのものだ。だが性自認は男だという。琴音は全く理解できなかった。六花が次の質問をする。

「昨日の十四時頃、店の厨房で中尾尚人と出くわし、何を話したの」

「あんた誰って思わず叫んだら、中尾尚人ですって、あの子は妙に律儀に答えた。警戒心とか恐怖心が緩んで」

琴音は、取調室での尚人を思い出した。意思表示が殆どなく、ニキビ跡が残る、素朴そうな少年だった。

「話を聞いたら、〝走って逃げてきたから、お腹空《す》いちゃって〟って言うの。お母さんから逃げてきたとも言って……」

マサトはまた泣きだした。女に見えた。いや、女というより、子を亡くした母親だ。

聴取は休憩となった。廊下に出てきた六花に、琴音はひっそりと尋ねる。

「彼、本当にFtM?」

六花が不可解そうに顎を引く。琴音は説明する。

「あれはどう見ても女性よ。なにか事情があって男のフリをしている、なんてことはない?」

「ないと思う」

あっさり否定されてしまった。

「あまりに不自然だと私は思うんだけど」

「二丁目では普通だよ」

体は女なのに、男だという意識から逃れられない。たまに女性のような感情が出てしまい、混乱する——。

「トランスジェンダーもいろいろだよ。お姉さんだってそうでしょ」

「私はノンケよ」

そういうことじゃない、と六花はまっすぐな瞳で否定する。

「体はよき母親であろうと、いつも息子を心配してソワソワしている。でも刑事だという自意識で必死にそれを抑えているでしょ」

時計を見る。六時三十分。琴音はデスクで報告書の作成を急ぐ。六花の言葉が響いて、余計集中できなくなってしまった。

デスクの内線が鳴る。

「はい、刑事課新井です」

「監察医務院の横山《よこやま》です。村下課長は」

監察医務院は検死解剖の真っ最中のはずだ。途中で電話がかかってくるのは珍しい。

「村下は席を外しています。課長代理の私が話を伺いますが。遺体になにか特異な点が？」

「我々の班は容疑者を検死解剖しておりまして――かなり特異な状況です。刑事課の方にまずはご臨席いただけないかと」

東京都監察医務院は、文京区大塚《おおつか》にある。東京二十三区から出る変死体の検死を担当している。

琴音は後部座席に村下を乗せて、捜査車両でL署を出発した。新宿五丁目の交差点を北へ向かう。村下に雑談を投げかけた。

「堂原さんはすごいですね。彼女が持つ二丁目の人々の情報網と新宿に対する豊富な知識で、一瞬で尚人の隠れ家を突き止めた」

村下が頷いた。

「だから彼女は、あれでいいんだ」

「服装や言葉遣いのことですか」

「警官然とした奴が、二丁目になじむと思うか。常連になったところで、心を開いてもらえない」

　琴音は納得した。尋ねる。

「堂原さんから聞きました……村下さんに、二丁目で拾われたと」

「昔の話だ」

　これ以上の質問を受け付けないような、そっけない返事だった。気になってしまう。

「高校を中退して繁華街をうろついていた少女を警察にスカウトするなんて、初耳です。当時から彼女、光っていたんですか？」

　豆腐の件にしろ、六花は非常に鋭い観察眼を持っている。

「情報と知識があっても、瞬時にそれらを真実で貫くことができる想像力がないと、あの推理力は発揮できません」

　琴音の中にある矛盾すらも見破った。出会ってまだ二日も経っていないのに。

　村下が書類を閉じ、昔話を始める。

「まだ堂原が十七の時だ。二丁目のゲイバーの店長が刺殺され、店の売上金と店長のケータイが奪われる事件が起こった」

　捜査は難航したという。

　みな、性的マイノリティであることを社会に隠して生きている。警察が介入した途端に消えてしまうのは、二丁目無差別殺傷事件と同じらしい。

「店子《みせこ》や常連を調べようとしても、あっちゃんだのみっくんだの、誰も本名を知らない。調べていくうちに、常連客の中に高校生少女がいることがわかった」

店長が家出少女を匿っていたとか、買春の線を調べたが、どうも違う。少女は二丁目の店が開き始める十九時頃に街へやってきて、ビアンバーやゲイバーを梯子してメシを食い、アイスで〆《しめ》、二十二時には帰る。飲酒も喫煙もしておらず、健全な少女だという。

「珍しかったのは、そのゲイバーはノンケも女性もお断りだったのに、彼女だけは入店が許されていたことだ」

それが六花だった。不登校の少女で、昼間は映画や演劇を観たり、金がない日は図書館で読書したりして過ごしていたという。日暮れと同時に二丁目に移動する。ビアンバーのママやゲイバーのマスターたち、常連客たちからもかわいがられていた。

「彼女は二丁目の人間関係をよく知っている様子だった。ゲイはビアンバーには用がないし、ビアンはゲイバーには近づかない。各飲食店の店長が、組合や振興会の活動の中でちょろっとあいさつをする程度だ」

LGBTは一枚岩ではないようだ。LとGは分断されているが、対立はしていない。両者に各トランスジェンダーが絡みつき、エンターテイナーとしてドラァグクイーンやゴーゴーボーイがいる、といった様相か。六花はそのすべてを網羅する稀有《けう》な存在らしい。

「堂原はゲイの人間関係もよくわかっていた。店長がハッテン場で知り合った男と揉《も》めていた、という情報を持っていたのは、堂原だけだった」

警察は、辞めたばかりの店子をマークしていた。彼が帰郷した北海道にまで飛んでいたのだが、大ハズレだったという。

「店長はたびたびゲイの掲示板を利用し、ハッテン場で男性を漁《あさ》っていた。掲示板の数千に及ぶ書き込みの中から、店長の口癖とよく似た言葉遣いをするハンドルネームを、堂原が突き止めた」

店長と思《おぼ》しき人物の書き込みを村下らが解析した結果、ひとりのゲイ男性が浮上。百貨店の多目的トイレで別のゲイと待ち合わせてハッテン行為をしようとしたところを、管理者の意思に反した使用による建造物侵入罪の疑いで別件逮捕したという。

「取調べで追及したところ、痴情のもつれで店長を刺殺、強盗に見せかけて金を奪ったと供述したんだ」

「なぜ彼女は他の誰も知らない店長の秘密を知っていたんです？」

「さあ。堂原は店長がこっそり教えてくれた、としか言わなかった」

つまり、そこなんだと村下が強調する。

「堂原には、人が秘密や悩みを打ち明けたくなるような、不思議なオーラがある」

彼女はそもそも言動が警察官らしくない。組織に群れない姿からは圧倒的な人間力を感じる。「あっけらかんとした物言いは、悩みごとを簡単に消化してくれそうな底抜けの明るさもあるだろう」

しかも、見破ってくれる――琴音は心の中で思った。

そこには、〝言わなくても苦しみをわかってくれる〟という究極の癒しがあるのだ。

監察医務院に到着した。

解剖準備室に案内される。事件現場に監察医務院の医師三名がやってきて簡単な検案はした。犯人は左頸部《さけいぶ》の動脈をナイフで断絶したことによる出血多量が死因と聞いていた。

準備室で、緑色の使い捨てエプロンを身に着ける。キャップ、マスク、ゴム手袋も装着した。

村下と共に解剖室に入った。緑色のリノリウムの床の広々とした空間に、バイオハザード型と呼ばれるステンレスの解剖台が六つ、並んでいる。現場にもいた監察医務院の医師が、困ったような顔で、奥から三番目の台の脇に立っていた。

犯人が寝かされている。脱衣され、緑色のシートが首のすぐ下から掛けられていた。人形のように肌の色が白い。顔には無数の裂傷が入っていた。敦は、血塗れで人相がわからなかったと話していた。その顔には、長短合わせて八本の切り傷が、縦横に走っていた。髪は丸坊主だった。

着用していたスーツが、ステンレスのキャスター付きの台の上に置かれている。ねずみ色で細いストライプがうっすら入っている。若者向けだろうか。犯人も十代から二十代くらいに見えた。

「まず、体の特徴ですが、身長は一七三センチ、体重は五十五キロでした」

「やせ型の男性ですね」

「血液がほぼ全て流出してしまったので——生前は五十八キロくらいでしょうか。やせ型といえばそうですが、男性であれば、という前提ですよね」

医師が緑色のシートを二つに折るようにして、捲《めく》った。

乳房が現れる。

琴音は息を呑んだ。隣の村下は冷静な目だ。

「着衣時はさらしをきつく巻いて乳房を潰していました」

スーツの脇に、折りたたんだ白いさらしが置いてあった。琴音は改めて、犯人の体を見る。乳房はボリュームがあった。丸いお椀形だ。医師が、緑色のシートをもう一度折りたたんだ。下腹部が露《あら》わになる。

陰茎と陰嚢《いんのう》がついていた。不完全ではある。陰茎は体の大きさの割にかなり短く、包茎状態だった。陰嚢もかなり小さい。息子の虎太郎のと同じくらいだ。

「MtFのトランスジェンダーでしょうか」

「いえ。豊胸手術の痕跡はありませんでした」

「いまはヒアルロン酸注射などで乳房を膨らませる方法もありますよね」

医師が脇にあるモニターでCT画像を示す。

「豊胸バッグ、またはヒアルロン酸が入っているとくっきりと人工物が写るんですが、ここの白い部分は全て脂肪です」

「つまり、自然な乳房……」

「その証明がこの乳腺でしょう」

乳首から乳房全体にかけて、網の目のように広がる線がある。血管のように見えるが、乳腺——母乳が出る管だった。

「男性が豊胸手術をして胸を膨らませることはできても、乳腺までは無理です」

医師は続けて、下腹部のCT画像を示す。

「不完全ながら、子宮と卵巣が見えます。しかし左の卵巣は機能していません。右の卵巣は排卵の痕跡がありますので、生理は来ていたのではないかと思います」

外部に男性器がついているが、形成手術の痕《あと》が見えるという。

「陰茎と睾丸《こうがん》が体内に埋没していたようです。停留睾丸はよくある症状ですが、陰茎まで、というのは珍しいですね。これらを引き出すための手術をしたようで、下腹部の脂肪組織を除去したと思われる痕が見えます」

形成手術を施してあっても、陰茎も睾丸も機能していないという。

「陰茎の先には、尿道口もありません」

医師は陰茎を手に取り、指で皮を捲ってみせた。通常ならそこに尿や精液が出る穴があるはずが、つるりとしていて何もない。

「この人物はどうやって排尿していたんですか」

医師は陰茎部分を持ち上げ、付け根を示した。

「ここに尿道口があります」

女性器の尿道口とは全く違う、横に開いた状態の穴が目視できる。女性の体に男性器を人工的に形成したわけではなさそうだ。

村下が淡々と尋ねる。

「つまり――この遺体は男ですか。女ですか」

医師は首を横に振った。

「判別不能です」


午前八時、新宿二丁目無差別殺傷事件の第一回捜査会議が行われた。一時間遅れだ。幹部は入室前に、一度署長室で顔合わせと名刺交換をする。琴音は捜査一課長とつい昨日、済ませたばかりだ。

「まさかのまさか、赴任初日から連続して強行犯事案に見舞われるとはな」

捜査一課長は苦笑いし、琴音の肩を叩こうとして、手を引っ込めた。女性だから気を遣ったのだろう。管理官は福井《ふくい》という、これまでに無差別殺傷事件の捜査経験がある警視だった。この手の事件は、犯人がその場で自殺、もしくはただちに逮捕されていることが多い。「誰が犯人か」ではなく「なぜ犯行に至ったのか」に重きを置いた捜査になる。通常の捜査とは若干流れが違う。

十係長の高倉警部とも名刺交換する。夫のパワハラ上司だ。一応、頭は下げた。

「いつも夫がお世話になっております」

高倉はわざとらしく驚いた。

「新井……ああ、敦のカミさんか。きれいな人じゃない。敦からは鬼だって聞いたけど」

琴音の二の腕に高倉の手が伸びてくる。激励で腕を叩いたというより、感触を確かめるような触り方だった。琴音は背筋が寒くなる。

「それにしても、犯人、両性具有だって？」

高倉が差別的に肩をすくめた。

「いろんなのが集まってくるんだなぁ。同性に性的興奮を覚える奴、体の性別に違和感を持つ奴、そして、おっぱいとチンコがついた奴って――」

見留があからさまに嫌な顔をした。村下は何も言わない。琴音は咎めた。

「高倉係長、発言にお気を付けください。現場の捜査員にはレズビアンであることをカミングアウトしている者もいます」

高倉がヤニだらけの歯を剥いて笑った。

「うるさい奥さんだなぁ」

曲がりなりにも警察官で同じ階級である琴音に対して〝奥さん〟。

琴音を、捜査を共にする幹部と認めていないのだ。

捜査会議が始まった。

「起立。礼ッ！」

十五度腰を折った刑事たちが顔を上げ、一斉に座る。六花は赤いジャージを着ているので目立つ。隣の木島も大男だ。この二人はどこにいても目につく。木島は鳥取行きを免れ、やる気満々といった様子だ。尚人を逮捕したので、鳥取には桜田門《さくらだもん》本部の捜査員五名のみが出発した。

ＳＳＢＣ──捜査支援分析センターの捜査員の報告から始まった。現場周辺の監視・防犯カメラ映像を分析し、犯人が現場にたどり着くまでの足取りを追っている。

スクリーンに、新宿駅から東側の三丁目、二丁目の地図が表示される。犯人がたどった道に赤い線が通る。

「犯人はＪＲ新宿駅東口から地上に上がり、新宿通りを東へ突き進んでいます」

警視庁の監視カメラや各店舗の防犯カメラ映像から抜き出した犯人の姿がスクリーンに流れる。〝突き進んでいる〟とは言い難い。千鳥足だ。

「犯人の血中アルコール濃度はどれくらいだったんだ？」

福井管理官も犯人の足元のおぼつかない様子が気になったようだ。琴音は監察医務院に直接出向いたとき、聞いた話をする。

「分析に時間がかかるようです。頸動脈を切ったことで、犯人の体内には殆ど血液が残っていませんでした」

サンプルとなる血液が少なければ少ないほど、分析に時間を要する。

犯人は新宿通りをひたすら進み、明治通りと御苑大通りを突っ切った。二丁目の路地裏に入る。右左折を繰り返した。ZEROのある路地に差し掛かった。ずらっと並ぶ告知フライヤーを眺めた後、剝がし始めた。セキュリティスタッフが咎め、もみ合いになる。犯人は懐から凶器を出して切りつけ、フライヤーを破りながら中に入っていった。

スクリーンの画像が、ZERO内部の見取り図に替わる。鑑識捜査員が解説した。

「現場のゲソ痕、目撃証言等から、犯行の流れは以下の通りです」

犯人は、入口前の身分証確認の列をすっ飛ばして中に入った。セキュリティスタッフが後を追いかける。料金を支払う場所で、犯人は止めようとしたスタッフを切りつけた。

ホールへ通じる通路の右手にはバーカウンターとソファが、左手にはトイレとロッカーがある。イベント真っ最中はこの通路も人で溢れているが、受付女性の悲鳴とスタッフの怒号によって、人波が割れた。犯人はなんの障害もなく、凶器を振りかざしてホールへなだれ込んでいった。

「ホールは音楽が爆音でかかっており、受付の悲鳴に気が付いた人は殆どいなかったようです。当時、ステージでは三人のキャストが踊っていました」

スター・ウォーズのジェダイの騎士の恰好をしたゲイボーイがひとりと、レズビアンのキャストが二人いた。ひとりはビキニ・アーマー姿のレイア姫だ。ナタリー・ポートマンが演じたアミダラ女王のコスプレをしている者もいた。顔を白塗りにし、赤い差し色が頬にある。結った日本髪を後ろに倒したような漆黒のカツラは、歌舞伎を連想させる。犯行時刻、スター・ウォーズの音楽が流れていたことだろう。

「レイア姫のコスプレをしていたキャスト、下山香苗《しもやまかなえ》によりますと、犯人がなだれ込んできたことに当初、誰も気がつかなかったようです」

犯人はホールに入ってすぐ、誰かれ構わず切りつけたわけではない、ということだ。

「腕が血塗れになったスタッフが叫んだのを見て、異変を察知したと言います」

捕まえろ、通り魔だ！

DJブース脇の人々は、出入口へ殺到する。飲食物を放り出し、悲鳴を上げる者もいた。恐怖が放射線状に広がった。人々は逃げまどうか、及び腰になるか、恐怖に座り込むか、という状況に陥った。

「ステージ上からは、刃物を持った男が浮かび上がってきたように見えた、ということです」

香苗も悲鳴を上げて、控室へ逃げようとした。六畳ほどの小さなステージは上手《かみて》側に控室がある。下手《しもて》側は壁だ。

「その時、なにごとかと控室からステージに飛び出してきた女性がいたそうです。それが、今回唯一の犠牲者となった小沢静乃さんです」

静乃はZEROの常連客だった。ビビアン・リーとよく似た見てくれはステージ上で映えたに違いない。スタッフとも仲が良かった。今回は『世界名作映画』がイベントのテーマだった。スカーレット・オハラのコスプレで参加するのは、当然の流れだっただろう。

香苗は「刃物を振り回している男がいる、逃げて」と静乃に伝えた。静乃は心当たりがある様子で、ステージに留まったという。

犯人はその時、取り押さえようとするスタッフや男性客に、刃物を振り回していたらしい。

「ステージから静乃が叫んだのを、何人か聞いています。尚人君、やめて、と……」

琴音は額に手をやった。

静乃は、犯人が中尾尚人と勘違いしたか。

「犯人は逆上したようで、スタッフたちを振りほどき、ステージ上に駆け上がりました。静乃は逃げようとしましたが、着なれない衣装のためか、スカートの裾を踏んで転んだ。そこを犯人は馬乗りになり、メッタ刺しにしたようです」

ひとりの女装男性が果敢にも犯行を止めようとして、太腿を刺された。大動脈が傷ついて大出血を起こし、救急搬送された。

「この女装男性の身元は？」

「わかっていません。家族や職場にバレたら大変なことになる、勘弁してくれ、と本人が証言を拒否しておりまして……」

村下が尋ねる。

「従業員三十人のうち、何人まで身元がわかっている？」

二十人です、と機動捜査隊員が答えた。

「残りの十人は連絡がつきません。SNSで繋がっていた者もいるようですが、既読スルーどころかアカウントを削除している者もいるようです。関わりを避けているのでしょう」

スタッフについてはアルバイトを含め、履歴書は保管されているが、どこまで本当のことを書いているか。周囲にバレないよう、偽名で応募してきた者もいるだろう。

客については、身元を明かして警察に証言をしたのは十人だけだった。

「残りの二百九十人は？」

高倉の質問に、捜査員たちはため息をつく。逃げていってしまった者たちをさがすところから始めることになってしまう。

「目撃証言を追うためだけに、SNSから身元を割ろうとしたり、IPアドレスを開示させたりするのもなぁ」

福井管理官が、ひとりごとのように言う。「よし」と太腿を叩いた。

「客や消えた従業員は後回しにして、ガイシャ、小沢静乃の鑑取りから行こう。無差別に人を刺している状況とは言えなくなってきた。静乃ひとりを狙った犯行かもしれない」

琴音は、歌舞伎町ホテル全裸女性殺害死体遺棄及びホテル従業員暴行事件の説明をした。

「尚人と静乃には接触があった上、この時まだ尚人は逃亡中でした。彼女は、刃物を持って暴れているのが中尾尚人だと勘違いし、説得しようと思った可能性が高いです」

「だが相手は尚人ではなく、第三者だった――」

福井管理官が呟《つぶや》き、高倉が受け止めた。

「それで逃げようとしたが、転んで、犯人にターゲットにされた？」

琴音は頷いた。

「この手の事件の犯人は、弱者を狙うことが多い。ボディガード兼スタッフの男性や、マッチョなゲイ、女装した男性より、着なれない衣装を着た女性の方が狙いやすいと思ったのかもしれません」

ひとりターゲットを決めると執拗にその人物ばかりを刺し続ける傾向もある。

「初動で鑑取り捜査を静乃に絞るのは、まずいと思います」

いずれにせよ、と村下が言う。

「静乃の方は、うちに詳しいのがいます」

村下が六花を見た。六花は隣の木島に視線をやる。木島が立ち上がり、静乃の生い立ちを話し始めた。

「昭和五十二年八月十日生まれの満四十二歳、沖縄県読谷村《よみたんそん》出身。両親は静乃が生まれた直後に離婚しています。見ての通り、静乃はハーフです。両親とも純粋な日本人だったようですが……」

母親は米兵と浮気をしていたらしい。

「父親は目の青い子が生まれて激怒し、家を去った。母親は生活のために朝から晩まで働き詰めで、酒に溺れ、〝お前の目が青いせいでこんなに苦しい〟と静乃を呪い続けたということです」

静乃は十三歳で家出し、那覇《なは》市内の辻《つじ》や松山《まつやま》辺りの風俗店を転々とした。

「その後、九州に出て、十六歳にして中洲《なかす》のソープランドに落ちた、ということです」

貧困と孤独と、低い自己肯定感――リストカットしながら北へ逃れていったのだろう。

「中洲でソープ嬢をやっているときに福岡県警に摘発されて補導、児童自立支援施設に送られましたが、そこも半年で逃げ出しています」

座ったままの六花が、木島の太腿を肘《ひじ》でつついた。

「だから、性的虐待があったんだって。逃げざるを得なかったの」

木島は六花を一瞥しただけで、発言はしなかった。裏が取れておらず、本人からの話として六花が聞いていただけなのだろう。

「次に流れ着いたのは大阪、ミナミで――」

高倉が手を叩いた。

「はいはい、もういいよ。結構」

木島と六花がぎろりと高倉を睨む。

「要は、遠く沖縄から新宿へ流れついてきた風俗嬢ってことだろ。すると男性関係を絞るだけ無駄だ。客を含めたら何百人、いや、十三のころからだから何千人の男に股を開いてきたってことだ。そっちの線からの鑑取り捜査はやるだけ無駄。他、家族関係、友人関係はどうなんだ」

琴音は唇を噛み締めた。瞼《まぶた》の裏に、男たちに消耗品として扱われボロボロになっていく美少女の姿が浮かぶ。悪い大人、男が次々と寄ってきたことだろう。学がなく後ろ盾もない。次々と利用され、疲弊し、最後は殺されてしまった。そして殺された後も、捜査を担当する刑事から差別的な扱いを受ける。

「続きは私が」

六花が手を挙げた。

「静乃さんは散々男に貢《みつ》がされ、骨までしゃぶられて、淋しくなると次、というように男を渡り歩くうちに、東京に流れ着いた。淋《さび》しいときに優しくされるとコロッといってしまう。で、また身ぐるみ剝がされてポイ捨てされる。歌舞伎町に流れてきたときには三十歳になっていた」

「だから、その話は端折《はしょ》れ」

高倉の横やりを、六花は無視した。

「リストカットの傷は数えきれないほどに。自殺未遂は三回、妊娠・堕胎は五回にも及んだ。『李美々杏《リービービーアン》』とかいうふざけた名前をつけられ、ＡＶに出演させられたこともある。三十二歳のときに、もう男が怖いと言って、二丁目に流れてきた」

くっだらね、と高倉は吐き捨てた。

「男に頼ろうとするからだ。自分で学び、人生を切り拓《ひら》いていこうという努力が足りない」

小学校卒業程度の学力で三十二歳までできてしまった女性に、一念発起を求めるのは『自己責任論』が過ぎる。彼女が十三歳で那覇の盛り場にいた時点で、大人が手を差し伸べるべきだった。大人は無視するか、利用するかだけだったのに、それすらも自己責任で切り捨てていいのか。琴音は嚙みついた。

「高倉警部、先ほどから発言にご注意ください。あまりに差別的です」

「うるせぇ奥さんだな。だから旦那が——」

琴音は反射的に立ち上がろうとした。村下に腕をつかまれる。村下はマイクを使って高倉の揶揄《やゆ》を遮った。

「堂原。続けろ」

六花は高倉に一瞥をくれたのち、続ける。

「働き始めた歌舞伎町のSMクラブで、静乃さんはサディストの女王として頭角を現します」

高倉が揶揄する。

「あの気の強そうな見てくれだからな。レット・バトラーも鞭《むち》で打たれて喜んだってわけか」

六花も負けない。

「SMなんて、と色眼鏡で見る浅はかな人がいるのは残念なことですが、S役は究極の奉仕と表現する人がいるほど、難度が高い仕事です。マゾはただのわがまま。静乃さんはマゾ客が喜ぶようにいかに痛めつけ罵《ののし》るか、日々、試行錯誤と努力を積み重ね――」

「あーもういい。下品極まりない」

「職業差別丸出しのあんたの方が下品だ」

高倉がデスクを叩いて立ち上がる。

「お前、さっきから聞いてりゃどこの部署のどこの女だ！」

「警視庁新宿特別区警察署、刑事課強行犯係の堂原六花だよ！」

六花はパイプ椅子の背もたれに身を預けたまま、啖呵《たんか》を切った。

ブッ、と茶を噴き出して笑う男がいた。

村下だ。

気勢をそがれた高倉が、咳払いする。村下が隙をつくように言った。

「失礼。堂原、続けろ」

六花はため息をひとつついたのち、言う。

「静乃さんはその後独立し、SMショップを経営していた。客への奉仕の精神にあふれていたから、中尾尚人にサービスでオナホールあげたりもするし、今回の事件でも犯人を止めようとしたんだと思う」

高倉が口を挟もうとしたが、村下が遮る。

「休憩にしましょう」

高倉がなにも言えないうちに、村下は声を張り上げた。

「五分休憩！　十時二十三分から会議を再開する！」

高倉が舌打ちしながら出ていった。

村下は、うまい。


捜査会議が再開された。

換気をしたわけでもないのに空気が入れ替わっていると琴音は思った。現場で検案に立ち会った鑑識係員の報告から始まる。

「犯人の指紋、並びにDNAにマエはありませんでした。全国の免許証写真と犯人の顔を骨格認証で照合しましたが、こちらも一致はありません。年齢は十代後半から三十代前半と推察されます」

かなり範囲が広い。

「また、口唇部《こうしん》に赤い塗料の付着がありました。いわゆる、口紅ですね」

事件発生直後、犯人は顔面が血塗れだった。誰も口紅に気がついていない。口紅を塗っていたのなら、やはり女性なのか。

高倉が懲りずに言う。

「男性物のスーツを着ていたのに、口紅……相当な性的倒錯者だな」

鑑識係員が報告を続ける。

「口紅の成分から製造元を探るべく、科捜研が分析中なのですが、かなり古く劣化した口紅であることがわかりました」

村下が尋ねる。

「口紅には、使用期限はあるのか」

「一般的には一、二年でしょうか。色味や品質が劣化しはじめますが、使えないことはない、というのが化粧品会社の見解です」

犯人が唇に塗っていたものは油分がかなり酸化していたらしい。

「口につけたとき、かなり臭ったんじゃないかと思います。油分が酸化したことで色も悪くなっていたのではないかと」

福井が唸《うな》った。

「サイズの合っていないスーツと、劣化した口紅を塗って無差別殺傷――。何かを訴えてのことなのだろうか」

高倉が肩を揺らす。

「我々警察、社会を挑発してるんだ。意味不明な恰好をして、俺を理解できるものならしてみろと。そんなところでしょう」

鑑識係員が淡々と続ける。

「左眉の上に古い傷痕がありました。二針ほど縫った傷です。まだ若いようですから、幼少期の傷でしょう」

鑑識からは以上だ。監察医務院の医師たちが立ち上がる。

「検死解剖結果、並びに犯人の身体的特徴について報告します」

医師が咳払いし、改めてマイクに向かった。琴音や村下にしたのとほぼ同じ報告を、百人の捜査員の前で披露した。捜査員たちがどよめき始める。

「豊胸等であれば、豊胸バッグの製造番号を確認し、美容整形外科をあたれたかとは思うのですが、こちらは自然の乳房でした」

福井が手を挙げる。

「男性の外性器については、形成手術の痕があると」

「かなり古い手術痕です。左眉の治療痕よりずっと古いので、幼少期と言うより、乳児期にされた形成手術かと思います」

村下が頷いた。

「この人物はインターセックス、性分化疾患ということですね」

その名を知らぬ者が半数に及んだ。医師が説明を続ける。

「昔で言うところの両性具有、半陰陽疾患ですね。正式な病名はその種類によって異なっております。この犯人の場合は女性仮性半陰陽タイプと言えます」

性別を決定する染色体はＸＸが女性、ＸＹが男性だが、この犯人は染色体がＸＸだった。DNA的には女性だ。

「しかしながら長身で筋肉質、喉仏もあるなどの身体的特徴は男性そのものです。男性の外性器もついていますが、精嚢、陰茎とも機能していません」

卵巣や子宮もある。こちらも一部は不完全だ。

「尿道口は陰茎の真下にあります。第二次性徴で乳房が膨らんできて女性らしくなっていく、というのが女性仮性半陰陽タイプの特徴です」

高倉が眉を顰《ひそ》める。

「つまり、これは男ですか、女ですか」

「生物学的に男女の判定はできません」

「そんなことがあるんですかい」

「医学的にはあります」

「オカマとかゲイとかは知っているが、生物学的に男女の性別がついていない人間なんか会ったことも聞いたこともないぞ」

「それは戸籍上において男女の選択肢しかないことに起因しているかと。この場合、出生時に男か女、どちらに戸籍登録したかによって、男女の別がなされます」

琴音は驚いて、目を上げた。

「つまり、医師が生物学的に見て判断するのではないんですか」

「生物学的に判断ができませんから、両親が医師の助言の下で決定するということになります」

「本人の意思は——確認しようがないな。赤ん坊じゃ」

村下がため息をついた。

「身元がわからないから戸籍もわからない。つまり、この犯人は性別すらも断定できない、ということだ」

捜査一課長が頭を掻いた。

「困ったな。どうやって記者発表する？　身元がわかっていない場合は性別と大まかな年齢を公表すべきだが——」

敢《あ》えて公表しなかったら、性別を教えろと記者が迫るだろう。高倉が意見した。

「事実は事実として公表すべきでは？　インターセックスという、男でも女でもない人物だったと」

黒の群れから、赤い線がすっと挙がる。六花が手を挙げていた。烽火《のろし》が上がっているように見えた。

「反対。犯人の非常に個人的な身体的情報をむやみに流すことになる。控えるべき」

高倉が身を乗り出し、反論した。

「身元のわからないガイシャがいた場合、体の手術痕などは公表する。お腹に盲腸の手術痕がありました、とかだよ。それは個人的な情報ではあるが、必要だから公表する。市民から反発を受けたことはない」

「盲腸と今回のようなケースは別です」

「犯人だぞ。ひとり殺して何人にも怪我を負わせた。なんでそんな奴の個人情報を警察が守ってやんなきゃならないんだ」

琴音が間に入った。

「染色体がXXならば、女性として公表すればいいことでは？」

六花に反論される。

「もし戸籍が男性だったら？　男性として生活をしていたのに、女性として報道されてしまうと、犯人に直結する情報を取りこぼす」

隣の木島が言う。

「乳児期にインターセックスの形成手術をしていたのならば、それ専門の医院をかたっぱしからあたるのが早いのでは？」

福井管理官が素早く報告書のページを捲った。

「少し飛ぶが、ナシ割で気になる情報があった。鑑識、発表してくれるか」

犯人が着用していたスーツについての報告だ。鑑識係員が急いでマイクの前に立つ。

「犯人が着用していたサイズの合っていないスーツについてですが、ジャケット右前身ごろの内側に『佐藤《さとう》』という苗字の刺繍《ししゅう》がありました」

「佐藤……日本一多い苗字じゃねーか」

高倉のぼやきに、みな同調する。福井管理官が続けた。

「この犯人の苗字が佐藤として、過去、管内でインターセックスの形成手術の実施例がある病院をローラー作戦であぶり出し、『佐藤』を見つけるのが早いんじゃないか？」

また六花の烽火が上がった。

「インターセックス患者については正確な統計はないけど、全国に三万から六万人はいると言われている。センシティブな疾患だから公表していない人が多い。佐藤を絞り出すにせよ、しらみつぶしにやるには数が多すぎる。そもそも、医者には守秘義務がある」

「令状があればいいだろう」

高倉が反論した。福井が首を横に振る。

「いやいや、医者や弁護士は特権がある」

押収・証言拒絶権が刑事訴訟法で保障されているのだ。六花が続ける。

「性分化疾患については病名をさらりと口にできるものじゃない。医者も口を割らないと思う」

「なんでだよ。同性愛者だとかトランスジェンダーだとか、カミングアウトするのが流《は》行《や》ってるじゃないか」

高倉が軽々しく言った。彼が口にするだけで差別的に聞こえる。六花が強く反論する。

「流行は関係ないし、カミングアウトも本人が決めること。そもそも性分化疾患が、性的指向や性自認の問題を抱えたＬＧＢＴの人々の中に括《くく》り入れられるべき存在なのか、当事者の間でも意見が分かれるほど微妙な――」

高倉はうるさそうに手を振った。

「わかった、わかった。性的マイノリティは大事に、丁重に扱いましょう。そういうことね」

六花が目をひん剝いて高倉を睨んだ。この二人はどうしても対立してしまうようだ。

琴音は咳払いし、間に入る。『佐藤』と刺繍の入ったジャケットについての報告書に注目した。

「このスーツ、オーダーメイドですね」

右前身ごろの内側に縫い付けられたタグの画像を、プロジェクターに映し出させた。

「テーラーフジワラ……と読めますが」

鑑識係員が手を挙げた。

「これは銀座にある老舗《しにせ》テーラーです。生地はリニッツィオ・デラ・ストリアというイタリアの高級ブランドのもので、クイニアンと呼ばれる生地です」

琴音は頷きながら、幹部たちを見た。

「病院を調べる前に、こちらを絞りませんか。やはりインターセックスの患者をかたっぱしからあたる捜査は、今後の展開次第ではマスコミ発表しづらい。成果が出にくい上に、発表もしにくいです」

最近はマスコミだけではなくネット上でも警察の捜査に口出しする者が多い。事件捜査は犯人逮捕の阻害になるため発表できない事実が多々あるが、なにも発表しないとサぼっていると思われる。上層部はこの点も考慮しながら、捜査指揮を執《と》らねばならない。

福井管理官が結論を導き出す。

「よし。まずはテーラーフジワラに顧客情報を出させる。『佐藤』の線から捜査展開するぞ」

長い捜査会議の末、やっと捜査方針が決まった。捜査員たちが一斉に吐息を漏らしたり、伸びをしたりする。息遣いに会議疲れが感じられるが、捜査が本格的に始まるという士気も混じる。

見留署長が立ち上がり、締め括りの一言を発しようとした。

「管理官……！　大変です」

ひとりの捜査員が捜査本部に滑り込んでくる。ＳＳＢＣの捜査員だ。福井管理官が、どうしたと眉を顰める。

「犯行声明が出ました……！」

ひな壇の幹部たちはひっくり返りそうになった。高倉が捜査員のネクタイをつかみ上げる勢いで、迫る。

「どこのどいつだ、どんな団体だ！」

捜査員は説明しながら、すぐさまスクリーンとパソコンを繋ぐ。

「『日本桜の会』という団体で、『健全で伝統的な日本社会を守る』というスローガンを打ち出しています。新極右勢力でしょう」

アカウントのアイコンは、花吹雪をまき散らす桜の木だった。犯行声明が出されたSNSの画面が、捜査本部のスクリーンに映される。

男と女という、自然原理に逆らい、日本の伝統と文化を壊すＬＧＢＴの抹殺に成功した。聖戦は始まったばかりだ。新宿二丁目の消滅こそが、我々の使命である。


琴音はパイプ椅子に落ちた。やっと捜査方針が決まったのに――。がっかりして、頭を抱えてしまう。村下が、クソ、と呟いた。

「公安が乗り込んでくるぞ」

混乱は必至だった。琴音は突き刺さるような視線を感じ、ざわつく捜査員たちを見た。六花が、ひな壇の幹部たちを睨むようにして見ている。琴音と目が合うと立ち上がり、無言で捜査本部を出て行った。

琴音ははっとする。六花は、この犯行声明によると『抹殺』『消滅』の対象で、当事者なのだ。

第三章　浴室の美女

敦は窓のない部屋が苦手だ。空気が詰まっている感じがして、息苦しい。ショーケースに並ぶネクタイの色が、どぎつく見える。

テーラーフジワラに来ている。

銀座四丁目の、歌舞伎座がある歌舞伎座タワーのすぐ近くにあった。路地に建つ雑居ビルの、地下一階にある。

店は通常営業中だった。大学生くらいの青年が採寸にやってきていた。母親が付き添っている。

店舗の奥にあるバックヤードは、倉庫にもなっていた。仮縫い途中や修繕待ちのスーツがハンガーにかけられて並んでいる。その一角にアンティーク調のチェストがあった。やたら引き出しが多い。顧客情報がこの中にぎっしりと詰まっている。

テーラーフジワラは大正十年創業だ。銀座の一等地、数寄屋橋《すきやばし》交差点近くで営業を始めた。最盛期には従業員八人を雇い、政治家や財界の大物も多く顧客にいたというが、先代が亡くなってから少しずつ経営は傾いている様子だった。平成元年に規模を縮小し、いまの場所に移転した。

現在のテーラーフジワラを切り盛りしているのは四代目の藤原功《ふじわらいさお》、七十五歳だ。従業員はいない。自分の代で店じまいするつもりだと藤原は言う。

そのせいか、顧客カルテの管理が杜撰《ずさん》だ。リニツィオ・デラ・ストリアのクイニアンの生地でスーツを仕立てた顧客から『佐藤』を抜き出せれば早いが、生地の種類から顧客を辿《たど》れるようにはなっていなかった。カルテは『あ行』『か行』とラベリングされた各引き出しに投げ入れられているのみだ。その行の中でも順番になっていないし、データベース化もされていない。

『さ行』だけで五百人以上はいる。しかも、加藤《かとう》や戸田《とだ》が交ざっていた。他の引き出しに『佐藤』のカルテが紛れ込んでいる可能性も捨てきれない。結局、『佐藤』を抜き出すのに昨日の丸一日を費やした。

今日は二日目だ。作業は敦のほか、木島と六花の三人で行っている。

抜き出した『佐藤』の中からリニツィオ・デラ・ストリアのクイニアンをオーダーした人物をさがす。これでかなり絞れるはずだが、『佐藤』が並びすぎて、ゲシュタルト崩壊しそうだ。

六花は生地の記録ではなく、身体測定部分を精査した。テーラーは顧客の体の特徴を知り尽くしているはずだ。顧客に乳房があれば、その身体的特徴をカルテに記している可能性が高い。

敦は当初、テーラー自身がインターセックスの顧客を記憶しているはずと踏んでいた。カルテを一枚ずつ見なくとも、聴取ですぐに判明すると思っていた。

藤原は頑《かたく》なだった。

「私の口から顧客の体の特徴を口にすることは絶対にありません。令状があるというのなら勝手に顧客カルテを見ればいい」

顧客の体については墓場まで持っていく。それがテーラーとしての矜持《きょうじ》らしかった。

店舗とバックヤードはカーテンで仕切られているだけだ。青年客の母親がうるさく口出ししている声が聞こえてくる。

「最近はリクルートスーツの仕立てにまで母親が付き添うのが主流なのか？」

木島がぼそっと言った。

「リクルートスーツなんか吊るしで充分でしょうに」

敦は肩をすくめてみせた。六花が言う。

「警察学校でやってる就活生向けのオープンキャンパスも、最近は親と一緒に来る学生が多いらしいよ」

ひえー、と敦は恐れ入る。

「俺は虎太郎が大学生になっても就活には口出ししないけどな」

六花が興味深そうに、尋ねてきた。

「息子、虎太郎君っていうんだ」

「そう。寅《とら》年生まれだから。あの学年、やたら多いんだよ、虎太郎って名前」

木島が話に入る。

「今日は子守、大丈夫なのか。琴ちゃんは公安と全面戦争中だろ」

二丁目無差別殺傷事件の特別捜査本部が立ったその日のうちに、公安部がL署に横やりを入れてきた。『日本桜の会』を名乗る団体がSNS上で犯行声明を出したからだ。極右暴力集団を担当する公安三課のうちの二個班、総勢二十人が押し寄せてきた。

刑事部と公安部は仲が悪い。厳密に言えば、公安部と仲が良い部署はどこにもない。秘密主義でプライドが高く、常に他部署の警察官たちを見下した態度を取る。

刑事部が集めた情報は勝手に吸い取っていくのに、公安部の情報は一切出さない。こんなことを許していたら、手柄までも持っていかれる。基本、公安部は門前払いにする。

琴音は公安三課との交渉係にさせられ、別室で睨《にら》み合いを続けているとのことだ。

敦は一日遅れで捜査本部に参加している。初回の捜査会議に出られないような捜査員は、潰しの捜査に回されるのが常だが、テーラーフジワラを探る最前線に投入されたのは、琴音の計らいだろう。高倉に「コネがあっていいな」と嫌味を言われた。

敦は時計を見た。十八時前だ。

「そろそろメシ、行きません？」

「気が早い奴だな。キリのいいとこまで待て」

やっと半分終わったところだ。

「いや、十九時には銀座を出ないと。病児保育は二十時までなんで」

地上に出た。すぐ目の前に、有名なつけ麺店があった。五人ほど並んでいる。六花が、男二人に並ぶのを任せ、路地を出た先にある歌舞伎座へ行った。何年か前に新しい建物に建て替えられた。真新しい屋根瓦《がわら》と赤い提灯《ちょうちん》、積み上げられた酒樽《さかだる》が正面玄関に飾られている。時代劇の撮影所みたいだ。

「ちょっと敦、並んでおけ」

木島が六花を追いかけた。中年の大男と、タイトスカートのセクシーな女が二人並んで、公演ポスターを見ている。夜の世界に生きる女とそれにハマった中年男が、同伴で歌舞伎鑑賞にやってきたようだ。

つけ麺の券売機を前に、店員が「おひとりさまですか」と人数を尋ねにきた。

「いや、三人」

「お二人と一人に分かれちゃえば、すぐに案内できますが」

了承する。木島と六花が戻ってきた。

「歌舞伎、好きでしたっけ」

敦は木島に尋ねてみた。苦笑いで、木島が六花を顎《あご》で指した。

「こいつ詳しいから。妻が、いつか見てみたいと言っててな」

意外すぎて、六花をじろじろ見てしまう。

「だれかご贔屓《ひいき》の役者でもいるの？」

「ううん。昔、二丁目の常連さんに歌舞伎好きの人がいて、よく連れていってもらったの」

「こいつ、なにげに文化人だからな」

木島が六花の頭にポンと手をやり、得意げに言った。

敦は高校の時の課外授業で、団体で鑑賞したのが最初で最後だ。六花が演目を尋ねる。

「なんだったか……。代官が出て来てさ、舞妓《まいこ》かなんかに、琴だの三味線《しゃみせん》だの胡弓《こきゅう》だのを弾かせるんだ」

鑑賞は昼食の弁当を食べた直後だった。長唄の一本調子にすうっと意識が遠のき、敦は熟睡してしまった。

「それは『阿古屋《あこや》』だね」

六花があらすじを語り始めた。また眠くなってきた。店員に「お先に二名様どうぞ」と呼ばれる。木島に背を押された。

「お前、先に六花と食っとけ。急いで帰りたいだろ」

先輩の気遣いに感謝し、六花と座った。

「ほんとは捜査してたいよ、まじで」

「しょうがない。いま奥さん抜けたら特捜本部にどっと公安部が入ってきちゃう」

面倒なことになる、と言わんばかりだ。

「仲が悪いのは伝統だろうけど。そもそも日本桜の会、ただのフェイクと思うけどね」

同感だ。アカウントの立ち上げは犯行声明を出す一分前だった。ＬＧＢＴ差別に便乗したいがために、いたずらで作られた捨てアカウントだろう。だがフォロワーは現在、数千人にも及ぶ。同調する超保守や極右アカウントだけでなく、監視目的の左派のアカウントのフォローもあった。マスコミ関係者、野次馬根性のフォロワーもいるだろう。好かれようが敵対されようが、影響力のあるアカウントに一瞬で成長したことは間違いない。

「ねえねえ、虎太郎君てどんな顔してるの」

六花が身を寄せて、尋ねてきた。敦はスマホの画像を見せた。年末にディズニーランドに行ったときに撮ったものだ。

「おもしろーい。パパとママの顔がもろ混ざってる」

「そりゃ、俺と琴の子だもん」

「奥さんのこと、琴って呼んでるの」

「まあ」

「奥さんはなんて呼んでるの」

「パパだよ」

「子供生まれる前は？」

「あっくん」

うふふ、と六花は笑った。つけ麵が来た。六花は以降、一言も口をきかない。猛烈な早食いだった。刑事の鑑《かがみ》だ。

「ごっそさーん」

六花はカウンターの上に鉢を置いて、先に出てしまった。木島も早食いだ。後から入ったのに、もう食べ終わっている。木島は六花の肩を抱き外に出た。敦を振り返る。

「じゃ、また明日な」

敦は必要以上に置いてけぼりを食った気になる。

六花が木島の巨体の陰から、ひょっこり顔を出した。

「バイバイ、あっくん」

かわいい。

＊

いま何時なのか、琴音は知らない。

琴音の目の前に座る男の腕時計が、ピッと鳴った。区切りの時間になったのだろう。フロアのど真ん中にある小さな会議室は、窓も掛け時計もない。もう日が暮れているのかもしれない。

昨日、公安三課は八時に押しかけてきた。今日は七時だ。一個班を足した三十名でL

署にやってきた。琴音は特捜本部の場所を教えず、この狭い会議室に押し込んだ。問い詰めるように質問される。

「まずは事件概要から教えていただけますか」

「まずは日本桜の会という組織を公安が把握していたのか、教えてください」

「いえ、まずは事件概要を」

「いいえ、把握していたのかいないのか、実在する組織なのかどうかを教えていただきたい」

公安三課の連中は黙り込んでいる。無言で琴音を見返すのみだ。無言の圧力ほど卑怯《ひきょう》なものはない。母親がそうだった。気に食わないことがあると無視する。目も合わせない。琴音の長かった髪を編むことだけは欠かさなかった。

無言で、琴音の髪をギュッギュッと編んでいく。ひと編みごとに恨みがこめられていた。琴音は一日中、無言の圧力を両耳の後ろからぶら下げながら過ごし、胃を痛くした。家に帰ったら見向きもしない母親の背中にまとわりつく。

「お母さん、ごめんなさい」

琴音は膀胱《ぼうこう》が痛くなってきた。トイレに行きたい。お腹も空《す》いた。我慢している。あちらは三十人いるから、五人ずつ、一時間おきに出て行く。休憩しているのだ。琴音には援護がなかった。現場の捜査員に、こんなばかばかしいことで時間を割かせたくない。これも幹部の仕事と、歯を食いしばる。

ノック音がした。扉が開く。

高倉だ。公安三課を一瞥《いちべつ》し、琴音に言う。

「奥さん、坊ちゃんが、おっぱいとねんねで泣いてるらしいぞ」

高倉は公安三課の男たちを鼻で笑う。

「たかだか主婦ひとりに男三十人、か。天下の警視庁公安部も、テロが激減して落ちぶれたもんだな」

貴様、と若手の公安捜査員が立ち上がった。「やんのかコラァ！」と高倉が罵声を浴びせ、一歩踏み出す。獣の咆哮《ほうこう》のようだった。

先頭にいた公安三課の係長が立ち上がった。

「我々は刑事部の恫喝《どうかつ》と同じ土俵に上がるつもりはありません。今日のところはこれで失礼しましょう」

「尻尾を巻いて逃げるのにもいちいちマウント取っていかなきゃ気が済まねぇってか」

「言葉が多いですね、刑事部は」

「この奥さんは十三時間だんまりだったはずだが？」

十三時間経っているということは、もう二十時なのか。

公安捜査員はすまし顔で、会議室を出て行った。

琴音は高倉に頭を下げた。礼を言う。

「夫から何か連絡が？　息子になにかあったんでしょうか」

「口実を作ってやっただけだ。あんたさ、女なんだから女を利用しろよ」

琴音は瞠目《どうもく》した。

「色目使うのはまあ、まずいとしてもさ。男よりも弱いんだから、同情を買って追っ払うとかさ。どう考えても時間の無駄だ」

「女であるという弱者の立場を利用するようなことはしません」

高倉は退屈そうな顔で行ってしまった。

琴音は刑事課フロアに戻った。

村下がひとり、デスクの前に立ったまま電話をしていた。まだコート姿だ。村下は今日、担当検事と打合せのため、検察庁に行っていた。コートを脱ぐ暇がないほど、幹部は忙しい。

琴音は虎太郎の様子が気になる。敦が病児保育に迎えにいっているはずだ。敦にメールを入れた。

〈虎太郎どう？　熱ぶり返していない？〉

村下が送話口を手で押さえ、琴音に言う。

「すまんが新大久保病院へ行ってくれ」

太腿《ふともも》に重傷を負った女装男性が、入院している。まだ身元を明かしていない。

「大腿《だいたい》の傷は骨にまで達している。再手術しないと後遺症が残ると説得しているが、身元を明かさないから家族の同意が得られない。いま医者と看護師が説得中だ。ゲロするかもしれん」

こっそり氏名や住所を聞いてこい、ということだ。非公式なやり方だが、村下が気にする様子はない。

琴音は六花の番号を押した。女装の男性なら、六花がいた方が口を開くかもしれない。


新大久保病院はL署管内の歌舞伎町二丁目にある。かつてはこの歌舞伎町二丁目あたりまでが大久保という土地だった。病院のロビーで、琴音は六花と待ち合わせした。木島も一緒だ。女装男性は四階の個室にいた。個室から、医者と看護師が出てきたところだった。琴音はすかさず医師を捕まえた。

「手術の同意は？」

「これからご家族に連絡をしますが――」

医者は察した様子で、さらりと言う。

「守秘義務がありますので、ご遠慮下さい」

一歩遅かった。木島が言う。

「手ぶらで帰るのもな。少しついてみるか」

個室に入った。男は水色の入院着姿で横たわる。頭頂部が薄い。額も広くつるりと光っている。歳はまだ若そうだった。

ZEROの防犯カメラ映像に写っていた彼は、茶色の巻き髪のカツラを被っていた。

目尻にオレンジのポイントカラーが入ったつけまつげをしていた。ブルーグレーのコンタクトレンズもよく似合っていて、結構な美女に見えた。

男は琴音たちを見て、頭から布団を被る。

「現場の状況はいくらでも詳細に話します、捜査にも協力します。身元だけは勘弁してください。妻や職場に知られたくない」

布団越しに、もごもごと訴えた。琴音は丁重に答える。

「もちろんです。職場やご家族に連絡をすることはまずありません。氏名と住所だけでいいんです。そうでないと、あなたの証言を疎明資料に添付することができないのです」

「そんなことはわかっていますが……」

「へえ。そんなことはわかっている」

さっきまで木島の後ろでチョロチョロしていた六花が、突然、話に入ってきた。

「家族は心配しているんじゃ？　三日も家に帰らなくて」

返答はない。六花が布団を捲《めく》った。

「なにするんだ……！」

男はまた布団を被ろうとした。六花は大胆にも、その耳を引っ張った。

「立派なカリフラワー耳だねー。カツラつけてたから全然気がつかなかったけど」

怪我で耳が変形したり膨らんだりする症状だ。柔道選手に多い。

——まさか。

六花があっという間にたたみかける。

「無差別殺傷事件の現場で果敢に犯人に飛びかかる、しばらく家に帰らなくても家族はそんなに心配しない、氏名を名乗らないと調書が裁判で使用できないと知っている、家族にも職場にも言わないとこっちは約束しているのに頑なに名乗らない。つまり、名乗った時点で職場にバレる――ってこと？」

男は表情を凍り付かせた。木島が目を丸くする。

「あんた、警官か？」

男はあきらめたのか、名乗った。

「埼玉県警の、堀米和明《ほりごめかずあき》巡査長です……」

琴音は思わず、身を乗り出した。

「女装は、ただの趣味ですか。それとも、ＭｔＦのトランスジェンダーでしょうか。もしくは、ゲイ……？」

「そんなんどうでもよくない？」

六花が言った。堀米巡査長に向き直る。

「静乃さんを助けようとしてくれて、ありがとう。怪我、大事にしてください」

六花はぺこりと頭を下げて、病室から立ち去った。木島も出て行く。

琴音は丸椅子に座った。改めて、氏名の漢字表記と住所を尋ねたが――。

「あなたには言いたくない」

堀米巡査長は、また布団の下に隠れてしまった。

三十分粘ったが、最後は無視された。琴音は諦めて、L署に戻った。堀米の身元を埼玉県警本部に問い合わせる。二十二時になっていた。敦から返信がない。再度メッセージを入れた。

〈虎太郎、大丈夫なの。心配だから報告して〉

刑事課には誰もいなかった。みなで夕食にでも行ったのだろうか。

ロビーまで下りた。コンビニでカップ麺を買う。敦から返事がない。デスクで麺をすするほど、琴音は心配が募った。虎太郎の容体が急変したか。事故にでも遭ったか。敦に電話をした。すぐに呼び出し音が切れてしまう。

敦からメールの返信がやっと届いた。

〈寝てる〉

琴音は麺をすすった。些細《ささい》な音がやけに大きく聞こえる。世界中から無視されているかのようだ。

＊

敦はアクセルを踏み込む。中央自動車道を、法定速度をちょっと超えた百十キロで走行していた。

目的地は、神奈川県北西部にある相模湖《さがみこ》畔の、とある一軒家だ。

一般道に降りる。南に相模湖、西に富士山を望める絶景の高台に出た。四階建てくらいの高さがありそうな、大きな一軒家が見えてくる。

「うわー。なにここ。お城？」

助手席の六花が声を上げる。今日は彼女と二人きりだ。鑑取り捜査の人数が足りないとかで、木島はそちらに回された。

二人で車を降り、邸宅を見上げる。尖塔《せんとう》のようなものが建物の両脇についている。西洋の城のようだが、タイル張りとすぐわかる外壁は安っぽい。

門から邸宅まで遠い。庭は殺風景で、花や樹木があるわけでもない。噴水が出そうな水場はある。プールだろうか。離れにガレージが見えた。車が五台は入りそうだ。

インターホンを押す。女性の声で応答がある。敦は警視庁であることを名乗った。

「佐藤宗明《むねあき》さんからお話を伺いたく参ったのですが」

やがて、門のずっと向こうに見える玄関扉が開いた。毛布のような茶色のガウンを着た無精髭《ひげ》の男が出てくる。佐藤宗明本人だ。

彼はアプリ開発や販売を行うＩＴ企業の創業者だ。四十歳、敦と同い年で、三年前に会社を大手通信業者に身売りした。数千億円という創業者利益を得たと聞く。もう隠居生活を送っているらしい。敦は六花に囁《ささや》く。

「すげぇな。昼間っからあんなガウン着て、暖炉《だんろ》のそばでブランデーでも飲んでんのかなぁ」

宗明が近づくと、アーチ型の鉄の門は自動で開いた。宗明は太い黒縁の眼鏡をかけていた。無遠慮に六花を見ている。男なら仕方ない。

揃って警察手帳を示した。名刺も渡す。

「女刑事っていまこんなに派手なんですか？」

六花は黙っている。敦も質問には答えず、説明する。

「実はとある事件の捜査で、テーラーフジワラにてスーツを仕立てた方に話を聞いて回っています。よろしいでしょうか」

「テーラーフジワラじゃ、一着作ってもらっただけだけど」

大手服飾メーカーの会長の紹介で、仕方なく作ったものだという。敷地の中に通された。敦は持ち上げた。

「素晴らしい邸宅ですね。三百坪はありそうですよ」

「いえ、千坪です」

「失礼しました。自分の家は三十五坪なもんでして。規模感がわからなくて」

「宮仕えなどしていたらそんなもんでしょう」

名刺を見ながら、宗明は六花に尋ねた。

「新宿特別区警察署？　そんな署があるんですか。新宿署とは違うんですか？」

六花が無言で敦を見る。回答を敦に任すようだ。敦は従順で控えめな妻を連れているような気になる。

「歌舞伎町と新宿二、三丁目エリアを担当しています。歓楽街専門というか」

「なるほど――。ああ、二丁目のあの事件ですか？　犯人の男、スーツ着てたって」

玄関に通される。敦の自宅のリビングルームと同じくらいの広さがある。

宗明のサンダルはつっかけ部分がルイ・ヴィトンのモノグラムだった。廊下を案内される。いくつかの扉を通り過ぎたのち、三十畳はありそうな部屋に通された。

「わ、ほんとに暖炉があるっ」

六花がグラスを手のひらで回すようなそぶりを見せた。敦は慌てて肘《ひじ》をついた。

コロコロと、ボールが転がってきた。よちよち歩きの女の子がボールを追いかけてくる。バレンシアガのパーカーに、お姫様のようなフワフワのスカートを穿《は》いていた。パーカーには『Think Big!』と大きなロゴが入る。『大きく考えろ』つまり『夢は大きく』とか、『野望を抱け』ということだ。そりゃこんな生活を送っていたら、夢も希望も持てるだろう。敦は虎太郎が心配になる。日々の生活に疲弊しきった両親を見て、大志を抱けるか。

暖炉の近くの揺り椅子に、女性が座って赤ん坊を抱いていた。宗明が言う。

「先月、三人目が生まれたばかりで」

女性はまだ二十代のようだった。長く艶《つや》やかな髪をかき上げ小さく言う。

「すいません、お茶も出せず」

いえいえ、と敦は両手を振る。窓辺で一心不乱に塗り絵をしている男の子もいた。制服姿だった。

宗明は前妻との間にも子供が三人いる。金持ちは何人でも子を持てるのだ。敦はひとりで精一杯だった。いや、琴音が仕事を辞めて専業主婦になれば、自分だって公務員だから三人くらい……考え始め、やめた。

奥の扉が開かれ、書斎のような部屋に案内された。壁一面が書棚になっていた。天井が高いので梯子《はしご》までついている。

ソファを勧められた。敦は座りながら、切り出す。

「犯人はテーラーフジワラのスーツを着用していました。リニツィオ・デラ・ストリアのクイニアンという生地で、ジャケットに『佐藤』の刺繍《ししゅう》が入っていまして」

「なるほど。それでうちに来た」

敦は宗明の顧客カルテのコピーを手元に出す。

「テーラーフジワラでスーツを作られたのは一着ということでしたが、間違いないですか」

カルテには、二着作った記録が残っていた。

「ええ、リピーターにはなりませんでした。先代は腕が良かったようですが、いまの店主はちょっと……」

「テーラーフジワラは紹介制だったようですね。佐藤さんの横のつながりで、テーラー利用客の中にLGBTの人がいる、なんて話は」

六花が囁く。

「その全体をひと括《くく》りにした訊き方、する意味ある？」

敦は宗明に、尋ね直す。

「つまり、知りたいのは、性分化疾患――」

今度は六花にスリッパの足を踏まれる。犯人が性分化疾患を患っていたことは、公表していない。外に出していい情報ではなかった。

六花が訊き直した。

「例えば、胸がある顧客がいたとか。ブラジャーや胸のふくらみがわからないようにスーツを仕立ててくれと言っている人がいるとか、噂とかでもあれば……」

佐藤ははたと、眉根を寄せた。

「胸のふくらみは聞いたことないけど、ブラジャーはよく聞きますね」

敦は前のめりになる。犯人は胸を潰すため、さらしを巻いていたのだ。

「安心感があるとか興奮するとかの理由で、男性でもスーツの下にブラジャーつけるらしいですよ。そんな政財界の大物が結構いる。平野寛人《ひらのひろと》元総務大臣とか」

いきなり大物政治家の個人名が出た。

「個人的に平野元大臣には恨みがあるんですよ。認証アプリの開発を巡ってひと悶着《もんちゃく》ありましてね」

佐藤はニコニコ笑ってはいるが、憤りが残っているようだ。自分を敵に回したら怖いぞ、と印象付けようとしているようにも見えた。次々と個人の秘密を晒《さら》す。

「あとはミラン・シュルツ」

高級ドイツ車メーカーの有名ＣＥＯだ。

「権田《ごんだ》団子《だんご》」

大物お笑い芸人。

「十七代目大坂雪蔵《おおさかゆきぞう》」

誰だかわからない。六花が眉を上げた。

「え、丹後《たんご》屋の」

歌舞伎役者だよ、と敦に教えてくれた。敦は感嘆してみせた。

「よくぞまぁそこまでご存じですね」

ただの噂ではないかと思ったが、宗明は自信を覗《のぞ》かせる。

「かつて企業買収仕掛けられたときに、こっちも尻の穴の皺《しわ》の数まで調べ上げられましたからね。経営は戦争です。こっちもプロを雇ってあちこち内偵させていたんですよ。いろんな情報が舞い込んでくるものです」

話が逸《そ》れた。ブラジャーの話を聞きに来たわけではない。宗明もブラジャーの話をしたいわけではないだろう。自らの力を誇示したいのだ。敦は話を戻した。

「佐藤さんが仕立てたスーツの色は？」

「紺色のものを一着作っています」

「ねずみ色のものを作った覚えは？」

カルテによると、ねずみ色の一着こそリニツィオ・デラ・ストリアのクイニアンだ。最初の一着を作った翌年に仕立てている。宗明が、思い出したように、太腿を叩いた。

「リニツィオ・デラ・ストリアの方はあげちゃったんです」

「あげた？　誰に」

うーん、と難しい顔をする。ちらりと背後を気にした。妻に聞かれるのを気にしているようだ。

「とりあえず、紺色のをお見せしますよ」

書斎を反対側の扉から出る。エレベーターホールがあった。素通りし、廊下の突き当たりの納戸のような部屋に案内された。衣装部屋のようだ。両側に衣服が並び、スーツが三十着ほどぶら下がっている。部屋の殆《ほとん》どを占めているのは、妻の衣類のようだった。

「奥さん、衣装持ちですねー」

「元モデルですからね。現場でもらうらしいですよ」

城のような家、元モデルの若い妻、三人のかわいい子供たち――羨ましすぎて嫉妬する気も起こらない。

「テーラーフジワラのは、これですね」

宗明は一着をハンガーごと取り、刑事たちに示す。

紺色の上下だ。左前身ごろの裏側にテーラーフジワラのタグが、右前身ごろの裏側にメーカーのタグと『佐藤』の刺繍があった。

「ねずみ色の方は、一か月ほど前、ここでパーティをやったときにあげたんです。親友が結婚することになりましてね……」

「結婚パーティをここで？」

「の、前夜祭を」

「前夜祭——バチェラー・パーティですか」

「くれぐれも、妻には……。里帰り出産で、子供も連れて不在だったので、まあ」

宗明がこめかみを掻く。

「それで、スーツはどなたに？」

「すみません。覚えていなくて。まさか、私があげたスーツで、犯人は犯行に及んだと？」

「我々はしらみつぶしにテーラーの顧客をあたっております。『佐藤』という刺繍の入ったねずみ色のスーツで、同じ生地というと、ぐっと絞られてきます」

生地やサイズまで一致するのは、宗明を含め、三名しかいないのだ。うち、二名のスーツは、確認済みだ。

宗明が困った顔をする。

「泥酔していたので……誰にあげたのか、覚えていないんですよ。ゲストの同伴を含め、呼んだ女の子も身元なんかいちいち確認しなかったし」

「そもそもなぜスーツをあげる状況になったんです？」

「最初は女の子たちに、部屋に飾った花を分けてあげてたんです。花瓶や食器も、ということになり、ドンペリをどんどん注がれて気が大きくなって、ブランドバッグとかスーツとか、あげちゃったんだったかな」

すげー楽しそうなパーティ……。敦は心底羨ましくなった。

「とりあえず、招待客名簿を見せますよ」

衣装部屋を出て、長い廊下を引き返す。敦は招待客の人数を尋ねる。

「五十人を招待しましたけど、連れを含めたら二百人近く来たかもしれないですね」

「その中に、LGBTの方はいましたか？」

宗明は首を傾《かし》げた。

「どうだろう。パリピな感じの人もいたけど。いちいちオネエですか、とか、工事したんですか、とか訊かないでしょう」

LGBTはパーティ好きと勘違いしている。派手でエンターテイナーだというイメージがあるようだ。オネエキャラと呼ばれる芸能人たちの影響だろう。

「あ、そういえばひとり、全身整形美女という感じの人がいました。汗は男くさいんで、記憶に残っています。飲食店経営者の連れの『女性』だったけど」

六花が犯人の写真を出した。襲撃直前の、監視カメラに写った犯人だ。俯《うつむ》き加減で歩いていることもあり、鮮明ではない。坊主でスーツなのに、唇が毒々しいほどに赤い。

宗明は即座に首を横に振る。

「髪の長い女性でしたよ。もっと大柄な感じ」

「名前はわかります？」

「ヤヌスって名乗ってた」

六花がはっと目を上げた。

「浴室の美女」


新宿二丁目の中心地、仲通りの交差点の北東に『新明朗街』と看板の出たビルがある。ゴールデン街と雰囲気がよく似ている。どういう構造の建物なのか、外から見るとよくわからない。一階にL字の通路があり、その両側に店の扉が並ぶ。二階の外壁にはいくつものゲイバーやビアンバーの看板が出ている。書店もあるようだった。

六花がポケットに手を突っ込みながら、通路を先導する。

ヤヌスが経営する『浴室の美女』というオカマバーはこの建物の二階にあった。ソープランドの類《たぐい》かと思ったが、「普通のバーだよ」と六花は言う。昭和五十年代に人気だったテレビドラマがモチーフになっているらしい。

「江戸川乱歩《えどがわらんぽ》の美女シリーズって知ってる？」

「ああ……もしかして土曜ワイド劇場の」

「そう。『浴室の美女』っていう話があるんだって」

奇をてらいすぎている。わかる人は少ないのではないだろうか。

店舗は二階だが、入口は一階だ。細く急な階段の先にある。まだ開店前だが、客が来

る前に聴取したい。店内は狭いし、カラオケが始まると隣の人と会話をするのも難しい

らしい。

ヤヌスは外資系保険会社の元営業マンだという。売りまくって稼ぎまくって四十歳で

リタイア、『浴室の美女』をオープンさせた。

佐藤宗明にしろ、みんな四十歳の中年で新たな人生を選択している。敦は心底羨ましか

った。正直、いまは警察組織でくすぶっている。なかなか警部に昇任できない。だが、

外に飛び出して一からなにかにチャレンジする勇気や気概は、微塵もない。

大人の男がやっとひとり通れるほどに細く急な階段を、六花が上がっていく。尻が敦

の目の前にあった。他に誰もいないし、せっかくだから眺める。しみじみと二つのふく

らみを愛でた。

「まだ開店前よ――」

作りこんだ高い声が聞こえる。

「六花だよ」

「げーっ。ブスが来た」

ひどい言い草だが、オネエやゲイが言うと笑いに変わるから不思議だ。

敦が店に入ると、ヤヌスは「きゃー!」と悲鳴を上げる。顔を覆い隠し、極端な内股でカウンターの中を回った。

「やだやだどうなってるの、木島チャンじゃないじゃないのーっ」

「木島さんを連れてくるなって言ったのヤヌスさんじゃん」

六花が言った。

「だってあの大男が来ると店が狭くなるんだもん。階段塞ぐほどでかい男なのよ、火事にでもなって木島チャンが出入口にいたら全員焼け死ぬわよ」

「大丈夫、木島さんは先に客を逃がして最後の一人になって殉職《じゅんしょく》するタイプ」

「やーだー木島チャン殺しちゃった〜」

元営業マンでオネエだ。話が面白い。

「私、メイクしてきちゃうから。六花、適当にやっててよ」

ヤヌスは店の奥に引っ込んだ。敦は改めて店の中を見回す。江戸川乱歩の世界観は確かにある。壁が暗いモスグリーンでカーペットの色は赤だった。店内は狭くカウンター席が十席あるのみだ。カウンターには人を撲殺できそうなガラスの灰皿に、星座占いができるルーレット式おみくじ器があった。レトロな振り子時計がかかっている。いまは午後八時半だが、二時二十分を指そうかというところで止まっていた。

壁にはピエロや、どこかの部族が被っていそうな木製のお面がずらりと並ぶ。

「浴室感が全然ないじゃん」

「オジサン視聴者を引きつけるためのタイトルでしょ。原作は『魔術師』だったかな」

六花がカウンターの中に入った。どこになにがあるのかだいたいわかっているのか、保温器からおしぼりを出した。敦が座ったカウンターに置く。冷蔵庫を開けた。

「あっくん。何飲む」

「とりあえず、生」

六花は大ジョッキを取り、慣れた手つきでビールサーバーのレバーを引く。

「こういう店でバイトでもしてた？」

「学生時代から来てたのよ、この店」

ということは、あのヤヌスという女装家は還暦近いのか。六花がグラスに氷を入れた。冷蔵庫の中のコーラを注《そそ》ぐ。

「今日は飲もうよ」

「捜査だって」

「俺には生ビール出したのに？」

「ヤヌスさんから話を聞かないとだよ。ここから私の出番でしょ」

二丁目では主導権を握らせろということだ。

「しかも私、酔うと記憶なくすことあるし」

「それは危ないな」

「木島さんにも、絶対に俺以外の男と飲むなって言われてる。男はオオカミだから、って」

「自分はどうなんだって」

「いや、木島さんほどきっちり一線を守っている人もいないよ」

六花が泥酔してしまったとき、自宅に送り届けたことが一度あったらしい。

「朝、起きたら私はきちんとベッドに寝ているのにさ、木島さんは玄関であぐらかいて、腕を組んで寝てるの。ソファどころか、リビングにすら入らない。超絶誠実だよあの人」

既婚者だからか。木島の誠実さは、妻に対するものではなく、六花に対するものと思えた。

タイミングよく木島からメールが入る。どこだ、メシ食おう、というものいつもの内容だ。敦は〈まだ捜査中で〉と返信する。

六花が隣に座る。敦は、エンジンをかけた。

「俺、ビアンの子とこの距離感で話すの初めてかも。男見ても、ホント何とも思わないの？　逆に怖いとか、嫌悪とか感じたりしちゃう？」

六花はコーラを一口飲み、答える。

「人それぞれだよね。いまは二丁目に集まってくる女の子が増えて、タイプが細分化してるから。そもそもビアンはこうだ、ていうのはない」

「あれでしょ、ＬＧＢＴも他にＱとかＸとかあるんだっけ」

「Qはクエスチョニング、性自認や性的指向が定まっていない。XはXジェンダー、男でも女でもないとか。でもそれは学術書の話」

六花の言う細分化はちょっと違うらしい。

「例えばあれか……レズビアンの、ボイネコとかフェムタチとか?」

同性愛者はカップルになる際に、攻める側のタチ、受ける側のネコと役割分担がある。ボイネコはボーイッシュな恰好《かっこう》をしたネコ、フェムタチはフェミニンな恰好をしたタチ、というわけだ。

「ちなみに六花ちゃんは、タチとネコどっち」

「リバ。両方いける」

「間口が広い。モテるんじゃないの」

「もう三十五歳だよ。若い子の方が人気高いんだって」

「まじか。ノンケとおんなじじゃん」

「同じだよ。いろんな考え方や嗜好《しこう》を持っている人がいる。この街自体が社会の縮図みたいに感じるよね」

そもそも、と六花が続ける。

「ボイネコもフェムタチももう古いから」

驚いた。せっかくネットで調べてきたのに。

「二丁目への理解が広がった分、いろんな女の子が集まるようになったよね。私みたいな真性レズビアンの割合が減りつつある。殆どの子がバイ。男から嫌なことされたとか、男が嫌になっちゃったとか、社会が求める理想の女性を演じるのに疲れちゃったとかね。そうやってビアンの世界に来る人が増えた」

「そういう人って、アイドルとか二次元とかに走りそうだけどね」

「だから、宝塚が入口のヅカ系ビアンとか。二次元から来たアニオタ系ビアン、その系統のコスプレイヤー系ビアンとかさ」

要は、現実世界の『女性らしさを求められる圧』にうまく対応できない女性たちがごちゃ混ぜになっているのが、昨今の二丁目レズビアンの実態らしい。

「それじゃ、六花ちゃんは希少なのか」

敦はしみじみと六花の横顔を見た。妙に神聖に見えてしまう。これが桜の代紋をぶら下げていると思うと、ますます希少価値が高い。

「俺らからしたら、男の相手に疲れたバイの女の子の方がまだ理解はしやすいよ。そもそも、異性を見て何も感じないって、どういう感覚なのかさっぱりわからない」

「動物園で動物見るのと同じ感覚だよ。面白い、興味深い、かっこいい、かわいいとか。動物見ていろいろ思うでしょ？」

敦は、イルカが好きだ。癒される。

「それと一緒。イルカと一発ヤリたいと思う？」

「思わない」

「私もライオンをかっこいいと思うけど、挿《い》れてほしいとは思わない」

「なるほどな。つうか食われる」

揃って大笑いした。

「いま、彼女とかいるの」

「いない。二年前に別れてぼっち」

「ビアンカップルって、どういうことが原因で別れるの」

「普通の男女と同じだよ。飽きたとか他に好きな人ができたとか、価値観の違いとかね」

三十過ぎると変わってくる、と六花はしみじみ言う。

「子供産むリミットだから、男と結婚するって言われて」

六花はコーラを飲み干していた。口が淋《さび》しかったのか、氷を頬張る。口の中で持て余したように転がしている。頬が氷の形にふくらむ。ぼりぼりと嚙んで飲み下した。顎や唇の動き、全てが敦の下半身を刺激する。相手にされないとわかっているのに、なんでこんなスケベな気持ちになってしまうのか――。

「私じゃ彼女を妊娠させてあげられないから」

「自分が妊娠したいとは思わないの？」

「親になるってこと？　無理無理」

ヤヌスが支度を整え、店に出てきた。

「げーっ、コーラなの？　酒にしなさいよ」

「酔えないの、捜査で来てるから」

念のため、と六花が桜の代紋を見せる。ヤヌスは身分証を見て、げらげら笑った。

「ブスー！　なにこれギャグ？」

敦も覗き込んだ。普通にかわいい。ヤヌスの「ブス」は嫉妬なのか、愛情なのか。ヤヌスは不自然なほどに真っ黒なロングストレートのウィッグをつけている。ヤヌスというのはローマ神話の男の神様だったと思うが、古代エジプトのクレオパトラみたいな髪型とメイクだ。皺は少ないが、たるみは隠せない。だが還暦近いとは思えないほど若々しい。いや、生き生きとしているのだ。

六花はてきぱきと聴取を始めた。

「先月、相模湖畔のお城の乱痴気パーティに行ったでしょ」

「やだ。なんで知ってるのよ」

「こっちこそ、だよ。なんで相模湖まで行って二丁目のオネエが出てくるのよ、って」

「失礼ねー。こっちだってあんたに私生活知られてほんと気分悪いわぁ」

笑いながらヤヌスは言った。

「で。佐藤宗明って人がいらないものを人にあげてたって話なんだけど」

あの男ねぇ、とヤヌスは嫌な顔をした。

「パーティ主催者なのに、ビンゴ大会の景品を準備してなかったのよ。持ってけドロボーって言って、使い古しのバッグとか靴とかばらまいて、みんな帰り道にぼろくそ言ってたわよ。ケチなのよね、あいつ」

「ねずみ色のスーツ、誰がもらったかわかる？　リニツィオ・デラ・ストリアのクイニアンっていう生地でできているんだけど」

ヤヌスの顔色が変わった。

「ねずみ色のスーツって。こないだのZEROの事件の犯人が着てたやつじゃない」

ヤヌスは目を閉じ、こめかみに指を置いた。分厚いジェルネイルに、初春らしく椿《つばき》の絵柄が入っている。

ヤヌスが指を鳴らし、六花を指さす。

「思い出した。女の子が貰《もら》ってた。どっかの業者の子よ」

業者――バチェラー・パーティで男性にサービスを提供する、性風俗店の女性ということだ。

敦は佐藤から預かった店のカードを見せた。六本木に拠点を構えるコンパニオン派遣業者だ。『イエスタディ』という。

「アングラなトコだと思うわよ～。深夜にはあのお城で乱交パーティ状態だったもの」

六花が腕を組む。

「風営法違反平気でやってるような業者だと、慎重に聴取しないとトンズラされるかもしれないねー」

二十一時を過ぎたのか、男性客が入ってきた。ヤヌスの声が高くなる。そちらの客にかかりきりになった。

狭い店だけに、もう捜査の話はできない。敦は別のエンジンをふかすことにした。追加の生ビールをいっきに流し込む。

「いやーそれにしても新鮮」

「え、違法性風俗店が？」

「違うよ」

お前と俺、と交互に指を差す。

「女の子とこういう距離感で話せないじゃん。性的なこともさ。やっぱ結婚してからは、そこらへん、ブレーキ踏むし」

「ブレーキ、私にはいらないよ。そもそもゴールないじゃん。私、男無理だし」

がっかりしてしまう。

「ねえ、ホントに男、無理なの」

「無理」

「男と試しに……っていうのは、ないの」

「ない」

「先っちょだけ、とか」

怒られた。

「そういう風に言い寄ってくる男はいきなり全部突っ込んでくるから絶対に近づくなっ

て木島さんから言われてるの」

木島め。よくわかっている。

「じゃあさ、俺の愚痴聞いてよ」

「どうぞ」

「離婚したい」

六花はのけぞった。

「ビールだけでそれ、言える？」

「言うなよ、琴に」

「言う。私、チャンスじゃん」

「は？」

「あっくんの奥さん。どストライク。あの生真面目《きまじめ》なハスキーボイス、すっごい素敵」

敦はがっくりする。

「まじかよ。お前まで琴を選ぶのかよ」

「どういう意味」

「組織も、ってことだよ。くそ」

警部昇任試験は毎年夏、夫婦揃って受けていた。結果、組織は妻を警部に選んだのだ。

六花は心配そうに尋ねてきた。

「ねえ。もし逆だったら、離婚したいと思った？　警部になったのがあっくんで、奥さんが変わらずヒラの警部補だったら」

　敦はドリンクメニューを取った。もっと強い酒が欲しい。

「そうだな。離婚したいわけじゃない。ただ途方に暮れてるんだ。俺も琴も」

＊

　琴音は今朝も、駅構内を走る。虎太郎は病児保育に預けてきた。熱が完全に下がったのが十五日で、その翌日から二日間は学校に行けない。週明け二十日から通常に戻れる。八時から、歌舞伎町ホテル女性殺害死体遺棄事件の捜査会議があった。琴音は当該部署の課長代理として、こちらの捜査幹部にも名を連ねている。すぐ隣には新宿二丁目無差別殺傷事件の捜査本部がある。

　捜査会議では、管内の監視・防犯カメラ映像を解析していた鑑識係員が、中尾母子の上京後からの足取りの分析を終えていた。

「母子は一月十日、新幹線で上京。新宿に到着した翌十一日は、母子ではとバスツアーに参加していました」

　管理官の美濃部が変な顔をする。

「受験直前なのに、息子もレジャーか？」

　ツアー会社で聞き込みをしたという刑事が答えた。

「尚人本人は、バスの中でずっと参考書を開いていたようです。母親に付き合わされていたのでしょう」

　翌十二日は、一日中ホテルの部屋で勉強していたと尚人は供述している。ホテルの防犯カメラを確認しても、外出している様子はなかったという。

母、美沙子は、埼玉県行田《ぎょうだ》市に住む旧友と会っていた。夕食は旧友宅でごちそうになっているが、帰路の足を阻まれていた。

「この日、JR線で架線断裂トラブルがありました。当日中の復旧は困難ということで、一部路線が不通になっています。美沙子は新宿に戻るのを諦め、友人宅に泊まっています」

　母親が帰らないという一報を受けた尚人は——。

「これまでの勉強漬けの日々の鬱憤《うっぷん》が爆発したのか、夜の新宿を冒険したいという気持ちになったようです。本人も、その気持ちに間違いはないと認めています」

　刑事の言い方はまどろっこしい。尚人の口から「夜の新宿を冒険したい」という言葉が出たわけではないのだろう。意思を殆ど示さない青年だ。取調べ捜査官の苦労を感じる。

「尚人は目の前にあるTOHOシネマズで二十時から映画を観ています。夕食はマクドナルドでした。その後、歌舞伎町のショーパブに入ろうとしていますが、門前払いされています」

東京都の『青少年保護育成条例』により、保護者の同意がない十八歳未満には、二十三時以降は帰宅を促すよう店側は努めなければならない。

その後尚人は、日付が変わるころには歌舞伎町の各所にある風俗案内所を見て回り、年齢を偽ってファッションヘルスに入店した。Eカップ以上の熟女が濃厚マッサージを行うというのが売りの店だ。

「尚人本人は〝単に料金が安かったから〟と話しているようですが、巨乳、熟女というキーワードから、母性愛の欠如を感じますね」

琴音の言葉に、美濃部管理官が意見する。

「欠如？　ありすぎたくらいじゃないのか」

琴音は首を横に振った。

「尚人は真の母性愛を求めていたのでは？　この母親は、息子への行き過ぎた愛というより、ただの支配だという気がします」

美濃部管理官は、神妙な顔をするのにとどめた。

捜査員が報告を続ける。尚人の相手をしたのはベテラン風俗嬢の野田由美子《のだゆみこ》、四十三歳だ。この街に生きてもう三十年と豪語する。

由美子は初々《ういうい》しい尚人に、夜の世界のこと、性のことを教えてやったらしい。性玩具を使っての性欲処理方法まで指南した。

「彼女は小沢静乃と顔見知りです。かつて、ＡＶ撮影で共演したことがあったようです」

尚人は店を出た足で静乃の店に行った。性玩具を譲り受け、ローションは購入した。

「〇五〇三《マルゴーマルサン》、ホテルの部屋に戻った様子が、ホテルの防犯カメラ映像で見て取れます」

始発でJR行田駅の改札を抜けた美沙子の映像も流れた。

「息子が心配というより、メールの返信がないことに怒りがおさまらない様子だった、と友人女性が証言しています」

母親は尚人に、メールの返信を五分以内にするという厳格なルールを強いていた。

「前日夜から事件直前まで、母親は尚人にメールを百五十二件、電話も七十一回かけています。尚人が応答したのは午前一時までで、以降は無視しています。メールも返信していなかったようです」

美濃部管理官がため息をつき、ちらりと琴音を見た。

「なるほど。愛じゃない。支配だな」

母親が埼玉県行田市から新宿に戻っているとは知らず、尚人は時間を忘れ、部屋で性玩具を使用していた。

六時四十七分、母親がホテルの部屋に戻ってきた。ホテル二十七階の防犯カメラに、母親の姿が写っている。エレベーターが開ききらないうちに飛び出して、肩をぶつけるほどだ。カードキーを差す手は怒りからか、震えている。これが、生前の美沙子を捉えた、最後の映像となった。

尚人はこう供述している。

「あの時のことはあまり、記憶はないんですけど……なにを言われたのか……」

激しい罵倒があったらしいことは、隣の宿泊客が証言している。女性の金切り声ばかりで、男の声は聞こえなかったという。

尚人は、記憶に残したくないほどの罵倒を受けたのだろう。電気ケトルを振り下ろし母親を撲殺した瞬間のことも、全く覚えていないらしい。

美濃部管理官が椅子に座りなおした。

「ここは粘りたいところだな。記憶が欠落しているのではあろうが、供述してもらわないと調書が不完全になる」

「今日、更に絞ってみます」

取調官が答えた。琴音は慌てて意見する。

「そこ、絞るべきところですか」

男たちが変な顔をした。

「尚人本人が精神的にダメージを負うほどの罵詈雑言《ばりぞうごん》を浴びたと考えるのが自然です。思い出したくないに違いありません。だから忘れてしまったんです。そこを——こじあけて、いいのでしょうか」

「それが刑事の仕事だ」

美濃部が言った。琴音は首を横に振る。

「わかっていますが、相手は未成年です。大人であっても、面と向かって浴びせられた罵詈雑言を一字一句正確に思い出すのは難しいものです。それは記憶力の問題ではなく、心の――」

言いかけて、やめた。

耳の下をさする。三つ編みはないのに。

捜査会議を終えて、琴音は刑事課フロアに戻った。まだ朝九時半、木島が捜査に出る準備をしている。

「二丁目の事件、昨晩の捜査会議で特異な報告はありましたか」

琴音は子守があったため、無差別殺傷事件の夜の捜査会議には出られなかった。

木島は目を合わせず、一方的に言う。

「スーツに口紅の犯人がどこから来たのか、駅構内での目撃証言がちらほら出てますが、JRのどの路線から来たのかはまだ不明。ねずみ色のスーツについては最後の一着の行方がわかってません。新井と堂原が引き続き、追ってます」

なにか様子がおかしい。

「了解しました。ていうか木島さん、敬語、使わなくていいですよ」

木島は答えず、コートをつかんだ。まっすぐ、琴音を見る。

「琴ちゃんさ。旦那の手綱《たづな》。ちゃんと引いてるか」

昨晩、帰宅したかどうか、尋ねられる。琴音は首を横に振った。徹夜で捜査に邁進《まいしん》していると思っていた。

「六花と消えて署にも戻ってこなかった……と思ったらヤヌスっていうオカマバーのママから俺んとこに電話がかかってきた。敦が酔い潰れて身動き取れなくなっていると。俺が行ったら、もういなかった。六花が敦を支えながら出て行ったと」

琴音は呼吸も忘れて、聞き入る。

「いや。敦が悪いさ、もちろん。だが仲人《なこうど》として言わせてもらうが、夫婦関係においてどっちかが一方的に悪いなんて例はほとんどない。俺はそう思っている」

琴音は、目を伏せた。すみません。今日一回目の謝罪は、身に染みた。

「お前らの夫婦関係よりも、正直俺は六花が心配だ。彼女は男と寝ることはないが、隙だらけだし自分が男にとってどれほど魅力的なのか、全く理解してない」

六花は琴音から見ても魅力的だ。成熟した体を強調するような服装ばかりを好むのに、実は男に対しては未熟なその体——男が欲情しないはずがない。

「俺は六花を娘みたいに思っている。男には指一本触れさせない。万が一それが敦であっても、ぶっ飛ばす。そういう風にならないように、妻のあんたがしっかりしろ」

木島は言うだけ言って立ち去った。課長席に座る村下が、ぼそっと言った。

「気にするなよ」

嫉妬してんだ、と断言する。

「堂原を取られたと思ってる。木島は堂原の用心棒気取りだからな」

自分が手に入れられなかった六花を、誰にも取られたくない――。

琴音はため息をついた。

「みな妻子持ちなのに、堂原さんに首ったけというわけですか」

「堂原がビアンだから成立する図式だ」

こともなげに、村下は言った。

「相手がノンケだったら、不倫になる。このご時世、木島もお前の旦那もブレーキを踏むだろ」

相手がレズビアンだから、安心して疑似恋愛を楽しんでいる、というわけか。

＊

敦は目が覚めた。まだ夜か、というほど室内が暗い。見知らぬベッドにいる。衣服どころか下着も身に着けていなかった。隣には、裸の女が背を丸めて寝ている。

えーっと。

頭を掻いて、昨晩の記憶を辿る。ヤヌスの店『浴室の美女』で深夜一時ごろまで飲んでいた。泥酔してしまったが、六花を連れてホテルに入った。バチェラー・パーティに女を派遣していたコンパニオンクラブ『イエスタデイ』に探りを入れるためだ。まずは派遣を頼む電話をかけた。

「相模湖のバチェラー・パーティで出会った子を呼んでほしいんだけど、名前が思い出せなくて……」

あたかもそこに参加していたかのように装い、敦は女をホテルに派遣してもらった。六花とはここで別行動になったのだ。

ロングヘアが良く似合う、首の長い女がやってきた。敦は警察を名乗った。ねずみ色のスーツを貰っていったのは、アリスという源氏名の女だとあっさり教えてくれた。前金二万円を払ったあとだった。五分で用事が済んでしまった。五分で二万円、捜査費として請求できそうもないし、二万円払ったし、あちらはそれが商売で残金を欲しがるだろうし、六花にほったらかしにされた下半身は爆発寸前だったし――。

気が付けば、朝になっていた。

琴音の顔を思い出し、震え上がる。

情けない。この程度で妻に恐れおののくとは。昭和の男たちが羨ましい。家庭内の面倒くさいことは全部女に押し付けて仕事に熱中し、男の甲斐性《かいしょう》だと平気で外で女を抱いていた。なんで俺はこんな息苦しい時代に、男として生を享《う》けてしまったのだろう。

――で、六花はいまどこにいる。

ベッドから降りて下着を身に着けながら、六花に電話をする。また怒られる。

「ちょっと寝てた？　こっちはマックの木の椅子に座って一晩中待ちぼうけでお尻いたくて仕方ないんだけど！」

「ごめんごめん……えーっと、なんか俺、連絡しなきゃいけなかったんだっけ？」

だからぁ、と六花が声を荒らげる。

「スーッ！　誰が貰ったのか。聞けなかったの？」

「それは聞けた。源氏名アリス、アッシュのハイライトが入ったショートボブヘアで、小柄。シャネルのクラッチバッグが目印だって」

電話は切れてしまった。六花は一刻も早く当該女性に接触するため、『イエスタデイ』の待機所近くのファストフード店で張り込みをしていたのだ。敦からの情報を一晩中待っていた。

隣の女が起き出した。ぺこりと頭を下げてくる。

「追加料金払ってくれたら、出勤前のサービスＯＫですよ」

「いやいや、もう充分。ありがとう」

女は途端につまらなそうな顔になった。

「ごめんね、羽振りが悪くて」

「羽振りも悪いしー、勃《た》ちも悪いし」

敦は耳を疑った。

「君……それお客様に言っていいやつ？」

女は背中に抱きついてきた。スケベな手で敦の胸や腹をさすりながら、甘い声で言う。

「心配してるのぉ。大丈夫？　還暦すぎたおじいさんたちのほうが元気だよ、体も、おちんちんも」

*

琴音はぐっと、歯を食いしばっていた。

一昨日は無言の圧力、今日は罵倒の嵐と闘うことになった。

相手は公安三課ではない。新宿二丁目商業組合の幹部たちだ。

組合には二丁目の飲食店等、二百店舗以上が所属する。地域では最大の組織だ。

きれいに女装してきている人もいたが、上下スエットで髭が伸びているおじさんもいた。ピンク色の髪に眉毛も血の気もないノーメイクの人は、性別不明だった。

嘆願書を出された。

『日本桜の会』がネット上に出現したことにより、右寄りの過激派やホモフォビアの人々からの嫌がらせが活発化しているという。店のSNSは荒らされ、嫌がらせの書き込みや、いたずら電話、架空の予約注文といった被害も出ていた。

「事件でL署が多忙だというのはわかるんですが、このままじゃ営業に差し障る。なんとかしてもらえませんか」

組合長は、二丁目でLGBT関連の書籍を販売している書店を経営している人物だ。理知的な銀縁メガネをかけていて、文豪のような雰囲気だ。

「嘆願書は受け取らせていただきますが、警備活動を約束するものではありません。ネットの書き込みもいたずら電話も警察が防げるものではありません」

ひとりが甲高い声で反論した。ロングヘアを束ねた男だが、女のような高い声で話す。

「それじゃなんのための警察なの？　市民を助けるのが警察の仕事でしょ？　そのために毎年毎年、少ない稼ぎの中から税金を払ってるんじゃないの！」

反論を許さず、別の糾弾が始まる。ピンク色の髪の人だ。

「だいたい捜査はどうなっているの。未《いま》だに犯人が男か女かすら区別ついていないって。警察はなにやってんの！」

声を聞いても、男か女かわからなかった。

「捜査は適切に行っております。情報によっては記者発表できないものもございます。捜査に支障をきたす場合があり……」

金髪の女性が煙草《たばこ》焼けした声で叫んだ。

「んな遠回しな言い方をしてねぇで、はっきり言えよ！　警備すんのか、しないのか！」

「ですから、嘆願書は受け取りますが、警備や巡回をしたところでいたずら電話や書き込みが減るとは限らないと……」

「だったらそのイタ電してる奴とか書き込みしてくる奴を逮捕してくれよ」

無理だと言おうとして、ビアンバーの経営者だという女性に遮られる。

「書き込みを見て下さい。架空予約してやろうとか、大勢で押しかけて朝までソフトドリンク一杯で居座ってやろうとか、そんなこと実際にされたら商売あがったりです。常連客が逃げちゃうでしょ」

琴音は丁寧に説明した。

「例えば、店に放火する、爆破する、毒を仕込む――これらのような具体的な書き込みがあれば、威力業務妨害として捜査、巡回警察官を増やすこともできます。多少のいやがらせの書き込みだけでは無理です」

金髪の人物が叫ぶ。

「ふざけんなよ！　うちの店は事件直後に飲食店レビューで一つ星を連発された。料理がおいしいゲイバーとしてミシュラン狙ってたのに、この十年の努力が水の泡だ！」

通常、ＳＮＳトの誹謗《ひぼう》中傷は警察では対応しない。みな弁護士に相談し、開示請求手続きを自力で行って裁判で闘う。

弁護士のところへ、と口にした途端、針の筵《むしろ》になった。琴音は十一時から、彼らがあきらめて帰宅する十五時まで、要求、非難、否定の嵐にさらされていた。

無言、無音に神経をすり減らした一昨日とは正反対だ。特にロングヘアの男性が本当によくしゃべった。一秒に十音くらい発し、耳障りな金切り声を上げる。琴音は頭がクラクラした。

彼らは、ＬＧＢＴとして括られて差別や嫌がらせを受ける不安と鬱憤を、琴音に全部押し付けて、帰っていった。

疲れ切って会議室から出た。六花と敦に出くわした。いま戻ってきたらしい。

琴音は木島の忠告を思い出した。

「お疲れぇっす」

六花が眠たそうに、通り過ぎていく。敦は立ち止まった。敦への恨み言が喉元までせりあがる。だが、堪《こら》えた。自分が他人の憂さ晴らしの対象にされた直後だ。他人にはしない。いま口を開いたら、必要以上に敦を罵《ののし》ってしまうと思ったのだ。

敦も無言で、琴音の横を通り過ぎていった。


十七時、夜の捜査会議が始まった。

『日本桜の会』のアカウントの監視と解析を行っている班の刑事から報告がある。

「ＳＳＢＣがＩＰアドレスの解析を行ったところ、携帯電話会社のプロバイダに行き当たりました。スマホからのアクセスと思われます。明日には通信会社へＩＰアドレス開示請求を行います。一週間以内に発信者の身元は突き止められるかと」

「その後、なにか投稿は」

「ありません。活発なのは四日前の犯行声明にツリー式にぶら下がる第三者の投稿です。枝葉の如く、ＬＧＢＴに対する誹謗中傷が上がってきています」

気持ち悪い、昔はこんな人はいなかった、変な病気がうつる、などの差別発言だ。

『日本桜の会』の大本の書き込みはもはや差別を通り越した脅迫であり、犯罪行為だ。

この犯罪行為に便乗して差別発言をする人が存在している——。琴音は殺伐とした気持ちになりつつも、報告する。

「新宿二丁目の商業組合より、警備強化の嘆願書を受け取っています」

具体的な被害を話そうとしたが、高倉が却下した。

「この程度は我慢だろ。一般人がLGBTを気持ち悪いと思う感情を、警察が規制するのはおかしい」

「だからといって架空予約をしたり、いたずら電話をするのは——」

高倉が遮った。

「ところで公安三課の動きは」

琴音は一度、腹立たしさを呑み込んだ。冷静に答える。

「今日は来ていません」

「あきらめたか。ずいぶんあっさりしている」

「あちらも日本桜の会について情報を持っていないのでしょう」

すでに公安がマークしている組織なら、なんとしてでも捜査本部に入り、情報を取っていくはずだ。

「事件が明るみに出た直後にアカウントが作られていますから、公安もいたずらの可能性が高いと思っているのでは」

「だろうな。投稿に使用されていた現場の画像の解析は？」

村下の問いに、ＳＳＢＣの捜査員が答える。

「野次馬が撮影、投稿した画像の使い回しでした。撮影者の素性はすでに割れており、この人物は日本桜の会のアカウントとは通信会社が違います。無関係かと」

福井管理官が、顎を掻いた。

「こっちの線は終息でいいな」

日本桜の会に関しては三十人の捜査員を割り振っていたが、五名まで減らす。残った二十五人を地取りや鑑取り捜査に回すことになった。福井が叫ぶ。

「次、地取り班」

担当刑事が手を挙げ、発表する。

「目撃証言や防犯カメラ映像より、犯人の利用路線は山手線《やまのて》と判明しました。午前一時新宿駅着の内回り、五両目三番ドアから出てきています」

防犯カメラ映像がスクリーンに映し出される。犯行時と同じねずみ色のスーツ姿だ。

「明日以降、山手線のどの駅から乗車したのか、更に防犯カメラの解析を進めたいと思います」

都心を一周する山手線は、他のＪＲ私鉄各線に比べ駅の数がそう多くはないが、運行本数は一日六百本、延べ利用者数は四百万人を超える。顔認証システムを使用したとしても、対象となる監視・防犯カメラ映像の量が多すぎる。時間がかかるだろう。

福井管理官が注意した。

「口紅をつけて、サイズの合っていないスーツを着ていた……もしかしたら、変装、人《にん》着《ちゃく》の変更を繰り返《かえ》しているかもしれんな」

高倉も頷《うなず》いた。

「そうだとしたら、このちぐはぐな着衣の説明がつきます。坊主頭なのも、カツラを被るためかもしれませんね」

次、鑑取り捜査班の報告だ。

被害者の中で唯一の死者である小沢静乃については、おおむね六花が証言した通りの裏が取れた。彼女は騙されたり利用されたりすることはあっても、誰かに恨まれることはなかったようだ。怨恨《えんこん》の線は浮かび上がらない。

他、現場で負傷した客や従業員の鑑取り捜査について発表があった。静乃は巻き込まれただけで、本当のターゲットが別にいたという線も、まだ捨てていない。担当捜査員からは、果てしない捜査になりつつある、と弱音が聞こえてきた。

「元カノの今カノが自分の元カノとか、元カレの今カレがどうとか、狭い人間関係の中で恋愛が繰り広げられています。拾っていくと、殺人に発展するほどの愛憎はなさそうなのですが、念のため、ひとつひとつ洗っています」

身元がわかっている負傷者に対し、恨みがあり、かつアリバイがない人物が、三人ほど浮上してきていた。

「家族関係となると、カミングアウトで関係が悪化した者もいますが、殺人に至りそうな憎悪を感じる関係はありませんでした。また、我が子が二丁目に通っていると知らなかった親もいまして、聴取の際にこちらが罵声を浴びるというパターンも……」

鑑取り班は苦労していた。琴音は尋ねる。

「事件後、現場を離れてしまった客については捜査が広がっていますか」

六花が手を挙げる。

「入口の防犯カメラ映像を確認して、知っている子については情報提供しましたけど」

鑑取り捜査担当の刑事がぼやく。

「二丁目だけの通称を教えられても、どうしようもないんだよ」

美容系の仕事についているヅカ系ビアンのナナちゃん、昼は営業マンで小室サウンドを崇拝《すうはい》しているドラァグクイーンのジュンコ、新大久保の韓国料理屋でもバイトしていて、韓流《ハン》好きのおばさんたちの追っかけファンもいるゲイボーイのリョウマ……。メモ片手に言い連ね、捜査員がぼやく。

「こんなん教えられても訳わかんないというのが、正直なところですよ」

「詳しい素性を訊かないのが二丁目のルールなので」

六花はあっさり言った。彼女が鑑取り捜査を手伝うのはここまでらしい。あくまで二丁目のルールに従っているように見えた。副署長が叫んだ。

「次、ナシ割！」

ここからが本番だ、と福井管理官が椅子に座りなおす。事件発生から四日、まだ犯人がどの性別で生きていたのかすらわかっていない。佐藤宗明から流れたスーツを犯人が着用していた可能性が高いのだ。ここから犯人の素性にたどり着けるか、琴音も前のめりになる。

敦が手を挙げ、発表した。

「佐藤宗明がパーティで譲った一着は、コンパニオンとして派遣されていた源氏名アリスという女性がもらい受けていたようです」

アリスという女性の本名、住所と免許証情報が読み上げられ、スライドに顔写真が映る。小林智絵里《こばやしちえり》、二十一歳。ハイライトが入ったボブヘアは派手だが、高い鼻梁《びりょう》とふっくらした唇は上品だ。美人ときたからか、高倉が目を細める。

「この女に直当《じか》たりできているのか？」

六花が答えた。

「昨晩は出勤日ではありませんでした。この店は通常デリヘルをやっている。依頼があったときにデリヘル嬢をコンパニオンとしてパーティに派遣し、売春もさせているという感じです」

「本番があったと確認しているのか」

高倉が尋ねた。

「パーティ参加者が認めてる」

「デリヘルの方はどうだ。そっちでも本番はやってるのか」

六花が敦を見た。敦は、必要以上に慌てふためいた。

「えーっと……そうですね。確認は、しています」

福井管理官が眉を顰《ひそ》めた。

「現場を押さえたのか？」

それなら売春防止法違反で逮捕すべきだが、敦はしどろもどろになった。高倉がニヤニヤしながら琴音をちらっと見た。

「まっ、奥さんがいるからアレだな。詳しいことはあとで直接、俺にだけ、な」

琴音は顔がカッと熱くなった。

「こっちの店については生安と協力して摘発するか否か決める。堂原、続きを」

高倉に指示され、六花が報告を続けた。琴音はその言葉が聞こえなくなっていく。じわじわと冷静さが失われていった。夫は六花と消えてデリヘルを調べていて——夜通し、なにをしていた？

「アリスこと小林智絵里が次いつ出勤するのか、わかる人はいませんでした。免許証の住所には帰っていません。近隣に確認したところ、遊び歩いているようです」

事件以降、姿を見た住民もいなかった。

高倉が改めて、指示する。

「お前らは引き続き、小林智絵里に張り付け」

はい、と敦が腹から返事をする。

「監視を怠るなよ。それから、情報を取るためとはいえ、サービスを受けるのは禁止な」

男たちの視線が一斉に、敦に注がれた。敦はぶんぶんと首を横に振る。

「いや、俺は――」

「まあ、お前も奥さんを仰ぎ見て必死だろうがな。次はいつ子守でお休みするんだっけ？」

敦がみるみる青ざめていく。刑事たちの嘲笑《ちょうしょう》の目、同情の目が夫に降り注ぐ。

琴音は沸点を超えた。書類をデスクに叩きつける。

「私と夫は対等な立場で家庭を守っています。上司であろうと部下であろうと、夫の立場を揶揄《やゆ》する者を私は許しません！　場合によってはパワーハラスメントとして監察に報告します！」


琴音は捜査会議終了と同時に、怒りに任せて捜査本部を飛び出していた。追いかけてくる者がいる。腕をぐいと引かれ、肩が外れそうになった。敦が、目を血走らせ、立っていた。

「琴。いい加減にしてくれ」

琴音は眉根を寄せた。

「なにがよ。私は――」

あなたをかばった。自宅に帰らず女を買っていた夫を、罵りたいのに我慢し、かばった。

「お前はなにもわかってない！」

敦が琴音を怒鳴りつけたのは、結婚して十二年、初めてのことだった。ひょうきんなお調子者で、優しい人だと思っていた。

「わかんねぇか。そうだな、お前にはわかんない。正論正論で清く正しく美しくまっすぐ生きてきたお前にはわかんない！　お前が毎度振り下ろすその正論で、どれだけ俺が恥をかいているか。少しは察してくれ！」

敦は廊下に置かれた観葉植物の鉢を蹴り倒し、拳を握って立ち去った。

一昨日は公安との無言の応酬と夫の無視に耐え、今日は二丁目の面々と夫の罵詈雑言を、ただ、受け止める。


十九時、琴音は夕食を買いにロビーへ降りた。いつものコンビニに入る。今日は、敦が子守当番だ。琴音は泊まりで仕事をする予定だ。夫のいる家に帰りたくなかった。

平等も正論も、いけないらしい。

それは夫の尊厳を傷つけるものらしい。

全然わからない。

「正しく生きなさい」

耳の下で、長い髪がおさげに編まれていく。ギュッ、ギュッという音が蘇《よみがえ》り、頭に重さを感じる。三つ編みをしようが下ろそうが、髪の量は変わらないはずなのに、なぜか母親が三つ編みを結うと、ずっしりと重量を感じた。

おにぎりと、一日分の野菜が摂《と》れるという具沢山のしょうがスープを買った。自席でひとり、食事を口に入れる。しょうがスープには椎茸《しいたけ》が入っていた。蓋の裏側に椎茸だけ取り出した。

二十三時まで未決書類に決裁印を押し、捜査員からの報告書に目を通す。虎太郎の声を聞きたかったが、電話で敦とやり取りするのが嫌だった。虎太郎にはスマホも子供ケータイも持たせていない。

二十三時過ぎ、十五階の道場へ上がった。本部の捜査員たちが布団を敷き、眠る準備を始めている。琴音は女子更衣室へ行き、服を脱いだ。三つしかないシャワールームの扉を開ける。先客がいた。熱いシャワーを頭から浴びていたら、涙が流れた。嗚咽《おえつ》を必死に堪える。

ありとあらゆるものに、どこまで耐え続けたら、終わるのだろう。

隣から泡が流れてきた。六花だとすぐにわかった。六花の匂いだ。

琴音はバスタオルを体に巻いて、シャワールームを出た。六花も脱衣所にやってきた。バスタオルの上からでも体の線がわかる。張りのある胸とくびれた腰。体の輪郭がキレイだった。昔は琴音もすらりとしていた。授乳で胸は垂れ、出産でひとまわり豊かになった下半身は元に戻らない。惨めな体つきだ。

「大丈夫？」

六花が頭をごしごしと拭きながら、上目遣いにこちらを見た。

「――なにが」

「あっくんと」

夫を下の名前で呼ぶ。レズビアンだとしても、挑まれているように聞こえてしまう。

「思うに。結婚生活続けるの、厳しいんじゃない」

唐突になにを言うのか。「は？」と返す琴音の言葉に、怒気が籠もってしまう。

「お姉さんもかわいそう。でもあっくんもかわいそう。そろそろお互いに解放されるっていう選択肢もありかと」

琴音はバスタオルを取り、ブラジャーを着けた。

「人の家庭のことを――」

「だってあっくん、愚痴がすごいんだもん。いまは三丁目の方で飲んだくれてるよ」

「まさか！　今日はお迎え当番なのに」

「お姉さんに頼んだらしいよ」

怒りが、ふつふつと、沸き上がった。六花がけだるそうに言う。

「さっきまでつき合わされてたの。道場で寝るのは嫌なんだって」

捜査本部で百人の刑事たちに嘲笑されたのだ。

「私んち、二丁目じゃん？　泊めろとかナントカってうるさくて、面倒くさくなって逃げ帰ってきた。お姉さんさー」

呆《あき》れたような声音で、六花が続ける。

「真面目でまっすぐもいいけど。ほとんどの人がお姉さんのように生きられないんだよ」

「――どういう意味」

「いまの社会で男女平等なんてのは建前。教科書に載っているただのスローガンで、現実じゃない」

男たちは、女に勝《まさ》っているべきだという無意識がどこかにある。それを社会から期待されてもいる。

「お姉さんだって無意識にそう思っているはずだよ」

「そんなわけない」

「ある。やりにくいでしょ？　捜査本部で夫を見下ろす位置にいるのが」

琴音は口を閉ざした。

「それはお姉さんに、男が、夫が上であるべきだという意識があるからでしょ」

反論できなかった。

「だからね、男子優勢のこの社会で、〝我が家では妻と夫が対等である〟なんて妻が宣言した時点で、妻の方が強いに決まってるの。妻の方が強くないと、出ない言葉なの。お姉さんはそれを、捜査員が多数集まる捜査本部で宣言しちゃったんだよ。あっくんの顔に泥を塗ったも同然」

口より早く、手が出た。狭い更衣室にぴしゃりと音が響く。六花が打たれた頬を押さえる。少し、後ろによろけた。

逆ギレもいいところだ、とわかっている。それでも、琴音は抑えられなかった。

「――あんた、何様」

六花の目にみるみる涙が溜まっていく。琴音も、涙が溢れた。

「レズビアン様とでも言いたいの。男と女の、夫婦の問題を、第三者の目線で見れますよってこと？　偉そうに！」

六花は黙っている。悲しそうだ。琴音は止まらない。ひどい言葉が止まらない。

「LGBTってそんなに偉いの？　社会的弱者だからって、毎日を一生懸命生きている一般の人々にズケズケ意見していいわけないでしょ。働いて、子供育てて、がんばってるのに周囲から疎まれて、あんたたちなんかよりもよっぽど私たちの方が大変でかわいそうなの、わかる!?」

今日、いろんな人から言われ放題責められた鬱憤をいま、琴音は六花で晴らしていた。

「将来誰かと家庭を築いて子供を育て、社会に貢献することもないくせに、上から目線で人の家庭のことに口出ししないで！」

自分は、こんな差別発言をするような人間だった。追い詰められて、本性が出たのだ。

第四章　三つ編み

母が、三つ編みを編んでいる。編めば編むほど、息苦しくなっていく。

「お母さん、痛いよ」

無視された。

「もうおさげ髪は嫌なんだよ」

向き直った母親に頬を打たれ、暴言を吐かれる。言いたいことは山ほどあるのに、声が出なかった。息を吸い、発声しようとするのに、肺から出したものが喉を通っても声にも音にもならない。ただの空気になって、口からすかすかとむなしく出ていく。

はたと目が覚めた。

琴音は虎太郎のベッドの隅っこで寝ていた。虎太郎の足が、琴音の喉の上にのっていた。足を脇に下ろす。虎太郎が、眠たそうに目を少し開けた。敦に似ていた。後ろ姿や、鏡を見たときの気取った顔なども同じだ。夫の縮刷版みたいで愛《いと》しい、と思ったのは何年前までだったか。

いまは、憎しみばかり溢れる夫と、かわいい我が子を切り離すことばかり考えている。

スマホのアラームが鳴る。止めた。五時半だった。琴音は昨晩、泊まりで仕事する気になれなかった。六花が根城にする新宿L署にいるのは居心地悪く、自宅に帰った。虎太郎の子守をしていた真澄と交代したのは深夜過ぎのことだ。

琴音は一階へ降りて、防犯シャッターを開けた。今日もまだ日は昇っておらず、暗い。テレビでニュースを見ようとして、今日が日曜日だと気がついた。虎太郎の病児保育は今日までだ。

六時過ぎ、真澄から電話がかかってきた。すぐに謝る。

「昨日の夜は急に帰ってきちゃって、却《かえ》ってご迷惑を。すいませんでした」

「大丈夫よ。慣れているから」

真澄のあっけらかんとしたひとことが、また突き刺さる。深夜に叩き起こされることに慣れてしまうほど、琴音は義姉をこき使っている、と自覚してしまう。真澄は朗らかに続ける。

「今日さ、うちの息子たちと船橋《ふなばし》のららぽーとで買い物するんだけど。もしよかったら虎太郎も連れていこうか」

ありがたいが、申し訳なくて提案に飛びつけない。

「虎太郎、週末も学童ばかりでかわいそうでしょー」

琴音も心からそう思っている。

「すみません。なにか欲しがったら、後で精算しますので、買ってやってください」

あらあら甘やかしちゃって、と真澄は笑って電話を切った。確かに、甘やかしている。欲しいと言ったおもちゃやゲームは誕生日、クリスマスを問わず、与えてきた。普段から我慢させていることばかりなのに、欲しいおもちゃまで我慢させるのは忍びなかった。

私の子育て、本当にこれで大丈夫なのか。

また気が滅入ってしまう。義姉が息子を買い物に連れていってくれるというだけで、憂鬱《ゆううつ》な気分になる。

私の人生、なんなんだろ。

頭は重いのに、体はスカスカだという気がする。

六花の美しい体を思い出した。夫は商売女で発散している。琴音を女として求めてくれる人は、もうこの世にいない。それでいい、もう中年だ。

だがついこの間までは女性としてちやほやされていた。二十代はなにをやっても男たちは琴音に熱狂していた。警察学校、卒配《そつはい》先の先輩警察官たちも、職質した酔っぱらいたちも。若い琴音を持てはやし、任務に邁進《まいしん》する姿を褒めてくれた。

三十歳を過ぎた途端、女は突然、蔑《さげす》まれる。

結婚しないのか、子供は、と仕事に熱中していると責められる。子供を産んで育休中は、どこへ行っても子連れは邪魔者扱いされ、主婦は三食昼寝付きでいいねと嫌味を言われる。働きに出たら出たで、子供がかわいそうだと咎《とが》められる。

若いころは何をやっても称賛され、歳を取ったら何をやっても非難される。それが日本に生きる女性の現実なのだ。

虎太郎が階段を駆け下りてきた。

「やばい。寝坊？　今日学童だよね？」

「今日はお休みでいいよ」

買い物の話をしたら、虎太郎は大喜びだ。眠たそうにしながらも、顔をくしゃくしゃにして微笑《ほほえ》んだ。憎らしいほど、敦に似ている。プロポーズにＯＫの返事をしたとき、こんなふうに笑っていた。

「ママ、仕事行ってくるね」

行きかけた琴音だが、足を止めた。肩にかけたトートバッグの持ち手が、ぱたりと肘《ひじ》のあたりに落ちてくる。琴音は虎太郎の両手を握り、しゃがんだ。

「虎太郎。いつも、ごめんね」

「なにが？」

「……いろいろ。あ、前に、叩いちゃったこともあったじゃない？」

虎太郎の、すべすべの頬を撫《な》でる。虎太郎が小学二年生のとき、テストで百点を取ったのを、敦が「お前は東大行って官僚になれる」と大袈裟《おおげさ》に褒めた。千葉県内の難関高校の名前を次々と出すと、虎太郎はこう答えた。

「僕、男子校に行きたいなー。自分より頭のいい女の子がいるのはやだから」

まだ小学二年生、悪気がないのはわかっている。けれど琴音は手が出た。警察組織に入ってからずっと琴音はこの悪気のない差別と闘ってきた。女というのを利用して上手に立ち回ることなんかできず、ひたすら正面衝突して傷つきながらも、女性警察官の幹部の道を切り拓《ひら》いてきたつもりだ。

敦も、家事育児から逃げ回ることはあっても、女だから妻だからという理由で、琴音を下に見るような言動はしなかった。

それなのに、息子は社会で学んできてしまう。女は男より下であるべきだ、と。

虎太郎に手をあげたのは、彼を産んで十年、その一回だけだ。虎太郎もよく覚えているようで、何度も首を横に振る。

「あれは僕がいけないことを言ったから、いいんだよ」

「そうだけど、手をあげた方が負け。ママが本当に悪かったなって」

「ママ」

虎太郎が顔を覗《のぞ》きこんできた。

「誰か、叩いちゃったの」

「えっ」

「本当はその人に、謝りたいんじゃないの」

朝八時前、コンビニしか開いていない時刻だ。琴音はロビーのコンビニでハーゲンダッツを三つ買って、刑事課フロアへ上がった。村下が新聞を読んでいる。六花の席に、黒いパンツスーツを着た女性が座っていた。

「おはようございます」

あいさつをしながら女性の横を通り過ぎて、驚く。六花だった。

「堂原さん⁉」

六花は跳ねるように立ち上がった。おはようございます、と十五度の敬礼をする。

「おはよう……え、どうしたの、服」

女性捜査員らしく、白のブラウスに黒のパンツスーツ姿で、黒のパンプスを履いていた。

正直、似合っていない。

「いえ、あの……ちゃんとしなきゃなと」

「は？」

「ずっと、服装のことを言われてたし。いや、言われていましたので……」

「言葉遣いとか？」

「それも、そうです」

琴音は半ば呆《あき》れ、堂原六花という女性を見た。素直すぎる。ブレているようにも見えた。あの服装と言葉遣いで貫き通した方がよっぽど魅力的に見えるのに。

なんで引っぱたいたくらいで変えちゃうんだろう、とがっかりしている自分がいた。

村下を見た。新聞で顔を隠しているが、肩が震えている。笑いを堪《こら》えているようだ。

琴音はとりあえず、頭を下げた。

「私こそごめんね。叩いちゃった。痛かったよね」

全然、全然、と六花は大袈裟に手と頭を振る。服装が地味になった分、顔つきの華やかさに磨きがかかった。大きな猫目が一層輝き、琴音を見つめる。

「私たまにちょっと空気読めないところあって、それはレズビアンだからというより、天然というか、あまり周囲を気にせずに自由に生きてきたところがあるので」

そもそも、なんというか……と六花は不器用に訴えてくる。

「ビアンだから、性的マイノリティだから、失礼な言動も許されてきた部分が、もしかしたらあるのかな、って。ほら、オネエが一般女性をけなしても、笑いになっちゃう空気、あるじゃないですか。でもそれって本来はとても失礼なことだなって」

もういいよ、と琴音はアイスクリームの入った袋を、六花に渡した。

「差し入れ」

袋を覗いた六花は目をきらきらさせた。

「わーっ、ハーゲンダッツ。抹茶大好き」

「食べ過ぎてお腹壊さないでよ。小林智絵里の張り込みは？」

「いまあっくん……いえ、新井警部補が現地に張りついてます」

「援護してやって」

了解です、と六花はまた敬礼で応《こた》えた。

木島が「おはようっす」と入ってきた。道場で寝ていたのだろう、ジャージ姿だ。木島は誰だ、という顔で六花を見た。二度見して、目を丸くする。

「お前――どうした」

六花は途端に照れくさそうな顔になった。

「と、とにかく行ってきます……」

逃げるようにフロアを出ていった。木島が呆気《あっけ》に取られている。

「あいつ、どうしたんすか。警察学校の教官ですら言動や服装の乱れを矯正できなかったのに」

村下がぼそっと言った。

「恋は盲目」

＊

敦は張り込みの真っ最中だった。

神奈川県横浜市にアリスこと小林智絵里の住所はあった。桜木町《さくらぎちょう》の住宅街にある賃貸マンションの二階に住む。敦は朝六時からマンションの出入口が見える路地で張っている。

昨晩は悪酔いして、歌舞伎町のバー店内のソファ席で寝てしまった。木島に首根っこをつかまれ、署の道場で寝ろと尻をはたかれた。

敦はピエロになることにした。

「いやー、すんません。妻が怖くて飲みすぎちゃってぇ」

ろれつが回らないそぶりで言いながら、道場の布団にもぐりこんだ。「がんばれよ」

「令和の男は辛いな」といろんな激励が飛んできた。ピエロでいれば、まだやり過ごせる。

助手席のサイドミラーに、女性の姿が映る。六花だ。黒いパンツスーツ姿だった。助手席に滑り込んでくる。

「どうしたのその恰好《かっこう》」

「別に」

不貞腐《ふてくさ》れている。

「あれ。不機嫌」

「だって私こういうの似合わないじゃん。小林智絵里、帰ってきた?」

「いいや」

「郵便物は」

「DM共にあふれてる。新聞は取っていない」

敦は車のエンジンをかけ、六花に指示した。

「管理会社の電話番号、調べて。事情を話して合い鍵を持ってきてもらおう。あとは神奈川県警にひとこと言っとかなきゃな」

他人のシマを荒らすことになる。根回ししておかないと、後で厄介だ。

「県警本部に行くの」

「いや。近所の交番で充分だろ」

六花はマンションの管理会社に電話を入れた。交番は国道16号沿いの高架橋下にあった。伊勢佐木《いせざき》警察署の管内で、桜木町駅前交番という。敦は空きスペースに車を停め、交番に入った。警視庁を名乗り、神奈川県警の警察官に事情を話した。

「小林智絵里……顔写真、あります？」

交番の警察官は心当たりがある様子だ。「管理会社に手配済んだよ」と六花が入ってくる。小林智絵里の写真を彼に見せるよう、促した。

警察官は写真を見て、「やっぱり」と頷《うなず》く。

「彼女、いま伊勢佐木警察署にて勾留《こうりゅう》中です」

敦は飛び上がる。

「なにか事件を起こしたんですか」

「売春防止法違反です。駅前の違法風俗店で働いていたのを、十日ほど前に摘発しました」

事件があった日も、豚箱にいたという。

琴音は捜査本部で、ＳＳＢＣの捜査員から報告を受けていた。

「歩容認証が使えない？」

捜査員は事件当夜の監視カメラ映像を手元のパソコンで表示した。仲通りと花園通りの交差点が映っている。

「ええ。なにせこの千鳥足ですから」

犯人がＪＲ新宿駅から二丁目まで徒歩で進む際も、足元がおぼつかない印象はあった。

ＳＳＢＣは顔認証システムを使用して膨大な量の監視・防犯カメラ映像から犯人の足取りを遡《さかのぼ》っている。だが、未《いま》だに犯人が山手線のどの駅から乗車したのか、判明していない。山手線は環状線だ。ぐるぐる回っていた可能性も考慮すべきだが、必ず出発点はある。遡った分だけ、対象映像も増える。そこで、精度を上げるために歩容認証も使用しているらしいのだが――。

「歩容認証は人の歩幅や歩き方をＡＩに認識させなくてはなりませんが、犯人はＪＲ新宿駅でカメラに写った時点で、すでに千鳥足なんです」

歩き方にパターンがない。

「これを登録しても仕方ないので、顔認証一本でいくしかありません」

「で、顔認証の一致は」

「二周分遡っていますが、未だ乗車駅は判明しません」

琴音は足元の段ボール箱から、科学捜査研究所の資料を引っ張り出した。

「血中アルコール濃度は低かったのよね」

福井管理官が口を挟む。

「ああ。犯人は飲酒していなかった」

「それなのに千鳥足――」

「薬物か」

鑑定結果報告書には、その記載はない。琴音は本部の科学捜査研究所に電話をかけた。血液検査の結果、違法薬物等の成分が出てくることはなかったのか。

電話の相手は唸《うな》った。

「今回の犯人は殆《ほとん》ど血液を採取できなかったですからねぇ……」

首の大動脈を切り、出血多量で死んだのだ。

「詳しい血液分析に回せるだけの血液が残っていなかったんです。一応、結果は出ていますが、精度としては低いので報告書には書いていいものか微妙なところでして……」

まどろっこしい。

「つまり、なにがしかの成分は出ている、ということですか」

「出ていますが、この線からの捜査はしないでください。裁判で証拠採用されませんからね」

科捜研職員が電話口で成分をつらつらと読み上げた。病院で一般的に処方されている精神安定剤や睡眠薬の成分だった。

「元の血液量を考えても、濃度はかなり高そうです。処方量の二倍は飲んでいたかと。ただ、くれぐれも――」

科捜研職員が念を押した。琴音は言う。

「精度が低い。犯人が精神安定剤や睡眠薬を犯行時に大量に摂取していた可能性がなきにしもあらず、程度ですね」

「ええ。確定はできませんからマスコミ発表等はもちろんのこと、病院の処方歴をあたるという捜査も、この精度では令状は出ないと思います。念のため」

琴音は礼を言って電話を切った。福井管理官に報告する。

「足取りからもわかる通り、ある種の酩酊《めいてい》状態だった可能性は高いです」

残っていた幹部連中で、もう一度、監視カメラ映像を見返す。新宿通り沿いの監視カメラだけでなく、店舗の防犯カメラ映像などもつなぎ合わせた映像だ。

犯人は一心不乱に二丁目に向かっている。たまに酔客とぶつかる。睨《にら》まれたり、小言を言われているようだが、見向きもしない。時に前のめりになりすぎて、指先が地面につくほどだ。

御苑大通りと交差する新宿二丁目の交差点は、信号無視で斜め横断していた。映像には音が入っていないのでわからないが、急停止した車はクラクションを鳴らしただろう。

犯人は二丁目の路地裏をくねくねと曲がりながら、北東方面に向かう。右左折の繰り返しはあてもなくさまよっているようにも見える。近道をしているともいえた。

やがて事件現場、ZEROの前に差し掛かった。犯人が、シャッターの前でぴたりと足を止める。同じフライヤーが何十枚と張り巡らされている。フライヤーを食い入るように見つめながら近づくも、後ずさりする様子もあった。口が動いている。

「なにか言っていますね」

フライヤーのコラージュに使われているのは、ビビアン・リーとマリリン・モンロー、オードリー・ヘプバーン、ジェームス・ディーン、アラン・ラッド、そしてE．T．だ。

この映像は向かいの飲み屋の軒先の防犯カメラによるものだった。地上から二メートルの高さに設置されている。口の動きがかろうじて見える程度だ。

「読唇術の専門家に、なにを言っているのか分析してもらいましょうか」

琴音の意見に、福井管理官が意見する。

「ただの悪態じゃないのか。分析させてどうする」

「犯人、ここで豹変《ひょうへん》しているように見えます」

映像の中の犯人が、フライヤーを剝がし始めた。入口にいたセキュリティスタッフが気づき、止めに入った。犯人は懐から包丁を出して振り払う。左手でフライヤーを剝がしながら、右手に包丁を構え、中へ入っていく。

十秒後、イベント客が次々と逃げ出してきた。手や顔からの出血を押さえている者もいる。周囲に助けを求めている者も見えた。無傷の人も含め、パニック状態の客が路地にあふれた。他の店舗からも人々が出てくる——。

琴音は言語聴覚学の専門家の顔を思い出した。かつて捜査協力を仰いだことがある。名刺がデスクにあるはずだ。刑事課フロアへ向かおうとした。敦と六花が捜査本部に戻ったところだった。敦と面と向かい合う形になった。

「ハズレ」

敦の短いひとことに、琴音は胸がピリッと痛む。捜査報告だとはわかっているのに、琴音の存在を「ハズレ」と言っているように感じてしまう。前日に一方的に夫から責められたばかりということもあって、被害妄想から逃れられない。

妻の気持ちなどどうでもよさそうに、敦が改めて福井管理官に報告する。

「先ほど小林智絵里、並びに佐藤宗明の件《くだん》のスーツを確認いたしました。彼女の部屋のクローゼットにぶら下がっています」

現物があるのなら、犯行に使用されたものではない、ということだ。

「彼女、どこにいた」

「神奈川県警の豚箱です。事件当夜のアリバイは完璧っすね」

六花がとどめを刺した。

「スーツの線、全滅」

幹部たちの間に、失望のため息が広がった。六花がさらりと続ける。

「凶器の出刃包丁の方は？」

「製造元は判明しているが、大量生産品だ。そこいらのホームセンターで、五千円前後で販売している」

福井管理官が答えた。敦が意見する。

「新品だったのなら、管内の売り場を押さえて防犯カメラ映像を分析すべきでは」

「新品かどうかの判断がつかないの」

琴音は話に入った。敦は一瞥《いちべつ》したのみだ。お前に聞いてないといわんばかりの冷たさを感じる。福井管理官が説明する。

「凶器の出刃包丁は刃こぼれしていた。人をメッタ刺しにして、骨にもあたって刃こぼれしたからかもしれないし、もともと使い古していたから刃こぼれしていたのか。判断がつかない」

敦と六花はため息とともに、椅子に腰かけた。

「――俺ら、次どう動きましょう」

ナシ割捜査は壁にぶつかっている。かといって鑑取り捜査はずっと壁で、こちらも出口が見えない。福井管理官がぞんざいに指示する。

「事件当日犯人を見たという情報提供の電話がちらほらと入ってるから、それをひとつひとつ洗ってもらおうか」

あのさ、と六花が立ち上がる。琴音を見て、慌てた様子で敬語に直す。

「犯人が山手線のどの駅から乗車したのか、判明したんですか」

「山手線二周分遡っているけど、乗車した様子がない」

琴音は答えた。

「なるほど。何周もしていた？」

「ちなみに、精神安定剤と睡眠薬を多量摂取していた可能性も浮上している」

「なにか逡巡《しゅんじゅん》してたのかな。考え事をするために山手線に乗ったのかもですよ」

どういう意味か、琴音は首を傾《かし》げる。六花がみなに言った。

「悩みを払拭《ふっしょく》するために山手線に乗ってぐるぐる回っていた。そして結論が出たから、新宿駅に戻った」

琴音は思わず唸った。

「そっか――。新宿駅で降りたんじゃない。新宿駅へ、戻ってきた」

移動の手段として山手線に乗ったわけではなかったのかもしれない。六花が頷く。

「そう考えると、山手線沿線以外の路線から新宿にやってきた可能性がある」

新宿駅に乗り入れるＪＲ各線、私鉄、地下鉄各線の改札口の防犯カメラ映像を回収する。

二時間で地裁令状事務室に令状を出させた。敦と六花はその三時間後には、鉄道各社の新宿駅改札の防犯カメラ映像のデータを特別捜査本部に持ち帰ってきた。

すぐさまSSBC捜査員が分析する。ようやく、山手線に乗るまでの犯人の足取りが判明した。

琴音ら、捜査本部の幹部と、六花と敦の五人で、分析映像を確認する。

一月十三日、十九時六分。犯人は小田急線西口地下改札を通過していた。事案発生の七時間前のことだった。改札を出たのち、あてもなく歩き、新宿駅西口広場のイベントコーナーに立ち寄っていた。

「この時の足取りはまだしっかりしている」

福井管理官が言った。夕食も忘れ、幹部連中が揃ってパソコン上の映像を覗き込んでいる。

新宿駅西口広場は、西新宿の高層ビル群と直結するコンコースの脇にある。一～四日程度でイベント内容が変わる。事件当日にあたる一月十日から十三日までは、『かっぱ橋《ばし》道具街フェア』をやっていた。合羽《かっぱ》橋と言えば、調理器具のおろし問屋が集まっている地域だ。

「出刃包丁はここで買った可能性が高いな」

高倉が唸った。

すぐに西口広場の防犯カメラ映像を分析したい。琴音はまたしても大急ぎで令状請求書類を書いた。

を挙げた。

「急がないと、防犯カメラ映像は上書き消去される。すぐ飛んでくれる？」

敦が再び出動準備をする。防犯カメラ映像を見ていた六花が「待って待って！」と手
「気がついた？」

琴音に、もう一度見るように促す。

西口広場を出た犯人は、ビニール袋を提げていた。

「きっと凶器ね」

「JR改札の方に行かない。小田急線に戻ろうとしている」

犯人は、小田急線西口地下改札手前の公衆トイレに向かう。行き先が男女に分かれている。犯人は薄ピンク色の壁の女子トイレに入った。

「迷いがない。坊主頭で、男物のスーツを着ているのに、女子トイレに入った」

敦が割り込んでくる。

「犯人の性自認は女、ということか」

「これまで女として生きてきた証拠だよ。犯人は女性。これで発表していいと思う」

福井管理官がすぐさま受話器を持ち上げた。相手は、本部にいる捜査一課長のようだ。

犯人が女性として生きていた可能性が高い、と報告を入れている。「記者発表でやっと『女性』と言えますよ」とほっとした顔をしていた。

琴音は映像に注目する。五分後、犯人がトイレから出てきた。

「止めて！」

映像を操るSSBCの捜査員の腕を、六花がつかんだ。

「犯人の顔、拡大、鮮明化して」

捜査員が言われたとおりにする。琴音は思わず、叫んだ。

「口紅……！」

「トイレでつけた。入る前、唇はこんなに赤くなかった」

捜査員はもうひとつウィンドウを立ち上げ、トイレに入る前の映像を出した。画像をキャプチャし、犯人の顔を拡大、鮮明化する。

トイレに出入りする前後の画像を並べた。後の画像の、唇の赤さが際立つ。

「トイレで口紅を塗った。でも、犯人の持ち物から口紅は見つかっていない」

琴音は事実を整理した。六花が推理する。

「他、スマホも財布も持っていなかった。でも西口広場で凶器を買っているから、財布は持っていたはず。口紅も含めて全て、身元につながるものをこのトイレで捨てた可能性はない？」

＊

翌朝、敦は六花を連れて、代々木《よよぎ》の街を歩いていた。

犯人が私物を捨てた公衆トイレは、小田急線新宿駅西口地下改札手前にある。コンビニや飲食店、雑貨屋が並ぶ一角だ。このトイレの清掃・管理を小田急電鉄から委託されているのが『代々木環境クリエーション』だ。本社ビルは、小田急線代々木八幡《はちまん》駅から徒歩三分の雑居ビルの五階にあった。

対応に出たのは清掃業務を担当する部署の課長だった。敦が事情を話すと、困惑した様子だ。

「ゴミをさがしていると言われても、集めたゴミは本社には来ませんよ」

「わかっていますが、新宿駅に一週間前のゴミが残っているとも思えず――」

敦は、小田急線西口地下改札近辺の地図を出した。

「一月十三日の十九時、犯人はここのトイレを使用しています。この直後の清掃は何時ごろ行われ、誰が担当したのか、教えていただけませんか」

お待ちください、と課長がキャビネットからファイルを出した。清掃担当者が直接記入する書類のようだった。

「だいたい一日に三回、清掃に入るのですが、この日は……最後の清掃は二十時ですね」

犯人が使用した一時間後だ。

「お客様の使用の妨げになってはまずいので、ラッシュ時刻と重ならないようにしております。その前は十五時です」

「二十時に清掃を担当したのはどの方でしょう」

「現場の清掃員は全員パートさんです」

　今日も現場に出ているという。

「駅のバックヤードに、タイムカードや更衣室を備えた休憩所兼事務所があります」

　本社に来ることは殆どないらしい。

「この日、特異なゴミがあったとか、報告はないでしょうか」

　課長は老眼鏡をかけて、改めて書類を見る。

「いや。全くないですね」

「集めたゴミはどこへ」

「女子トイレならサニタリーボックスの中身は基本仕分けず、そのまま業務用の燃えるゴミとして出しちゃいます」

「本社のゴミとして出すのですか」

　まさか、と笑われてしまう。

「新宿駅だけでどれだけのゴミが出ると……更に地下へ降りた先にあるゴミ集積所に捨てます」

「その後は、新宿区の仕分け通りに捨てられるのですか」

　課長はびっくりした様子で言った。

「我々委託業者が出すゴミは基本、事業者ゴミですよ。区は収集しません。専門業者に引き取ってもらっています」

「それはどこの業者でしょう」

「知りませんよ。新宿駅に訊いてください」

課長は迷惑そうだ。

「我々は清掃・管理が仕事であり、そこで出たゴミの行方までは把握してません」

代々木から新宿駅へ戻る。

「ゴミひとつとっても一筋縄ではいかないな」

敦はハンドルを握りながら、ぼやいた。六花は助手席で、押収した勤務表と履歴書で、従業員の名前を確認する。

「浦田美子《うらたよしこ》、七十三歳。今日も小田急線構内のトイレ掃除をしてるみたい」

「捕まえて話を聞こう」

新宿駅付近は駐車場をさがすのがひと苦労だ。一度L署に戻って捜査車両を置いた。徒歩で新宿駅に向かう。

巨大な新宿駅を発着する小田急線は、西口にある。L署とは、線路を挟んで反対側だ。角筈ガードという、古くからあるJR線路下の地下通路をくぐる。西口に出た。ここは新宿西口思い出横丁の入口でもある。狭い路地に無数の飲食店が集う。ゴールデン街とはまた違った昭和の趣を残す一画だ。

都道414号へ出て、小田急百貨店のショーウィンドウ沿いを歩きながら、六花は言う。

「ところで、更に地下にゴミ集積所があるって言ってたけど、どっから入るんだろ」

敦は首を傾げた。

「そうだったな。駅員に訊いたって知らないだろうし……」

一日の利用客が三百五十万人を超える新宿駅構内は、造りも複雑極まりない。しかも、敦が高校生のころから、駅改良工事を続けている。あてずっぽうにさがすとドツボにはまるだろう。

とりあえず小田急線西口地下改札前のトイレを覗いた。清掃員はいない。

改札口の駅員に尋ねた。

「さっきそこのトイレ掃除をしていたから、いまは地上の方じゃないですかね」

再び地上階に上がった。清掃は行われていなかった。二階にあがる。ここは小田急百貨店と直結している。人通りは地下や地上階より少ない。百貨店との直結口にあるルイ・ヴィトンの看板が目に入る。中国人が大声で話をしていた。

トイレは西側にあった。多目的トイレのスライドドアが開け放たれている。『清掃中』の黄色い立て看板が置いてあった。

やっと見つけた。

「大変すいません」

敦は声をかけた。女性が、オストメイト対応のトイレをブラシで磨きながら「お待ちください」と振り返る。敦は警察手帳を出した。なにごと、と女性は目を見張る。浦田美子だ。履歴書ではメイクをしていたが、いまはすっぴんのようだ。頬骨の上に大きなシミがあった。

「一月十三日の小田急線西口地下改札脇トイレの清掃状況について、教えていただきたいのですが」

記憶を辿《たど》りやすいよう、本人が記した日報のコピーを示した。

「十三日……やだ。もしかして、ゲイタウンの無差別殺傷事件の？」

「成人の日でもありました。この日、地下改札口のトイレを清掃した時に、なにか特異な点があったりとか、不審人物がいたりとか」

「まあ、成人式だったからね。トイレ掃除がなかなか進まなくてねー」

振袖の女性が多く利用したのだろう。長い振袖と分厚い帯を腹に巻いた状態で、どうやって用を足すのか、敦には想像もつかない。

「着付けを直す子もいてね。大混雑。ちなみに私は、犯人は見てないですよ。坊主頭でスーツ姿の男だったんでしょう？」

警察は犯人の性別を発表していないが、坊主でスーツ姿とくれば、みな男と思うだろう。

「私は男子トイレも掃除しますけど、覚えはないですね」

「実は女子トイレに入っているようなのです」

美子は過剰に目を丸くした。

「男なのに？」

敦は明言を避け、尋ねる。

「犯人が私物をトイレに遺棄した可能性もあるんです」

美子はなにか思い出したように、視線を泳がせた。

「そういえば。薬の袋が」

薬――。六花も一歩、前に出た。美子が説明を続ける。

「処方薬っていうの、小さい紙袋に入った。袋ごと、化粧台下のゴミ箱に捨ててあったの。おかしいなって思うでしょ」

しかも、と美子は身を乗り出す。

「女子トイレなのに、袋に書かれていたのが男の名前だったから」

敦は前のめりになった。

「氏名、わかりますか」

「覚えてない。ごめんねー。でも男の名前だったからおかしいと思って。そのことだけは記憶に残っていたのよ」

犯人の性自認は女。戸籍は男か。敦は質問を続ける。

「ちなみに、どんな薬が入っていたのかは」

「中身までは見てませんよ」

「それは燃えるゴミに出しました？」

「ええ。燃えるゴミですね」

「当日、燃えないゴミに分別したゴミってありますか？」

「あったと思うわよー。化粧品の小瓶とか、ペットボトルゴミも多かったし。あとは流行《はや》りのタピオカドリンクが入ってたプラスチックカップね。去年からタピオカのゴミが多すぎて本当に困ってるのよ、全く……」

美子のぼやきが続きそうなので、敦は質問をかぶせた。

「口紅はどうでしょう。遺棄されてなかったですかね」

「口紅？　ちょっと覚えてないわー。あの日は成人式だったから化粧品のゴミは確かにいつもよりあったと思うけど」

「かなり古い口紅なんです。ケースとか、最近の流行にないような形をしていたんじゃないかと」

六花がヒントを与える。美子がポンと手を叩いた。

「そういえば、そんな口紅、あったわね。ケースが金属製で、少し錆《さ》びついていたわ」

金属製のケースだったため、不燃ごみに仕分けたのを覚えているという。

「不燃ごみはこの後、どこへ持って行くんですか？」

「地下四階のゴミ集積所よ」

「一緒に連れていってもらえませんかね」

「いいけど。暗くて臭くて気が滅入るわよー」

美子はお化け屋敷にでも案内するような顔をして、台車を押した。

一般客も使用するエレベーターに乗り、地下階まで降りた。犯人が利用したトイレの入口が背後に見える。美子が防火扉のような従業員専用口に立った。ドアノブには数字が並んだロックがついていた。暗証番号を押し、美子が中に入った。敦と六花も続く。薄暗い通路の先に、業務用エレベーターが見えてきた。

広いが、薄汚れたエレベーターだった。床に台車のタイヤの跡やゴミがこびりついている。生ゴミ臭い。美子がボタンを押した。がたがたと大きな音を立てて、エレベーターが降りていく。

扉が開いた。薄暗くて天井の低い空間が現れた。かなり広いのに、圧迫感のある無機質な場所だった。ゴミを一定量収める小型コンテナがずらっと並んでいる。燃えるゴミ、燃えないゴミ、資源ゴミと分かれている。

美子に礼を言い、燃えないゴミのコンテナへ近づいた。すぐ目の前にトラクターがぽつりと待機している。コンテナのゴミが満杯になるのを待っているのだろう。運転手はいない。つなぎ姿の作業員がうろついていた。ボードになにやら書き込んでいる。声をかけ、警察手帳を見せた。

「大変すいません、この燃えないゴミはどこへ運ばれるんでしょうか」

「さあ。運転手さんに訊いてみたらどうです」

運転手は見当たらない。六花がトラクターの扉にペイントされた企業名を指さした。

『山本商店株式会社』とあった。敦は唸る。

「これ本当にゴミの業者かな」

商店というと、物を売っているイメージだ。

「電話してみようか」

六花は企業名の下に記された東京〇三から始まる電話番号に電話した。片耳を塞ぎ、大声で話している。

敦は改めて、巨大な集積所を眺めた。地下の広々とした空間で、人の姿が殆ど見えず、やたら音が反響する。ゴミを放り投げる音、台車を転がす音、トラックのエンジン音、コンテナを載せるシャーシとトラクターが連結する金属音――。

天井には巨大なファンがいくつも並ぶ。換気扇のようだ。その稼働音が最もうるさかった。車の出入りが激しいので、排ガスも充満している。息苦しい場所だった。

六花が、十三日に出た燃えないゴミをどこへ処分したか、山本商店に尋ねている。電話を切り、敦に言った。

「中央防波堤外側埋立地、だって」

一旦L署に戻った。捜査車両を手配し、一路、東京湾岸地域へ向かう。

首都高速4号新宿線に乗った。都心を南に抜け、首都高速11号台場《だいば》線に入ってレインボーブリッジを渡った。

　助手席の六花はスマホをずっと眺めている。中央防波堤外側埋立地のゴミ処理場のホームページを見ていた。ゴミがどう処理されるのか、予習しているようだ。

　お台場に入った。パレットタウンの観覧車や、銀色の球体が光るテレビ局の社屋が見えてきた。レジャー施設を前に、敦は緊張がゆるむ。軽口を叩いてみた。

「今日は全然ロマンチックモードにならないな。そのつまんないパンツスーツのせいだ」

「もともとロマンチックモードになったことなんかないし。でもこの服じゃテンション上がんないのは確か」

「帰りにパレットタウンでも寄るか？　ピチピチのタイトスカート、買ってやる」

「キモいよ。そこまでにしときな」

　大人しく引き下がった。

　捜査車両はゆりかもめ沿いを走る。六花が海の向こうを指さす。

「あの空き地が中央防波堤内側埋立地だね」

「オリンピックやるところだよな、確か」

　車は青海《あおみ》縦貫線に入った。文字通り、青海ふ頭を縦に貫く臨海道路だ。第二航路海底トンネルに突入する。しばらく無機質なトンネルをやり過ごす。

　地上に出た。そこはもう中央防波堤内側埋立地だった。東側はコンテナターミナルになっていた。左折する。東京都環境局廃棄物埋立管理事務所へ向かう。

野球場ひとつ分はありそうな駐車場に車を停める。東京二十三区内でこんな広い駐車場を持てるのは、埋立地のゴミ処理場だからだろう。海をゴミで埋め立て土砂で覆う。自然発生的に緑が生え、野原となる。殺風景な場所だった。

「そういえば、夢の島もゴミ埋立地だったんだっけ」

いま、夢の島は整備され、競技場や熱帯植物館、公園などが造られている。

「ここもいずれ、きらびやかな湾岸地域になるのかなぁ」

「なるだろうね。豊洲《とよす》も昔はゴミ山で、人が住むなんてありえないって言われてたらしいよ。いまや鮮魚の市場まであるんだから」

六花の話に、敦は驚いた。豊洲はタワーマンションが林立し、おしゃれなショッピングモールや美しい公園もある。

「まさか。あの豊洲が？」

「そうだよ。関東大震災で出た大量の震災がれきを埋め立ててできたんだって」

管理事務所の受付にたどり着く。敦は名乗り、用件を伝える。つなぎ姿の男性がデスクから立ち上がる。外に案内してくれた。

「一週間前の事業ゴミなら、中間処理中かな。まだ埋め立てはしないですけど――さがし物はなんです」

「古い口紅なんですが。ケースが金属製の」

敦は答えた。担当者の顔が厳しくなった。

「まあ、来てください」

担当者が駐車場に出た。ついてこい、と車を出す。敦たちも捜査車両に戻り、管理事務所の車を追う。三分で到着した。巨大な倉庫の前だ。ゴミ処理業者のトラックがウィンカーを出し、次々と入っていく。

車から降りた担当者が案内する。

「ここが事業ゴミの中間処理施設です」

中に案内される。サッカー場ひとつ分はありそうなほど広い空間に、ゴミの山がいくつもできている。耳をつんざく金属音が続く。ベルトコンベアーに次々とゴミが放り込まれ、流れていく。敦と六花が見ている横を、トラックが作業員の誘導でバックで入っていく。やがて車が停まり、作業員がコンテナの観音扉を開けた。コンテナが傾いていく。不燃ゴミが、コンクリートの上にどっと流れ、別の山を作る。凄《すさ》まじい音と臭いがした。

「こちらへどうぞ」

担当者がトラック出入口の脇にある鉄の階段を上り始めた。見学者や管理者用なのか、三階くらいの高さの壁沿いに通路があった。手すり越しに中間処理施設を見渡せる。

「炉かなんかで燃やすんですか」

「すぐには燃やしませんよ。燃えないゴミですから。ここでゴミを引き受けた段階で、できる限りゴミを分別するんです。資源ゴミはどんどん再利用していかないと、あと五、六十年で中央防波堤の海面処分場も一杯になりますから」

職員が大声で説明を続ける。

「あの仕分け場が最後です。残ったゴミはチップ状に破砕し、燃やしてぎゅっと小さくしてから、海に埋め立てます」

敦は目を丸くした。

「それじゃ、一週間前のゴミは」

「燃やされてはいないかもしれませんが、破砕はされていると思います」

チップ状に破砕されてしまった口紅を、粉々のクズ山からさがす……。

「残念ですが、不可能です」

担当者は断言し、立ち去った。

敦は鉄柵を握り、思わずしゃがみ込んだ。

スーツもだめ、凶器もだめ、口紅もだめ。

どうしても、犯人の身元がわからない。

五秒で気を取り直し、立ち上がった。捜査の過程ではよくあることだ。捜査に慣れた本部の刑事として、所轄の六花を慰めることにした。

「さて。今夜はお台場あたりのロマンチックなバーで飲んだくれるか」

「まだ望みは捨てない」

六花の目は、輝いていた。

まさか、破砕された口紅の欠片《かけら》をさがすつもりか。

＊

琴音は、歌舞伎町のホテルで起こった母親殺しの捜査本部に入った。鳥取県へ越境捜査に出ていた本部捜査員が、帰ってきたのだ。

容疑者である中尾尚人の取調べは順調に進んでいる。十八歳で未成年のため、検察は児童相談所、家庭裁判所と連携して立件に動いていた。

中尾尚人は相変わらず、意思が乏《とぼ》しいという。学業の成績は良好だが、感情表現の貧しさ、父親の無関心などから、家庭になんらかの欠陥があったと琴音は思っている。虐待などの事実が出てきた場合、殺人罪で起訴されずに家裁送致で終わる可能性もあった。

捜査員は三十人にまで縮小されている。捜査本部では、因幡《いなば》の白うさぎという鳥取銘菓の他、定番の鳥取砂丘の絵柄が入ったクッキーなど、捜査員が購入してきた土産物が回っていた。

すでに担当捜査員が報告を始めている。

琴音は腰をかがめて、ひな壇の下座に座った。捜査員は結論から述べている。

「被害者で母親の中尾美沙子が、息子の尚人容疑者に教育虐待をしていたのはまず間違いないでしょう」

近隣住民の証言から紹介された。

「自宅は鳥取市内ですが、内陸の田園地帯の中にあります。鳥取三大河川のひとつである千代川《せんだいがわ》が流れるのどかな場所でしたが、どうもこの中尾家については……」

捜査員は一旦口を閉ざした。私情を引っ込めたようだ。淡々と事実を語り出す。

尚人の父親は自宅に居住していないことがわかった。

「父親は六年ほど前に脳梗塞《のうこうそく》を患い、左半身麻痺《まひ》の後遺症が残ったそうです。要介護2の認定を受けたのをきっかけに、隣町の介護施設に放り込まれました。まだ五十四歳です」

健康を害する以前から、存在感の薄い父親だったらしい。

「母親の美沙子は鳥取市議の娘で、地元では有力者一族の一人娘として知られています」

尚人の父親は地盤を継ぐために婿《むこ》養子に入ったが、二期連続で落選した。

「美沙子の父親が議員の傍《かたわ》ら、鳥取市の市街地で不動産業を営んでいます。地盤を継げぬのなら会社をということで、尚人の父親は名ばかりの社長に収まっています」

市政では『名』を貰《もら》えず、会社では『名ばかり』。家庭でも同等の存在感だったようだ。

「美沙子はPTAの役員などもやって目立っていたようです。尚人は学校でも二番に落ちるということがなく成績優秀でした」

将来的には東大にやりたいと美沙子は息巻いていたらしいが、塾では〝井の中の蛙《かわず》〟

だと思い知らされる。小学校全国統一模試で、尚人は一万位以内にも入れなかったという。

「美沙子はそのころから、徹底的に尚人の勉強を管理し始めた。間違えれば叩き、サボれば罵《ののし》って三日間食事抜き等の虐待を、日常的に行っていたようです」

模試で百位以内に入れないと、人間扱いしてもらえない。尚人は飼い犬と同じドッグフードを食わされたらしい。父親がたしなめると、次の日から父親の食事もドッグフードになった。父親は市街地で夜な夜な飲み歩き、体を壊していったようだ。

「父親が逃げたら他に誰が尚人を守ってやるんだ」

美濃部管理官がため息交じりに言った。捜査員が報告を続ける。

「高校は県内トップの公立高校に入学しています。成績良好、部活動などアクティビティに消極的ではあっても友人とのトラブルはなかったようです」

高校教師たちは口を揃えて「なんで中尾が殺人なんか」と驚いているらしい。

「一方で、どういう家庭だったのか、休日や放課後は何をしていたのかなどを把握している教師や友人は、ひとりもいませんでした」

琴音は尚人の様子を見に行った。十九時、今日の取調べはすでに終わっている。尚人は取調室で官弁を食べていた。

業者に格安で作らせている官弁は、非常に質素だ。一応、栄養バランスは配慮されているが、販売目的のものではないためか、味付けが手抜きで、かなりまずいと聞く。

尚人は食べ盛りだろうが、砂を嚙むような顔で、弁当を食べていた。

「こんばんは」

琴音は取調べ用のデスクに座った。尚人は頭を下げ、ちらっと琴音を見ただけだ。

「物足りないね。好物はお豆腐だったっけ？」

豆腐は潰れやすいので、弁当に入っていることは少ない。揚げ出し豆腐でも入ってたらいいのに、と話しかけてみるが、尚人はどうでもよさそうだ。

「豆腐、好きなんだよね？」

逮捕当日も、逃げ込んだ飲食店『八散』の店主のマサトにそれを欲した。マサトは期待に応えようとして、足がついたのだ。

尚人は曖昧《あいまい》な表情のまま、白米を口に入れる。琴音は疑問に思った。

そもそも、この意思に乏しい青年が、逃亡先の人間に「好物を食べたい」と欲するだろうか。

琴音は改めて、確認する。

「マサトさんに、豆腐を食べたいって言ったのよね？」

「……いえ。好きな食べ物なにって訊かれて。ママの肉じゃが、と答えなきゃいけないのが、ちょっと、いやで……」

意味がわからない。首を傾げた琴音に、尚人が言い換える。

「そういう風に言うのが、ルールだったんで」

「ルール？　誰が決めたの」

「ママが」

「お母さんに、誰かに好物を尋ねられたら〝ママの肉じゃが〟と答えるようにと強要されていたの？」

「強要？　というか……ルール、なので」

琴音は絶句した。

「ママはいないから、ルールはもういいかなと考えたんですが、あのおじさんが、カレーとかハンバーグとか、オムライスとかっていちいち訊いてきて。そのたびに、なんか、気持ち悪くなって」

「なぜ、気持ち悪くなったの」

「母親が作ってた味を、思い出して」

まずかったわけではないらしい。

「味は、覚えてないけど……なんとなく、気分が悪くなってきて。だから、豆腐って答えたんです。あれは手作りじゃないし」

豆腐は既製品だ。買ってきたものを皿に出して薬味をのせるくらいで、母親の手がかかっていない。たったそれだけの理由で「好物は豆腐」と答えたのか――。

母親の支配というのは、根深い。その存在を抹殺してなお、断ち切れない。

「お母さんのこと、憎んでいたのよね」

尚人は沈黙した。

「私も、自分の母親のこと……」

言いかけて、琴音は口を閉ざした。うまく説明できない。

琴音の母を、親類や友人知人は、口を揃えて「良妻賢母」と評する。

琴音は十八歳まで、外食をしたことがなかった。コンビニ弁当すらも食べたことがなく、高校生で初めて「カップラーメン」という言葉を知ったほどだ。

「うちの母も、料理上手だったと思う。でも私も、味を覚えていないんだよね、全然……」

母は一生懸命だったし、キノコ類が苦手だった琴音のために、毎日の食事を工夫してくれた。エリンギやえのき、しめじは食べられるようになった。椎茸《しいたけ》だけ食べられないまま、中学生になった。

「ちょうどそのころ、二歳年上の先輩に恋をしていたの。尚人君は、彼女とか、好きな人は？」

尚人は答えなかったが、その目に、淋《さび》しそうな色が浮かんだ。反応が見えたことに手ごたえを感じ、琴音は自分の話を続ける。

「毎日ね、その先輩の写真を持ち歩いていた。先輩の部活の引退試合を応援に行くことになって。昼になって、母親が持たせてくれた弁当を開けて――卒倒しかけた」

椎茸ざんまいだったのだ。

「椎茸の肉詰め、椎茸のバター焼き、椎茸のお浸し……。初恋で浮かれてたのに、弁当の蓋を開けた瞬間に、地獄に突き落とされた感じ？」

この話をすると、たいていの人は笑う。尚人は笑わなかった。気の毒そうに琴音を見て、ぽつりと言う。

「刑事さんのお母さんは、淋しかったんでしょうね」

「そう思うわ。やり方が狂ってるけど」

親として子供の成長を時に淋しく思うのは当然の反応だろうが、支配していい理由にはならない。考えてみれば琴音は、小学校卒業までずっと、着ていく洋服も決められていた。

「反抗はしなかったんですか。自分の好きにさせて、と」

「小四であきらめた。髪型も決められてたし」

三つ編み。

この話は、尚人にはしなかった。父親のことを尋ねられた。

「単身赴任で殆ど家にいなかった。私は一人娘だったから、毎日、母ひとり、子ひとり。息苦しかったけど――」

母親のことを、嫌いだと思ったことはない。これが普通の母親だと思っていたからだ。結婚し、自分が母親になってから、違和感が出てきた。

尚人は箸を置いてしまった。

「ごめん。どうでもいい話を。食べて」

「いえ……あの、結婚は、許されたんですか」

尚人が、琴音の薬指の指輪を見て尋ねた。

「許されたというか——。尚人君ちで言うところの、ルールだよね。女は二十六歳までに結婚して、三十歳までに第一子の出産を終えていなきゃだめ、っていう」

「そういうお母さんは、刑事という仕事を嫌がりそうです」

「そうね。その通り」

「いまでもうまくつきあっているんですか」

「母はもう亡くなったの。交通事故でね」

二〇一一年四月一日、琴音が職場復帰した日のことだった。東日本大震災からまだ三週間で、日本は混乱のさなかだったが、琴音は生後八か月の虎太郎を預け、職場復帰しなくてはならなかった。慣らし保育期間は母親に世話を頼んでいた。

歓迎会を断って十九時には帰宅したのに、母に激怒された。大喧嘩《おおげんか》になった。

母が最後、どんな捨て台詞《ぜりふ》を吐いて自宅を出て行ったのか、よく覚えていない。その二十分後、母親はハンドル操作を誤り、片側一車線の県道の対向車線にはみ出した。トラックと正面衝突して死んだ。

病院の霊安室で、死んだ母親と対面したときの衝撃はいまも生々しく覚えている。琴音を罵ったとき興奮で赤々としていた唇は、カサカサに乾き、白くなっていた。

そういえば、母親が口紅をつけているのを見たことがない。派手な化粧を嫌う人だった。

――口紅。

無差別殺傷事件の犯人は口紅をつけていた。成分はかなり古いものだったという報告を思い出した。

母親の口紅だろうか。


琴音は新宿二丁目無差別殺傷事件の捜査本部に飛び込んだ。捜査会議は十九時半からだ。捜査員が戻りはじめていて、活気があった。

「よし！　すぐさま科捜研に分析をさせる」

福井管理官がガッツポーズをしている。高倉は敦の肩を叩いてねぎらう。

輪の中心にいたのは、六花だ。証拠品袋に入った口紅を高々と掲げていた。

六花はアディダスの紺色のパーカーに、シルバーメタリックのタイトスカートを穿《は》いていた。服装が元に戻っている。

六花が琴音に気がついた。慌てた様子で言い訳する。

「服、ごめんなさい、ちょっとゴミ処理場の臭いがついちゃって。パレットタウンで新しいのを買ったんだけど、あ、ちゃんと自分でお金払っているんで――」

なんの言い訳かよくわからないが、服は似合っていた。琴音は口紅について尋ねる。

「一体、どうやって見つけたの。もう不燃ゴミは粉々にされた後だったんでしょ？」

まだ破砕されておらず、ゴミ山に埋もれながらさがし出したのか。その執念を褒めようとしたら、あっさり言われる。

「ゴミじゃなかったの」

敦が、自らの手柄のように胸を張って説明する。

「犯人は小田急線西口地下改札脇のトイレに、私物を全部置いていった。処方薬と思《おぼ》しきものもあったみたいだから、これは間違いない。そういうこと」

「待って。全然わからない」

六花が説明を引き継いだ。

「捨てていったんじゃない。置いていっただけだった」

置いていった——と琴音は反芻《はんすう》する。

「つまり、ゴミ箱に入れなかった。化粧台に置きっぱなしにしていた可能性もあった」

琴音は手を叩いた。

「すると、口紅はゴミじゃなくて——」

「落とし物として扱われる」

盲点だった。ゴミに囚《とら》われすぎていた。

「それで、もう一度代々木環境クリエーションに戻って、十三日に新宿駅で集められた落とし物を、全部見せてもらった」

あったの、と六花は証拠品袋ごと琴音に手渡した。レトロなリップケースだった。銀色のアルミ製で、ところどころメッキが剝げて茶色くなっている。唐草模様のようなレリーフが入っていた。最近の口紅はスリムなものが多いが、この口紅はかなり太かった。年代物か。

「指紋の簡易鑑定だけは済んでる。犯人の指紋が出てきたよ」

琴音は心臓が高鳴った。大きな一歩だ。

「それから、名前が彫られてた」

六花は手袋をして、中身を出した。持ち手に、アルファベットで名前が彫られていた。

『SACHIKO　KUROKI』

第五章　椎　茸

琴音は刑事部屋にある応接スペースに、敦と六花を呼び出した。

事件から二週間経った、一月も下旬の二十七日、月曜日。パンプスの足先が最も冷えるころだ。

琴音は令状請求書類を出して、テーブルの上で広げた。

インターセックスの形成手術の実施例がある都下の病院など、全五十にも及ぶ施設に対する、捜索令状だった。すでに琴音、村下、見留署長、福井管理官の決裁印が押してある。

六花が困惑したように、琴音を見返す。

「何度も言ってる。医者には守秘義務があるし、証言拒絶権がある。こんなの出すだけ無駄だと思うけど？」

六花は口調が元に戻りつつあった。公務員らしい恰好《かっこう》をしてきたのも数日だけだ。

「それでもここに手をつけないわけにはいかない。佐藤、クロキサチコ、ここまで判明した。そして犯人にはインターセックスで性器の形成手術をした痕跡《こんせき》がある。病院を徹底的に叩けば――」

「叩くなんて言い方」

六花が遮った。敦が口を挟む。

「上の印鑑揃ってるのに、なんで堂原さんの顔色を窺《うかが》うんだよ」

「LGBTの街で起こった事件よ。捜査を広げにくい。風穴をあけられるのは、影響力がある堂原さんしかいない」

琴音は、六花を見据える。

「あなたは二丁目とL署の架け橋みたいな存在だと思っている。上もそれをよくわかっている。つまり――」

六花が、Vサインの指を二度折り曲げ、二重引用符で皮肉っぽく「LGBT」と口にする。

「――の私が医者を説得すれば、拒絶権を行使されずに情報を開示してもらえると。上は私にそれを期待しているってわけね」

敦が琴音に尋ねた。

「例の口紅、科捜研や鑑識が精査しているんだろ？　なにかわかったことはないのか」

琴音は科捜研の報告書を示す。

「口紅は、美生堂《びせいどう》ドヌーブという最古参の化粧品ブランドだった」

美生堂という大手化粧品会社が昭和二十三年に発売を開始したシリーズだ。

「美生堂に確認したところ、唐草模様のケースは昭和五十年から平成五年まで発売していたらしいの」

定価は三千円。中身の付け替えが可能で、名入れサービスは発売開始から一年間だけ行っていた。つまり、昭和五十年から五十一年の間のみ、ということだ。敦が目を丸くする。

「四十年以上前？　俺ですら生まれてないぞ」

「犯人は十代後半から三十代前半だから、母親の年代は五十代程度の可能性が高い。昭和五十年となると、母親は十歳前後。名入れの口紅を買う年齢じゃない」

「さらにその上の年代——祖母か？」

敦が腕を組んだ。琴音も頷《うなず》く。

「なぜそんな古い口紅をつけたのかという以前に、なぜ持っていたのか、という謎も出てくる」

六花が指摘する。

「祖母の遺品だったんじゃない？」

遺品なら、簡単には捨てられない。大事に保管しておくだろう。

「そう考えると、矛盾点がひとつ解消する」

犯人は処方薬などの私物をゴミ箱に捨てたのに、口紅だけは化粧台に置いて行った。

「遺品だから、ゴミ箱に捨てる、という行為ができなかったんじゃないかな」

琴音は補足する。

「ちなみに、美生堂は名入れサービスを百貨店の店頭でしか行っていない。その場合は顧客シートを作成するらしいけど、さすがに四十年以上も前のは残っていないって」

六花が推理する。

「祖母はクロキサチコという名前だったとして、母親は結婚して『佐藤』という苗字に変わったとか」

「それでジャケットの刺繍《ししゅう》は『佐藤』だったのかな」

敦が納得したが、琴音は首を横に振る。

「スーツはサイズが合っていなかったのよ。他人のものである可能性が高い」

父親のものだろうか。六花が琴音に尋ねる。

「犯人は小田急線に乗ってきたんだよね？　乗車駅はわかっているの」

「鉄道会社の防犯カメラ映像はもう上書き消去されて残っていなかった」

駅周辺に設置された監視カメラ映像が頼みの綱だが――。

「確認が済んでいるのは、和泉多摩川《いずみたまがわ》駅より東の駅と、鶴川《つるかわ》駅から町田《まちだ》駅間。それから、小田急多摩線の永山《ながやま》駅から唐木田《からきだ》駅間のみ。以上は該当なしだった」

ずいぶん飛び飛びだな、と敦が指摘する。

「いま挙げた駅は全部、警視庁管内。それ以外は、神奈川県下なのよ」

神奈川県警の管内にあたる。根回しをしておかないと、駅周辺の監視カメラ映像を回収できないのだ。

現在、上層部が神奈川県警に捜査協力を仰いでいるが、神奈川県警側は「はいどうぞ」と映像を渡したりはしない。

「こちらで該当箇所の監視カメラ映像を解析するから、犯人のデータを提供してください」

と返してきたのだ。犯人が神奈川県在住なら、新宿二丁目無差別殺傷という警察史に残る事件の大金星を、警視庁から横取りできる大チャンスというわけだ。

「こちらで解析するから映像をくれ」

「こちらで解析するから情報をくれ」

警視庁と神奈川県警の間で、このやり取りが続いている。牽制《けんせい》し合っているのだ。こうなったら、駅構内コンビニやマンション等に設置されている防犯カメラをかたっぱしからさがし、集めていくしかないのだが、令状が必要なため、時間がかかる。

琴音は身を乗り出す。

「口紅からはこれ以上捜査が広がらないし、地取り捜査は時間がかかる。病院に手を付けるしかない。拒絶権を出されても、やるしかない。堂原さんなら、説得し返す力があるでしょ」

「簡単に言う」

六花は鋭い瞳で、琴音を見た。

「私は、患者の秘密を守りたいという医者の拒絶意思に賛同する。そこをこじ開けたいと思わない。私たちは捜査の過程ですでにたくさんの性的マイノリティを傷つけている」

「事件解決のため、仕方がない。市民には警察の捜査に協力する義務がある」

「かといって市民の尊厳を傷つけていいわけがない」

まあまあ、と敦が間に入った。

「そこは警察の捜査の、永遠のテーマだよね」

琴音は夫を無視し、六花に言った。

「あなた。なぜ自分がL署の配属なのか、自覚していない」

「自覚している。ビアンだからだよ」

「その特性を捜査に最大限に生かせるのがこの所轄署だからでしょ？　だから村下さんはあなたを警視庁にスカウトした。それを自ら放棄するのは裏切りだわ」

「本部が私に期待しているなら、私は私の方法でクロキサチコを突き止める」

六花はテーブルを叩き、行ってしまった。

怒っている。

＊

池袋駅に到着した。乗客がはける。敦は山手線外回り電車に乗っていた。

一月二十九日、水曜日。敦は六花と共に、ＬＧＢＴ支援団体『ノアウォーク』の事務所へ向かっていた。

六花が病院回りを拒否したので、性的マイノリティ支援を行う市民団体にターゲットを変更した。インターセックスの犯人がこうした市民団体と接触している可能性があるからだ。だが令状はないので強制力がなく、情報も引き出しにくかった。

都下には性的マイノリティ支援団体として届け出されているＮＰＯが百件以上もあった。最古参は昭和四十年代に設立されたゲイの権利を求める運動団体だ。新しいものではＸジェンダーの認知を広めようとする小さな団体などもあった。

捜査上面倒なのは、ＬＧＢＴと社会的弱者の支援がごっちゃになっている団体だ。これから聴取に行く『ノアウォーク』も、主にロストジェネレーション世代の就労支援を行っているが、一部、ＬＧＢＴ支援にも手を出す。東京レインボープライドの協賛もしている。可能性は低くとも確認に行かなくてはならなかった。

敦は電車の扉の前に立つ六花の肩を叩いた。座ろうぜ、と。

六花はちらりと敦を一瞥《いちべつ》したのみで、扉から離れなかった。犯人さ、とつぶやく。

「犯行直前まで、山手線をぐるぐる回ってたじゃん。五両目の三番ドアの、進行方向左側の扉の脇に、じーっと立ってた」

「三周してるんだよな」

だいたい一周、一時間近くかかる。

「一周目は座っていたらしいよ。目を閉じた状態で。でも二周目からはずっと立ってるの」

六花はガラスの向こうを睨《にら》む。

「犯人も見たはずだよね、この景色を」

大塚駅に到着した。都電荒川線に乗り換える。一両しかない都電は混雑していた。手すりの届かない場所に追いやられ、かなり揺れる。つかまるところがなかったが、六花はタイトスカートの脚を開き、バランスよく立っている。

妻の琴音は、電車の中でうまく立てないタイプだ。新婚のころはよく一緒に出勤していて、琴音はいつも敦の腕を必死につかんで、満員電車の揺れをやり過ごしていた。誰もが一目置く優秀な女性警察官に頼られる優越感に、敦は浸っていたものだ。

「こないだぶつかってたな、琴と」

敦は指摘した。六花が目を逸《そ》らす。

「それとも好みのタイプのお姉さんだから、反抗したくなっちゃうの？」

六花が低い声で言う。

「あっくんの奥さんさ。すごい差別主義者じゃない？」

「それはないだろ」

真面目《まじめ》過ぎる、柔軟性がない、とはよく言われるが、人を差別するはずがない。される側として、琴音は苦しんでいるのだ。

「『日本桜の会』が犯行声明出したとき……あ、あっくんいなかったのか」

六花が言った。第一回捜査会議のときの話をしているようだ。敦は子守で参加できなかったが、紛糾したとは聞いた。

「揉《も》めに揉めた末にやっと捜査方針が出て、これからってところで、LGBTを抹殺するだのなんだのの犯行声明が捜査本部で読み上げられたわけ。そんときのあんたの奥さんの顔」

六花が、肩をすくめた。

「どんな顔だよ」

「がっかり。やっと決まった捜査方針が変わるのが嫌だったんだろうね。被害を受ける側のことは全然気にしていない感じ」

LGBTへのヘイトに対して、怒りや悲しみ、嫌悪がなかったと六花は言いたいようだ。

「それはさ、そうされて当然の存在だという無意識があるからじゃん」

敦は、被害妄想じゃねーの、と首を傾《かし》げる。

「警察幹部としての意識が琴は強すぎるからそうなるんだろ。無意識に差別しているわけじゃないと思うよ。事実、お前のこと認めてる」

どこが、と六花が怒気を込めた口調で言う。

「いつだったか道場のシャワールームで喧嘩《けんか》しちゃったときもさ、言われたもん。将来結婚することも子供を育てることもなくて、社会貢献しないくせに、とかさ。まぁ直前に私もひどいこと言ったから、アレなんだけど……」

六花は歯切れが悪くなったが、きっちり間違いを指摘はする。

「性的マイノリティだって、家族作って子供育てている人はいっぱいいるのにさ」

「ただの事実誤認だろ、それは」

「ただの……!!」

六花は腹立たしそうに叫びながら、電車を降りた。庚申塚駅《こうしんづか》に到着していた。

駅前から延びる庚申塚通りは、古びた商店街のようだった。五分ほど歩いた先に、三階建てのビルがあった。ノアウォークの事務所がある三階まで階段を上がったところで、敦は足を止める。事務所の扉が開け放たれていた。若い男性がかがみ込み、中を覗《のぞ》きこんでいる。集音マイクを持っている者や、ヘッドセットをつけている者もいる。

敦は声をかけた。

「しーっ。本番中です」

撮影中のようだ。敦は六花と共にスタッフたちの隙間から、中を覗きこんだ。

壁一面に書籍が並ぶ部屋の中央に、大きなデスクがあった。スーツに銀縁眼鏡の男が座り、インタビューに答えている。

ノアウォーク代表の古畑雅樹《ふるはたまさき》だ。

本人もロスジェネ世代だろう。紺色のスーツに臙脂《えんじ》色のネクタイ姿で、公務員みたいだった。眉間に皺《しわ》をよせ、ロスジェネ問題を語っている。

収録はすぐに終わった。敦は撮影隊に紛れて中に入った。警察手帳を示す。

「すいません、警察なんですが」

撮影隊が、なにごとかと敦を見た。

「古畑さんにお話をお聞きしたく、参ったのですが」

「警察が、なんの用です」

古畑はもう怒っていた。警察嫌いがあからさまに顔に出ている。

「とある事件の容疑者について、古畑代表のご意見を頂戴《ちょうだい》したく……」

ひたすら下手に出た。古畑が銀縁眼鏡を手で押し上げ、訊く。

「失礼ですが、あなたはいくつですか」

答えなかったら難癖をつけられそうだ。敦は正直に四十歳と答えた。

「なるほど、あなたはロスジェネ世代ですね。失礼ですが、ご結婚は」

いつの間にかインタビューのようになっていた。撮影隊も片付けの手を止めて、敦を見ている。

「してますが」

「マイホームは」

「はぁ、郊外に」

「お子さんは」

「ひとり、いますが」

古畑は「カメラ回して！」と撮影隊に叫ぶ。

「見てくださいみなさん。公務員のこの勝ち組っぷりを……！」

敦は慌てた。こんな様子が放送されたら本部に叱られる。

「日本の長い歴史において、これほどまでに公務員が優遇されている時代はほかにありません。五十年前までは、公務員になるのは民間企業に入れなかった落ちこぼれか、よほどの社会奉仕精神にあふれる人しか……」

敦は六花の手を引き、逃げた。


庚申塚通りのジェラートショップで、敦はコーヒーを飲んだ。カウンター席では、六花が三種盛りジェラートを口に運んでいる。敦は鼻息荒く、言う。

「断言できる。あのノアなんとかってとこの古畑は誰一人、救えない。あの物事を見る浅さじゃLGBTどころかロスジェネの一人も救えねえよ、くそっ」

ほんとー、と六花は適当な答えだ。

「確かに俺はさ、そこそこ給与もらってるし妻子もいるしマイホームだってあるけどさ。だからって幸せか？　俺は人生の全てを手に入れた勝ち組か？」

「確かに、幸せそうではないよね。あっくんも琴さんも」

全部手に入れたのにね、と六花にさらりと言われた。全部手に入れたのに、幸せにはなれなかった。それは、自分の心掛けが悪いからなのか。それとも、いまの日本は、全部手に入れても幸せにはなれない社会なのか。

「そういう六花ちゃんはどうなのよ。いま、幸せか。そうじゃないか」

「幸せに決まってるじゃん。おいしいジェラート店、開拓できた」

アイスを口にいれ、きゅっと目を細めて肩を震わせる。六花は本当に幸せそうだった。

敦はぼやく。

「それにしても、こんな理由で聴取を拒否されるとはな」

インターセックスに関しては、非常にセンシティブな事例であるというのを建前に、これまで聞き込みした二十五の団体の全てが証言を拒否した。個人情報保護法にも引っかかる。支援団体に関しては令状が出ていないのだ。

敦は懐に手を入れ、リストを出した。LGBT支援の市民団体が一覧になっている。赤ペンで、ノアウォークの文字を消す。

「次はどこ行く」

この団体一覧は、五十音順とか、設立順にはなっていなかった。地域別にもなっていない。六花が抜き出して勝手に並べていった。

「ところでこれ、何順なの」

「優先順」

「それはないだろ」

敦は、リストの下の方を指で弾《はじ》いた。

「新宿二丁目の中でも大規模な性的マイノリティ支援団体と言われている『新宿なないろ会』が、なんでリストの最後の方なんだ?」

「知らなーい」

六花は目を逸らした。いつもの口調だが、目が泳いでいる。意外にはぐらかし方が下手だ。なにかあると直感した。

新宿なないろ会の代表は須川正美《すがわまさみ》、四十五歳となっている。戸籍の性別は男だが、性的指向は『パン』で性自認は『クィア』と、敦にはわからない言葉が並ぶ。須川の話を振ると、六花が渋々といった様子で、説明する。

「男、女、どっちもってこと」

「それはバイってことなんじゃないの」

「それは、男とも女とも寝れる人のこと。性自認がまだ定まっていない、場合による、だから性的指向も定まらない、ってことよ」

「つまり、その場しのぎのご都合主義者ということか?」

怒られると思ったのに、六花は否定しなかった。

「もしかして、顔見知り?」

「まあね」

あとが続かず、会話は途切れた。なるほど、六花はこの須川なる人物となにかあるようだ。

須川は野党市議会議員の秘書などを経て、三十歳の時にカミングアウト。『新宿なないろ会』を立ち上げた。なないろはレインボー、虹を意味する。LGBTのシンボルだ。団体運営の他、著作や講演活動を行っていた須川は、やがて新宿区議会議員選挙に野党公認で立候補した。

〝新宿区でも同性パートナーシップ制度を〟と声高に訴え、将来的には同性婚が認められるよう国に働きかけていく、というのが公約だった。

最初のチャレンジこそ失敗に終わったが、二度目の立候補で当選。現在は二期目を務める。体の工事は一切していないらしく、戸籍も男のままだ。写真を見る限り、敦には女装している線の細い男という印象しかない。

「草の根議員と聞くからに、聞き込みの優先順位が低いのはわかるけどさ。二丁目のど真ん中にオフィスを構えた団体だ。気になるのは——」

敦はスマホで地図アプリを立ち上げた。二丁目の中心地、仲通りの交差点と、JR新宿駅を表示する。

「駅から新宿なないろ会に向かうこの動線上に、ZEROがあるってことだ」

六花が首を傾げる。

「事務所は雑居ビルの五階だよ。他にもゲイバーやビアンバーが入ってる。そこが目的地だったかもしれないし、最初からZEROが目的地だったのかもしれないんだよ」

「そう言われればそうかもしれないけど、現場から最も近いNPOの聴取優先順位が、どうして低いんだよ」

六花は不機嫌になった。口を少し尖《とが》らせた横顔が、またかわいい。

敦はコーヒーを一口、飲んだ。

「琴や上層部は六花の二丁目での影響力に期待しているんだろうけど、二丁目と近いからこそ動けない場所もあるってことか？」

六花は目の色を変えた。すがりついてくる。

「気づいてくれた？　察してくれた？」

「わかるよ。これでも本部捜査一課だからな」

「てかいま、呼び捨てした」

甘えてくるくせに、結局最後は睨みつける。

六花はジェラートにプラスチックスプーンを突っ込み、ため息をついた。

「その須川って代表、去年ビアンと結婚してるのよ」

「へえ。同性パートナーシップ制度を利用したってこと？」

「違うよ。トランスジェンダーのパンでクィアだよ」

敦は一生懸命考えて、やっと理解する。

「そっか。戸籍は男のままならビアンと結婚できるのか。で？　それのなにが悪いの？」

六花は背高椅子をくるっと横にし、敦に背を向けてしまった。敦は刺激してみる。

「二丁目は人間関係が狭いからなぁ……」

六花の肩が、ひくひく動く。

「須川議員と結婚したの、お前の元カノか。子供を産みたいと言ってお前を捨てた」

六花が正面に向き直り、鼻息を荒くした。勇ましくもかわいらしい。敦はつい目尻を下げた。

「あっくんには私の気持ちわかんない」

「わかるさ」

「わかんない。チンポついててそこから赤ちゃんの素《もと》出して女の人に母親になる喜びを味わわせてやれる人には、私の気持ちはわからない」

六花は立ち上がり、グッチのウエストポーチを体に巻き付けた。

「行こ」

「どこ。まだアイス残ってるよ」

「私の元カノんとこ」

「無理すんな」

敦は六花の腕をつかみ、座らせた。彼女は背が高いが、軽い。すとんと椅子に収まる。

「俺がひとりで行くから、アイス食って待ってろ」

敦は立ち上がり、財布から千円札を出してテーブルに置いた。

「なんの金」

「アイス代」

「捜査の相棒が男でも出すの？」

　これも女性差別か。敦は金を引っ込めようとした。待って、と六花が止める。千円札をテーブルの上に広げ、ボールペンで何か書こうとした。覗きこむと、隠された。

「副代表の須川優子《ゆうこ》に渡して」

　六花は素早く千円札を折りたたんで敦に渡そうとして――ぎゅっとお札を握った。

「やっぱ一緒に行く」


　須川正美は不在だった。副代表で六花の元恋人である須川優子もいない。対応に出たのは留守番を任されたボランティアの老人だった。羽田《はだ》と名乗る。七、八十代くらいだろうか。

　オフィスは五十平米ほどの狭い雑居ビルの一室だ。壁にはずらりと須川正美の選挙ポスターが貼られている。ＮＰＯのオフィスというより選挙事務所のようだ。

　書棚には須川の著書が並ぶ。額に飾ってある写真は都知事とのツーショットや、オネエ系タレントと握手しているものなど、有名人とのものばかりだ。

　羽田と名乗った老人が、のっそりと給湯室で茶を入れ、盆に載せて持ってきた。茶菓子は柿ピーだった。危なっかしいので敦は盆を代わりに持ってやった。

「すいませんね、先生は今日議会で、優子さんは妊婦健診で」

「副代表、いま妊娠何か月なんです」

「七か月だったか八か月だったか。こんなにお腹でっぱって、おちんちんついてたそうですよ」

話の流れで訊いてしまったが、隣の六花は憮然《ぶぜん》とした顔だ。敦は羽田に話を振った。

「お父さんは、シルバー人材センターかなにかからこちらに派遣されてきた、とかですか」

「いえ、ボランティアですよ。察していただければ」

と言われても、好々爺《こうこうや》然としているので、敦はなにを察すればいいのかわからない。

六花が身を乗り出した。

「へー。ゲイじいちゃん?」

敦は出された茶をぶっと噴き出してしまった。羽田は腹を抱えて大笑いする。

「いやぁ、いい時代になりました。こうやってカミングアウトしても後ろ指さされることはなくなったし、むしろ重宝がられて講演会でしゃべる機会だってありますから」

羽田は『日本のゲイ社会の生き字引』として、たびたび須川の講演会に呼ばれるという。

「生き字引と言っても、研究者とかでもなく、ただ男が好きで、ありとあらゆるところで男をあさって生きてきただけなんですけどね」

しわしわの老人の口から〝男あさり〟という言葉が出て、敦はびっくりしてしまう。羽田は広島県呉《くれ》市の生まれだという。若いころは二河《にこう》公園がハッテン場として有名で、夜な夜なそこに通っては性愛の相手をさがしていたらしい。

「ところが十九歳の時に学徒出陣です」

敦はまた飛び上がった。

「えっ、戦争に行ってたんですか」

すると七十代どころではない。「いまおいくつです」と六花も目を丸くする。

「今年で九十四になります」

送り出されたミンダナオ島で同じ隊の人々はみな野垂れ死んだが、羽田だけは士官に気に入られて前線に出されなかったらしい。上官だけが食べられる米や缶詰が、羽田は食べ放題だった。

「その代わり、毎晩のように士官にご奉仕を」

羽田には、悲惨な戦争を前線で経験し、生き延びた人らしい重厚感が全くなかった。同胞がお国のためにと死んでいく中で、自分だけが生き残ってしまったという罪悪感もなさそうだった。

ずうずうしくも逞《たくま》しい。

素晴らしい、と敦は思った。自分にもこんなずうずうしさがあれば、どれだけ育児で仕事に穴をあけても、平気で口笛でも吹いて幸せに生きていられるだろうに。

羽田は終戦間際に捕虜になった。ここでも男色家の米兵を目ざとく見つけ、尻の穴を提供することで贔屓《ひいき》にしてもらったらしい。復員した後は家業のバケツ工場を継いだ。性的指向をひた隠し、親が決めた相手と結婚して子供を六人ももうけている。だが常に〝愛人〟がいたと豪語する。アルバイトとして雇った少年、取引先の社長、子供の担任教師……。

「ゲイ男性ってそんなにあちこちにいるもんですか？」

羽田が身を乗り出した。

「いますとも。我々のころは、愛し合うのも生きるか死ぬか、です。結婚してからはハッテン場なんかいけませんし、バレたら社会から抹殺される。だからこそ、嗅覚がものすごく鋭くなる」

イマドキのは甘い、と手を振る。

「性自認とか性的指向とかを名札に書いて、パーティして出会うんでしょう？」

それも古い、と六花が指摘する。

「いまはマッチングアプリですよ。自分の性自認や性的指向を登録して、ＡＩにさがしてもらう」

羽田が嘆いた。

「そんなものに頼ってたら、第六感が鈍りますよ。運命の相手になんか、出会えない」

敦は自分を振り返る。妻の琴音からは『運命の相手』という甘い響きを感じない。彼女はただの生活の一部だ——。

敦は気持ちを切り替え、早速、尋ねる。

「こちらの支援団体に相談に来た性的マイノリティの中で、インターセックスの方がいないか、確認したいのですが」

「インターセックス？　なんですかそれ」

敦はズッコケた。クロキサチコ、佐藤というキーワードを教え、性自認が女だということを説明した。心当たりはないか。

「いやぁ、全然わからないですね」

やはり須川がいないと話にならない。敦はお暇《いとま》することにした。

六花は去り際、例の千円札を出したが、羽田には渡さなかった。デスクを回り、優子の席に目星をつけた様子だ。小さなコルクボードがあり、写真が三枚飾られていた。東京レインボー祭りのときの写真のようだ。新宿二丁目で毎年八月に行われている。

六花の心を奪った女はどれだろう——さがそうとして、敦ははっとした。

ドラァグクイーンが路上でパフォーマンスしているカラフルな写真のすみっこに、交通整理の女性警察官の後ろ姿が写っていた。

どう見ても六花だった。

六花は、折りたたんだ千円札をコルクボードに張りつけ、行ってしまった。

*

十八時になろうとしていた。捜査員たちがL署の捜査本部に戻ってくる。琴音はこの捜査本部のひな壇に座るようになって、ひと目で識別できるようになっていた。ネタを持ち帰ってきた刑事と、空振りに終わった刑事を。

この一週間、後者の刑事の顔しか見ていない。病院を回っている刑事たちは令状を持っているにも拘《かか》わらず、ことごとく医者から証言拒絶権を持ち出されていた。患者の情報を一件も取れていない。木島などは「事件の真相を暴くためにどうかご尽力を」と土下座までしているらしい。それでも医者たちは口を開かない。

「犯人が逃走中で次また無差別殺傷を起こす可能性があるなら協力しますが、自殺しているならもう終わっているも同然ですよね」

喫緊性の欠如が、医者の口を堅くさせていた。木島の「真相を暴く」という言葉を嫌がる医者もいた。

「真相を暴くのが誰かの性に関わる情報を暴いて世に知らしめるということなら、患者の秘密を漏らすことなど私にはとてもできません」

六花の言う通り、ここから犯人にたどり着くのは至難の業かもしれない。

六花は敦と共に、LGBT支援団体をしらみつぶしにあたっている。「犯人が支援団体に助けを求めていた可能性がある」というだけの、根拠に乏《とぼ》しい捜査だから、他の捜査員は割り振っていない。六花が抜き出した百件近い団体を、たった二人で担当している。

他の捜査員を割り振れないのは、地取り班に大量の人員を割いているからだ。犯人が小田急線のどの駅から乗車したのか、神奈川県警との捜査合戦になりつつあった。先を越されたらホシを持っていかれてしまう。

琴音の視界に、刑事二人が飛び込んできた。なにかつかんできたと直感する。地取り班だ。

「ホシの乗車駅が判明しました！　小田急江ノ島線、大和駅《やまと》です！」

ひな壇の幹部たちが一斉に立ち上がる。

小田急線には本線と呼ばれる小田原行の小田急小田原線の他、新百合ヶ丘《しんゆりがおか》駅から分岐する小田急多摩線、相模大野《さがみおおの》駅から分岐する小田急江ノ島線がある。大和駅は、相模大野駅から五つ目の駅だ。

刑事たちは回収してきた映像をプロジェクターに映す。コンビニの防犯カメラ映像のようだ。いまでも神奈川県警は、所管する監視カメラ映像を出し渋っている。

「犯人は大和駅改札の東側からやってきています。石畳の道が東に延びていまして、この先にやまと芸術文化ホールがあります」

犯人はやまと芸術文化ホールの正面玄関から石畳の通りに出ていることがわかった。

「この日、ホールではどんなイベントが？」

琴音はすぐさま尋ねた。

「成人式です」

村下が身を乗り出す。

「犯人は、成人式に参加していた……？」

成人式を迎える年齢なら、犯行時二十か十九歳だ。検死解剖の推定年齢と一致する。

「だから仕立てたスーツを着ていたのか」

福井管理官が言う。琴音は首を傾げた。

「成人式のために仕立てたスーツなのに、なぜサイズが合っていないんでしょう」

答えられる者はいない。唸《うな》り声ばかりだ。高倉が言う。

「いずれにせよ、大和市の成人式に参加しているとしたら、犯人は大和市に居住していた可能性が高いな」

どこかで電話が鳴っていた。受話器を持った捜査員が声を張り上げる。

「L署強行犯係の堂原巡査部長の上司と話がしたい、という電話なのですが」

強行犯係長の木島はまだ戻っていない。琴音は目の前の受話器をつかんだ。保留ボタンを押す前に、尋ねる。

「相手は誰」

「それが……政治家です」

沸き立っていたひな壇がふっと静かになった。高倉が眉を顰《ひそ》める。

「政治家？　堂原相手に、どこの議員先生だ」

「新宿区議会議員の須川正美と名乗っていますが。若干、声が怒っています」

クレームか。琴音は電話に出る前に、須川正美なる人物を調べた。元男のトランスジェンダーで、パンでクィアという性的指向、性自認をカミングアウトしている。二期目の区議会議員だった。別の肩書には『新宿なないろ会』の代表とある。

六花と敦が聞き込みしているはずだ。怒らせるようなことをしたか。琴音は電話に出て名乗った。須川が自己紹介もなく、迫る。

「堂原六花はまだ戻っていないんですね？」

いきなり呼び捨てだった。無理をして高い声を出しているのか、かすれ声だった。

「なにか伝言があれば私に――。いえ、堂原本人じゃないと、ということであれば別ですが」

「とんでもない。明日の十三時にもう一度、どなたかよこしてください」

なにか情報を持っているようだ。須川が確認する。

「苗字は佐藤。近しい人にクロキサチコ。性自認は女――」

「居住地は」

琴音の合いの手に、須川はあっさり答える。

「神奈川県大和市」

琴音は前のめりになる。質問を重ねようとすると、須川が念押しする。

「令状を持ってきてください。必ずです」

「令状を持っていけば、教えられる情報がある。そういうことですね」

須川は答えず、挑発してきた。

「私は警察が大嫌いなの。だけど、二丁目の平和を乱すものはそれが同胞であろうが許さないし――」

須川はそこで一度、言葉を切った。悲しそうに続ける。

「犯人の声を、警察に、代弁してほしいとも思う。私たちの声は保守や差別主義者には嫌悪のフィルターを通してしか届かないから」


六花と敦が戻ってきた。手ぶらで成果なしという顔だ。成果が自分たちを通り越して琴音に届いていた、と知らないようだった。

琴音は二人に状況を話し、明日十三時に聞き込みに行くよう、指示した。すでに令状請求書類は幹部の決裁印が押され、地裁令状事務室へ持ち込まれている。

「千円札が効いたな」

と敦が六花の肩を叩く。二人は耳元でなにか囁《ささや》き合った。琴音の知らないことをたくさん共有しているように見えた。

「さあ！　捜査も大詰めだ。明日にもホシの素性が判明する。気を抜かずやれ！」

高倉が部下たちに発破をかけた。捜査本部の士気は高まっている。六花は戻ってきた木島と、夜食の買い出しに行った。敦は、徹夜だという顔で、ワイシャツの袖を捲《めく》る。

子供の世話がある琴音は、帰宅だ。捜査員と一緒に管内の飲食店で酒を飲み親睦を深めたり、地元の人と交流したりすることもできない。

琴音は、十九時には捜査本部を出た。カップラーメンをすすった六花が「ほんとやだー」とぼやく声が聞こえてきた。敦が六花の肩を叩いていた。

「元気だせ、俺がついている」

琴音は、電車に揺られる。つり革につかまっているのに、パンプスの足は何度もふらついた。電車が地上に出るといっきに席があいた。シートに身を任せ、ぼんやりと、陸橋から見える旧江戸川の黒い流れに目をやる。

元気だせ、俺がついている。

敦が琴音に、そんなことを言ってくれたことがあっただろうか。恋人同士だったときは、あったと思う。妻になるということは、大事にされなくなるということなのだろうか。

本八幡駅に到着した。タクシーを拾い、学童閉鎖時間ギリギリの二十時に、虎太郎を迎えに行った。学童の職員が「お母さん、ちょっと」と声をかけてきた。深く頭を下げられる。

「虎太郎君、お友達との喧嘩でげんこつされちゃいまして。すぐに冷やしたところ、とくにたんこぶになるようなこともなかったのですが、念のためご家庭でも……」

「大丈夫ですよ。子供の喧嘩ですから、お気遣いなく」

口うるさい親がいるからか、学童の職員は子供が子供にげんこつをしただけで謝罪する。

むなしくないですか、毎日。

心の中で他人に投げかけて、初めて自分の中のむなしさを強烈に感じてしまう。慌てて琴音は打ち消す。息子の前では、よき母であろうとした。

タクシーの中で、虎太郎の頭を撫《な》でる。

「げんこつ食らったんだって、大丈夫？」

触んなよ、という様子で虎太郎は頭を振ってきた。苦笑いする。これは成長だ。

だが、淋《さび》しい。

自宅に帰り、十五分で夕食を作った。副菜は料理したが、揚げ物のうちひとつは冷凍食品だ。天国の母親が見たら、激怒するだろう。

琴音は料理しながら、立ったまま夕食を口にした。虎太郎の分を皿にうつしたら、琴音は鍋から直接口に入れる。洗い物を減らすためだ。これも、天国の母が見たら——。

虎太郎が夕食を食べている間に風呂を掃除し、洗濯物を取り込む。テレビのニュースを見ながら畳んだ。芸能ニュースでは若い女性アイドルに熱狂する男たちの姿が映った。きらびやかなステージが暗転したとき、画面に琴音の疲れた顔が浮かぶ。顎《あご》はたるみ、ほうれい線がくっきりと出ていた。眉間に深い皺が寄っている。

チャンネルを回した。車内トラブルが原因で電車が遅延、というニュースがあった。

サラリーマンがベビーカーを蹴り、母親に暴言を吐いたらしい。

　虎太郎と風呂に入る。あと何度、一緒にお風呂に入ってくれるのだろう。家に帰り、裸になったからなのか、虎太郎のすました様子はなくなった。

「今日、お友達にやり返さなかったのは、偉かったね」

　たんと褒めてやる。詳細は訊かないことにした。もうすぐ小学校四年生だ。母親に言いたくないこともあるだろう。虎太郎はとても嬉しそうな顔になった。

「優斗《ゆうと》君が、ドッヂビーで奈苗《ななえ》ちゃんに負けてね、女のくせにって言ったんだ。だから、それはよくない言葉だと注意したら、うるせーってなって」

　なぜか、L署の男たちの顔が順ぐりに浮かぶ。彼らも琴音を〝女のくせに〟と思っているに違いない。

　風呂から上がり、洗い物をする。つけっぱなしのテレビが、新宿二丁目の無差別殺傷事件の続報を流していた。事件発生からもう三週間、と評論家が警察批判を繰り返す。二丁目を闊歩《かっぽ》するドラァグクイーンや、少年ぽい雰囲気の女性なども、街頭インタビューでまくしたてた。

「犯人の身元もまだわかっていないなんて」

「テロかもしれないのに、警察は何をしているのか」

バラエティ番組にチャンネルを変える。学校のPTA問題について、素人の専業主婦と兼業主婦それぞれ百人が、おもしろおかしく討論するという番組だった。

「働いているという理由で、兼業主婦はPTAの仕事を専業主婦に丸投げする。そんな家の子供には正直、PTA主催の行事には来ないでほしい」

琴音の元にも毎年、PTAの役員をやらないかと電話がかかってくる。夫婦共働きで多忙という前に、警察という職務柄、市民活動の一部であるPTAの役員は担えない。それでも嫌がらせのように、毎年依頼がある。そのたびに理由を説明し、謝罪する。

琴音はテレビを消した。

世界中が、琴音を批判している。そんな思考から抜け出せない。

家事を途中で放棄して、琴音はベッドに倒れ込んだ。洗濯機のタイマーをセットするのを忘れた。学童や学校の配付物も連絡帳も見ていない。髪の毛も濡れたままだ。

もう疲れた。

琴音は朝七時に新宿L署へ出勤した。自宅で朝食を作ったが、虎太郎の分だけで精一杯だった。琴音は何も口にしていない。野菜不足にならないよう、炊き込みご飯のおにぎりとみそ汁をロビーのコンビニで買い、デスクで食べた。おにぎりを口に入れた途端、椎茸《しいたけ》の香りがぷうんと鼻に抜けていく。

最悪。

琴音はみそ汁のカップの蓋の上におにぎりを置いた。割り箸で崩しながら、椎茸を取り除く。

六花が刑事課に入ってきた。琴音はその顔に驚く。大丈夫、と立ち上がってしまう。

「はあ、おはようです」

「おはよう……」

六花は顔がむくみでパンパンに腫《は》れていた。猫のように吊り上がっていた目は出目金みたいだ。

夜通し、泣き腫らしたのか。

琴音も泣いたが、顔が腫れるほどではない。六花はアイスクリームを食べ始めた。

「朝ごはん、アイスなの」

「たまにうどんも食べるけど」

「バランスよく食べないと、体壊すよ。野菜ちゃんと摂《と》ってる？」

六花がちらりと、蓋の上の整列した椎茸を見た。相好を崩し、冷やかしてくる。

「わー。椎茸、残してるー」

自身の子供じみた振る舞いを恥ずかしく思い、琴音は強引に話を逸らした。

「そういえば、千円札って、なに？　昨日うちの夫と話していたでしょ。千円札が効いた、とかなんとか」

六花が不思議そうに、琴音を眺める。次に、アイスクリームを睨む。語り始めた。

「須川優子、知ってる？」

「新宿なないろ会の副代表で、須川正美の奥さんね」

「元カノなんだ、私の」

琴音は一拍置いて、なるほど、とだけ答えた。目が腫れているのは、彼女のせいか。

「ひと目惚《ぼ》れだったの。近所のファミレスでよく見かけて。いっつも彼氏と一緒だった。それでいつも、ふしあわせな空気、漂わせてるの」

その恋人がモラハラ気質の人物だったらしい。優子はいつも怒られ、いびられていたという。

「あるとき、彼氏が席を立ったのね。途端に優子はほっとした顔してさ。これは絶対、別れた方がいいと思って。彼氏がトイレ行っている隙に、私はぱっと目の前に座って、口説いた」

琴音は目を丸くした。

「すごい行動力」

「キレられたけど」

「え、なんで？」

「口説いたというか、わからせようとしちゃって。いまあなたがどれだけ不幸なのかって。好きだったからなんだけど、余計なお世話、と思われちゃって」

琴音は、いつかのシャワールームで六花に夫婦生活をこきおろされたのを、思い出した。

六花はアイスクリームを舌でつぶすように食べながら、続ける。

「優子は怒り出しちゃったし、彼氏がいつ戻ってくるかわかんないしで、とにかく連絡先を渡そうと思って。紙ナプキンに書こうとしたけど、捨てられたらイヤでしょ。だから、千円札に電話番号書いたの」

お金なら、捨てられない。

「で、電話かかってきたの？」

六花は噴き出し、首を横に振る。

「千円札、うっかりタクシー代に使っちゃったんだって」

半年後に全く別の場所で偶然再会し、関係が始まったらしい。琴音は、微笑《ほほえ》んだ。

「すごい。再会できたんだね。ドラマみたい。素敵ね」

頭の中では何度も反芻《はんすう》していた。シャワールームでの六花のあれは、忠告や警告ではなく、愛情表現だったのではないか――。

「昔の話だけどね。まだ二十歳だった。卒配中だったかな」

「そんな前から付き合ってたの？」

「十三年付き合って、別れたの。別れたというか、捨てられたというか」

結婚して子供を産みたい、と言われたらしい。

琴音の話を訊かれる。

「琴さんの初恋は？」

尚人にも話した、中学時代の先輩のことを思い出す。同時に、椎茸の臭いと母親のことも蘇《よみがえ》る。言わなかったが、顔に出たようだ。六花が訊く。

「苦い思い出なの？」

琴音は首を横に振る。

「椎茸絡みだから、思い出したくない」

六花は、得意げに指摘した。

「わかった！　椎茸農園の人でしょ？」

琴音はみそ汁を噴いてしまいそうになった。腹の底から大笑いする。笑うって、こんなに楽しい気持ちになるものだったのか——そう気がついたら、目尻に涙が浮かんだ。アイラインを潰さないように、小指の爪で涙の雫《しずく》を拭《ぬぐ》う。六花がニコニコしながら、琴音を見ている。並べられた椎茸に視線をうつし、六花がしみじみと言う。

「かわいい」

「え？」

「琴さん。すっごくかわいい」

朝九時、捜査員がひとり、またひとりと現場に散っていく。今日の夕方の捜査会議に、琴音は期待していた。

恐らく今日、犯人の住居、もしくは実家の住所が割れる。

須川正美の証言次第では、犯人の素性そのものが判明する可能性が高かった。

琴音も気持ちは前のめりだ。事件が解決に至ったときの喜びは何物にも代えられない。

これのために琴音は刑事を続けている。世界中が敵だと思っても琴音は刑事をやめられない。

捜査本部の片隅で、六花がグッチのウエストポーチを肩にかけたのが見えた。敦も出動だ。コートをはおったが――出入口を二度見して、敦が叫ぶ。

「虎太郎……!?」

琴音も振り返り、真っ青になった。今朝「ママ先に行くから気をつけて学校行ってね」と虎太郎に呼びかけて家を出たが――。

ランドセルを背負った虎太郎が、受付の警察行政職員に付き添われ、立っている。両親を見て、申し訳なさそうに目を伏せる。

「どうしたの虎太郎……！　学校は？」

琴音は息子の元に走り、その肩に手を置いた。敦も駆け寄る。虎太郎が両親を順ぐりに見た。

「ごめんなさい、ママに言うのを忘れちゃって。今日から、インフルで学級閉鎖なんだ」

琴音は天を仰いだ。昨日は学校からの連絡帳やプリントに目を通す余裕がなかった。

虎太郎も学童でのトラブルを引きずり、学校の連絡事項を伝えるのを忘れていたのだろう。

「学童に行ったら、学級閉鎖の子は入れないからおうちに帰りなさいって言われて。でも、自宅でひとりでいるのは危ないっていっつもパパとママに言われてたから、どうしようかなと……」

琴音は周囲を気にし、慌てた。

「虎太郎。学級閉鎖中は、元気でも自宅の外に出ちゃいけないの」

電車に乗ってここまで来るなどもってのほかだ。六花が興味深そうに虎太郎を見ながら、近寄ってきた。

「堂原さん、悪いんだけど、私のデスクに予備のマスクがあるから、持ってきてくれない？」

六花はウエストポーチを前に回した。

「私のあげるよ」

六花はポーチのポケットから、個包装されたマスクを取り出し、虎太郎に渡した。黒いマスクだった。虎太郎がびっくり顔になったが、珍しがって、マスクをつける。虎太郎の六花を見る目に、好奇心と興味が湧き上がっていた。この人は面白そうだ、とわくわくしているのだ。

「まさかの学級閉鎖——」

敦が額に手をやり、天井を仰いだ。病児保育か民間シッターくらいしか預け先がないが、事前予約が必要だ。当日いきなり預かってもらうことはできない。

「お義姉《ねえ》さんは」

琴音は言った。敦が首を横に振る。

「やめとけ。上のが明後日《あさって》から中学受験だよ。とても頼めない」

今日、誰が虎太郎の面倒を見るのか。敦と睨《にら》み合いになる。

「私、昨日家に帰ったよ」

「俺は午後、須川のところだ。今日の聴取は絶対に外せない」

「それは幹部にとっても同じ。ホシの素性が今日割れるかもしれない。幹部が待機していないのはありえないし、そもそも私は昨日、自宅に帰って家事育児してきた。順番的に――」

「それは女なんだから当たり前だろ」

琴音は目を剝《む》いた。敦も鼻息を荒くする。

「琴。今日ばかりは無理だ」

「私の幹部としての立場も考えて」

「お前こそ、俺の捜査一課刑事としての立場を考えてくれ。目の前に手柄がある。俺が六花と二人で靴底をすり減らしてもぎとったものだ。それを棒に振れというのか！」

琴音はぞっとした。六花と二人でもぎとったもの……。

「それじゃ、私との家庭は？」

「はあ？」

「私たち二人でもぎとったもので、守っていかなきゃいけないものなんじゃないの？」

虎太郎が、泣き出した。

「ごめんなさい」

琴音ははっと我に返った。

「僕がいるから、パパもママも仕事ができなくて迷惑かけてばかりで、本当に、ごめんなさい――」

敦は首が外れそうになるほど横に振り、その場にしゃがみこんだ。息子の腰に手を回し、言い聞かせる。

「違う、違う。虎太郎はなんにも、悪くないよ。これは、パパとママが悪いんだ。お前は本当に、泣かなくていいから」

琴音は慌てて帰宅の準備をした。

「お母さん、いま帰る準備するから。泣かないで」

無意識だった。母という役割を結局、優先している。捜査幹部失格だった。終わったな、と思う。警察組織幹部という職務と、子育ては、どうがんばっても両立できない。

「琴……」

敦が顔を引きつらせ、琴音を見ている。琴音は顎を伝うものに気が付いた。涙が勝手に流れていた。泣いているという意識がなかった。周囲も、息を呑んで琴音を見ている。

琴音は虎太郎の手を引いて捜査本部を出ようとした。六花が間に割り込んでくる。子供みたいに、ぴょんぴょんはねて、「はいはーい！」と手を挙げる。

「私、まだ巡査部長だし昇任も手柄も興味ないし。普段から素行不良だから上司からなにを言われても全然平気だし」

大きな瞳を愛くるしく動かし、六花は生き生きと言った。

「私が子守する！」


夫婦というのは、一緒に並んで歩くだけでこんなにも違和感があるものなのだろうか。

琴音は敦の背中を追いながら、靖国通り沿いを歩く。

『新宿なないろ会』への聞き込みは敦と琴音で行くことになった。刑事は基本、二人組で捜査する。みなもう各自聞き込みへ出てしまった。琴音しかいなかったのだ。

敦は殆《ほとん》ど振り返らず、スタスタと先を歩いて行く。その背中に咎《とが》められているように感じた。母親のくせに、部下に子守を押し付けた――。

スマホがバイブする。画像を受信していた。六花からだ。千葉の自宅で虎太郎と一緒に昼食を食べている画像だった。焼きそばを作ったようだ。虎太郎はちょっと照れたような顔だった。琴音は敦に画像を見せた。

「――いい子だよな」

六花のことを言っているようだ。

「ずいぶん仲がいいよね」

心から羨ましかった。敦は口の端を引きつらせた。

「お前……相手はビアンだぞ。嫉妬すんなよ」

「別に嫉妬なんかしてない」

琴音が羨ましいのは、六花と仲良くしている敦の方だ。琴音も、もっと六花と話をしてみたい。彼女といると単純に楽しかった。もっと六花のことを知りたい、そばにいたいと考え――はっとする。

私……？

敦は琴音の批判をやめない。

「朝もボロボロ泣いてたし。あんな程度で泣くか、普通」

自分が普通じゃなくなってきているのは自覚している。そして夫がそういうとき、察することもできないし、あたたかい言葉ひとつかけてくれない、ということもよくわかった。

六花は――。

信号が青になった。歩き出した敦に、琴音は釘《くぎ》を刺される。

「須川正美が証言する気になったのは、俺や六花がその部下にねじ込んだからだ。これは俺の手柄だからな」

「わかってる」

「聴取の邪魔をするなよ。横やりを入れるとか。六花はいつも半歩下がって俺を立ててくれた」

横断歩道の真ん中で、琴音はいまにも立ち止まってしまいそうだった。心はとっくに折れているが、折れてもなお、夫は妻の心を修復不能なまでに粉々に踏みつぶしていく。

お腹の大きな女性が、NPOのオフィスの扉を開けた。須川優子だ。妊婦だというのに、妙な色気がある。垂れ目なのに甘さがない。苦しげな目つきで、なんとなく不幸そうな感じがした。

優子が、目をきょろきょろさせている。六花をさがしているのだ。敦が説明する。

「大変申し訳ありません、堂原は諸事情あって今日は……。失礼ですが、須川優子さんですね」

優子は呆《あき》れたような顔で、言う。

「やっぱり。押し付けられたんですね」

囁くような、鈴の音《ね》のような声だった。琴音は不思議と引きつけられる。敦も、いつもより声が高い。

「押し付けられた、というのは」

「彼女、逃げたんでしょ？　私と会いたくないから」

優子は琴音と敦を応接スペースに通した。給湯室で茶葉を急須《きゅうす》に入れている。

「六花はいつもそう。都合が悪くなると逃げる。組織でどう評価されているのかは知らないですけど、結構ズルいとこあるんですよ、あの子」

子守を買って出てくれたのは、優子の聴取をしたくなかったからか。琴音は六花の、泣き腫らした顔を思い出す。敦がフォローした。

「自分は男だけに、気持ちはわからなくもないです」

「元恋人が他人の子供を孕《はら》んでいる姿なんか、見たくない？」

敦が苦笑いで流している。

優子がお盆に茶と茶菓子を載せて、応接スペースにやってきた。デパ地下で売っているような、高級アイスクリームを出される。六花のために準備していたのだろう。敦が周囲を見る。

「そういえば、須川正美先生は」

「今日はオリンピック会場の視察です」

「昨日の電話では、十三時に来るようにと厳しく指定されたのですが。ご本人がいまの時間しかあいていないからだと思っていました」

琴音の指摘に、優子がごもっとも、と頷く。

「十三時は、視察のはじまる時間です。あの人、どうしても自分がいない時間帯にしてほしかったんですよ。あっちもあっちで、六花と顔を合わせたくないんでしょう」

優子はどこか疲れたように、ため息をついた。大きなお腹で息苦しいのもあるだろうが、新しい命を宿した喜びが、あまり見えない。

「あの――」

琴音は無意識に、尋ねようとしていた。いま、幸せかと。結婚し、子を産みたい。その理由だけで十三年も愛した人を捨てて、条件に合う相手をつかまえた。幸せになれたのか。

直前で、呑み込んだ。

「早速ですが。令状です」

琴音はトートバッグから封筒を出し、書面を示した。ここからは、敦に聴取を譲らなくてはならない。女だから。妻だから。半歩下がる。この仕事が好きで二十年近く〝愛して〟きたけれど、女だから、男に譲らなくてはならない。

優子が令状に目を通した。テーブルに置いてあった投げ込みファイルを開く。

「これは、該当する方の入会申込書です」

顔写真はなかった。

名前、佐藤サチエ。

現住所、神奈川県大和市下亀《しもがめ》二九五一の一〇。

生年月日、平成十一年十月七日。

以下は、性的マイノリティ支援団体らしい記入欄だった。任意で記入となっており、書きたくない人に強制はしないという。サチエは、迷いのない美しい文字で、明記している。

戸籍上の氏名、佐藤文成《ふみなり》。

戸籍上の性別、男。

性自認、女。

性的指向、異性愛。

「顔写真はありますか」

敦が尋ねた。優子は首を横に振る。

「優子さんは顔をご存じなんですね」

「ええ。私も正美も知っています。二人で面談をしていますから」

敦が、犯人の画像を見せた。犯行直前の防犯カメラ映像を切り取ったものだ。

「この顔は事件発生から三日後には公表していますが――ピンと来なかったですか」

優子は嘆くように応《こた》える。

「坊主頭じゃ、わかりません。私や正美が知っているサチエさんは、きれいなロングヘアでした。端整な顔立ちをされてましたから、クセがなく、却《かえ》って特徴がなかった。黒いロングヘアが唯一の目印でしたから」

「左眉の上に、幼少期についた傷がありました。その特徴についてはどうでしょう」

「サチエさんは前髪を下ろしていましたから、見覚えはありません。虐待まがいのしつけを受けていたとは、聞いたことがあります」

初めて面談に来たのは二年前の四月だった、と優子が記録を捲る。

「おばあさんと一緒にいらっしゃってました。おばあさんも会員になっていただいているので、申込書もあります」

もう一枚、示される。

氏名、黒木《くろき》幸子《さちこ》。

現住所はサチエと同じ、神奈川県大和市の同じ地区だ。番地は違った。

「祖母の方は近所に住んでいるんですね。母親は？」

「その母親が問題だったこともあり、こちらに相談に来ていたんです」

琴音は思わず、首筋や肩に手をやった。そこに、幼少期に母親に無理強いされてぶら下がっていたものはない。

「サチエさんはインターセックスとして生まれました。戸籍上の登録は遺漏とされ、医師の助言をもとに両親が性別を決めるというものだったようです」

DNAは女性、卵巣や子宮もあるが機能するかどうかはわからない――。

「結局、両親は男として登録してしまったのですね」

「ええ。ペニスがありましたからね。事実、妊娠五か月の時の胎児エコー画像でもしっかり見えていたとか。両親はとても喜んだらしいですから……」

妊娠後半の五か月間も男児と疑わず、生まれてくるのを待ち焦がれていたらしい。

「誕生後、ペニスがついているのに女かもしれないなんて医者から言われても、ご両親はピンと来なかったでしょうし、周囲からも男児を期待されていたそうで。両親が受け入れられなかった気持ちはわからなくもありません」

赤ん坊の顔には男女差がない。上半身や手足も同じだ。性自認の意思表示もしない。赤ん坊の性別決定において、あまりに男性器はシンボリックなのだ。優子が説明する。

「サチエさんの場合は陰茎に尿道が通っていませんでしたので、第二次性徴で女性としての特徴が出てくるのは必然だと医師は両親に忠告したようです。しかし、両親の強い希望でペニスの形成手術は決行され、戸籍上も男として登録したようです」

だが面談で、サチエは力強く訴えたという。

「私はどう考えても女だった、と――」

車のおもちゃより人形で遊びたい。青いズボンよりピンクのスカートを穿《は》きたい――。

三歳ごろから女の子らしい選択をするようになっていたサチエを、両親は厳しく叱りつけ、『男』に矯正しようとしていたという。敦が首を傾げる。

「なぜそこまで男にこだわったんでしょう。早くから性自認が女性と判明した上、そもそもインターセックスですから、医師の助言をもとに戸籍を変更できたと思うのですが」

敦の問いに、優子は困り顔だ。

「家庭の事情が、深く絡んでいたようです」

サチエの実家は裕福で由緒ある家庭だったらしい。

「第一子の男児が家督を継ぐというのが、生まれる前から決まっているような家庭だと」

　敦が眉を顰める。

「昭和じゃあるまいし――イマドキ家督のために、インターセックスの性別を家族が強引に決めるなんて」

「もう三百年以上続く、かなりの老舗《しにせ》らしいです。我々も詳しくは聞かされなかったのですが、おばあさんが屋号を口走っていました。誰もが知っている老舗だと」

　敦がますます首を傾げている。

「具体的にどんなお店ですか。和菓子屋とかでしょうか」

　優子が琴音にも見えるように書類を見せた。屋号が記されている。

「我々が尋ねようとしたところで、サチエさんが慌てておばあさんを口止めしていました。あまり出自を知られたくなかったようです」

　サチエは男として厳しく躾《しつ》けられ、幼少にして客前に出なくてはならないこともあったようだ。

「父親は跡継ぎの男児として、サチエさんを厳しく育てたそうです。もう、殴る蹴るは日常茶飯事だったとか……」

　優子はため息をつく。悲しそうだった。

「けれど、女の子だったんです、サチエさんは。殴られようが怒鳴られようが、女の子が男の子に変われるはずがない」

　親類の中でサチエの唯一の味方は、母方の祖母の黒木幸子だけだった。

「会うたびに女の子になりたいと泣きつく幼いサチエさんに、スカートを買ってやったり、口紅を塗ってあげたりしていたみたいです」

あの口紅は、祖母と孫を結ぶ象徴的な品物でもあったようだ。

「声変わりせず、女性らしい声になる一方で、乳房も膨らんできた。生理も来ました。父親はそんなサチエさんを毛嫌いして、汚らわしいものを見るようだったと。母親のことも相当罵《ののし》ったようです」

優子はその罵倒を口には出さず、面談記録に記された文字を指さすにとどめた。

〈こんな出来損ないを産みやがって！〉

サチエが十一歳の時、両親は離婚した。父親は親権を放棄し、面会交流も望まなかった。慰謝料と養育費は、一括現金で母子に支払ったということだ。

「サチエさんのお母さんは、大和市の実家のすぐ近くに立派な一軒家を建て、そこで暮らすようになりました」

優子が一度言葉を切った。ここでサチエの人生が〝平和に暮らしましたとさ〟で終わらないのは確かだ。

「嫁ぎ先の伝統や慣習から逃れられたはずなのに、お母さんはサチエさんを相変わらず『佐藤文成』として、男扱いしたようです。女性として生きるのを決して許さなかった」

敦が眉を寄せる。

「子供の性自認を無視した戸籍に、どうして拘泥《こうでい》する必要があったんです」

優子が苦々しい顔つきで、説明する。

「聞くところによると、父親は離婚後一か月で、再婚したそうです。すでに男のお子さんがいたそうで、その子が家督を継ぐことになったとか」

琴音は身を乗り出した。夫が嫌な顔をするのも構わず、訊いてしまう。

「その子供――連れ子、ですか」

「顔が父親とそっくりだった、とおばあさんが呆れていました。新しい奥さんはいわゆる、お妾《めかけ》さんだったんでしょう。戦国時代風に言えば、正室が世継ぎを産まなかったから追い出して、側室を正室にしてその息子を跡継ぎに迎えた、みたいなところでしょうか」

敦が椅子の背もたれに身を任せる。

「そんなことを罪悪感なしでやっちゃう由緒ある家？　イマドキあるのかなぁ」

優子は敦を無視し、琴音に訴える。

「母親は、後妻の子に家督の座を奪われたことがよほど悔しかったんでしょう。ことあるごとにサチエさんと比べました。サチエさんを、立派な男子に育てることに固執して、周囲が見えなくなっていたようです」

サチエは女性の恰好を許されなかった。高校への進学も男子高校にさせられたという。

「サチエさんは女性なのに、詰襟の学生服を着なければならず、毎朝のように母親にぎゅうぎゅうにさらしを巻かれていたそうです」

琴音はぞっとする。耳の下で編まれる三つ編みの音が、聞こえてくるようだ。

「体育の時間はこっそりトイレで着替え、生理でプールの授業を休めば教師に詰問され……。学校に行くのが辛いと訴えたら、病院でホルモン治療を再開させられたそうです」

男性ホルモンを繰り返し注射されたサチエは、母親の望み通り、生理が止まり、髭《ひげ》が生えたり、声が低くなったりした。サチエは鏡を見るたびに男化していく自分をおぞましく思い、髭を抜いた。眉毛も女性らしい形に整えた。こっそり買ったファンデーションやリップクリームを塗ることもあった。高校時代の同級生は、サチエをトランスジェンダーと勘違いしたようだ。からかう者もいたが、気遣う者もたくさんいたので、不登校にはならずに済んでいたという。

「しかし、高校二年生の修学旅行で、事件が」

宿泊したホテルの大浴場で、サチエはみなと風呂に入らなくてはならなかった。サチエには乳房がある。琴音は聞いているだけなのに、慌ててしまう。

「待ってください。まさか、教師は他の男子たちと風呂に入ることを強要したんですか」

「母親は教師に、インターセックスのことを話していません。教師は知らなかったんでしょう。知識もなかったんだろうと思います。サチエさんは、拒否したらしいですが――」

配慮されることなく、サチエは入浴時間をずらすことすら許されなかった。

「どうして胸を隠しているんだ、と悪気のない同級生からタオルをはぎ取られて、サチエさんは晒《さら》しものです。男子たちもびっくりして、固まってしまったらしいですね」

　琴音は唇を噛み締めた。サチエの心情は察するにあまりある。生まれたときの疾患が特殊だったというだけで、親が望んだ性別を押しつけられた。家のしがらみから離れてもなお、母親の、後妻と張り合おうとするプライドのためだけに、乳房と陰茎、陰嚢《いんのう》を持つ体を、同級生の男たちに見られてしまった。

「サチエさんは以降、不登校になり、そのまま高校は中退となりました」

　サチエが通っていた男子高校は、神奈川県内でも有数の進学校だったという。

「おばあさんは、このままでは孫の人生が台無しになると思ったのでしょう」

　祖母がサチエを連れて『新宿なないろ会』を訪れた。

「私たちは、まず母子の関係を断ち切らねばならないと思いました。サチエさんの母親は典型的な毒母です。子供を使い、自尊心を満たそうとしていたのですから」

　琴音は茶を飲もうとした。空っぽだった。頭が無意識に揺れる。誰かが琴音の髪を、三つ編みにしているような気がする。

「ところが、うまくいきませんでした」

　サチエが結局、母親のところに戻ってしまうのだという。

　敦は、信じられないという顔だ。

「なぜ戻るんです。毒母に散々苦しめられてきたのに――」

「共依存だったのでしょう。自分がそばにいてやらないと母親はダメになる、とサチエさんも思い込んだ。事実、サチエさんが家出をすると、母親は酒浸《びた》りになってしまって、何度か急性アルコール中毒で救急搬送されています。それでも私たちは心を鬼にしてサチエさんに言いました」

母親を捨てろ。母親と縁を切れ。

「もう少し段階を踏めばよかったのかもしれません……。難しいです、母と娘は。なにせ、不幸な記憶だけじゃない。幸せな記憶もたくさんあるんです」

おいしいご飯を毎日作ってくれたこと。父が拳を振り上げたとき、全力でかばって身代わりになってくれたこと。大好きだよと抱きしめられたこと――。

琴音が想像するサチエの母が、自分と母親の姿と重なった。優子が言う。

「二十年近い年月を共にした母子の分離は、簡単なことではないです。結局サチエさんは〝自分が男になれば、全ては丸く収まる〟と考えた。自らホルモン治療を再開したり、髪を短く切ったりと、私たちが相談に乗っている間も、かなり迷走していました」

迷走ではない。苦悶《くもん》だ。

「私たちは児童相談所にも相談をして、サチエさんを保護できないかとも考えました。しかし、サチエさんが首を縦に振りません」

「児相に保護となると、他の子供たちと共同生活をしなくてはなりませんね」

乳房とペニスを両方持つサチエが、同年代の青少年と共同生活を送るのは難しい。

「先に陰茎や陰嚢の除去手術を勧めたのですが、未成年でしたから、親の同意が必要です」

　母親がサインするはずがない。

「二十歳になるまでの我慢だ、という八方塞がりの状況だったとき、祖母の黒木幸子さんが脳梗塞《のうこうそく》で急逝されました。サチエさんの逃げ場はなくなりました。いつもはおばあさんがサチエさんをここまで連れてきてくれていたのですが、足が遠のくようになって……」

　最後のカウンセリングは去年の夏だった、と優子が無念そうに振り返る。

「しかし無断キャンセルです。私たちは大和市の実家まで出向いたのですが、母親が出てきて塩をまかれて終わりです。サチエさんのスマホも解約されてしまいました」

　NPOとしてはこれ以上対応できなかった。あとは、サチエが自主的に動くのを待つしかない。

　そしてサチエは、成人の日を迎えた。

『新宿なないろ会』の入る雑居ビルを出た。十六時、二丁目の飲食店が動き出そうとしていた。シャッターを半分開けた店、外看板を出している店主、掃き掃除をしている店子《みせこ》――夜に向けて覚醒《かくせい》しようとする、二丁目の鼓動を感じる。

「あの事務所はどうも息苦しい。須川正美の選挙ポスターのせいだな」

　敦が肩をすくめて、苦笑いした。そうじゃないでしょ、と琴音はつい厳しく反論した。

敦が目を丸くする。

「お前、あの話、鵜呑《うの》みにしたのか」

「ＮＰＯのスタッフが嘘をついていると言いたいの？」

「いや、優子さんはカウンセリングの内容を正直に話したんだろうが、要は、サチエという人物の話が真実なのかってことだよ」

「母親と娘の確執というのはよくある話よ。真実味はあった」

「それは俺もわかる。その前だよ。父親の実家の老舗とかいう、伝統と慣習に縛られた家。イマドキあるかぁ？」

敦は大袈裟《おおげさ》なほど声を裏返して言う。

「せいぜいあったとしても、江戸か明治、百歩譲って昭和初期だよ。跡継ぎは男児じゃなきゃとか、幼児期から客前に出されて働かされるとか、虐待まがいの厳しい躾《しつけ》をされたとかさ。本妻とその子が家を追われて、愛人の子の男児が家督を継ぐってのも――」

琴音はコピーさせてもらったサチエの申込書を見せた。祖母が口走ったという、父親の実家の屋号が示されている。

『丹後屋』とあった。

「丹後屋はこれまでの捜査で一度、浮上してきている」

敦が道端で、慌てふためく。

「嘘だろ。俺が子守でいない捜査会議で出た情報か？」

「違うわよ。あなたが相模原のお城で佐藤宗明から聞いてきたのよ」

敦はこめかみを押さえた。やがて目を見開き、叫んだ。

「あのブラジャー野郎か！」

琴音は「しーっ」と敦を咎めた。

「ここで差別的な発言は控えて」

敦は興奮を隠せない様子だ。

「歌舞伎役者だな。そういえば、六花が丹後屋だと言っていた」

「大坂雪蔵。いまは十七代目よね」

「そうか。歌舞伎役者の子なら、幼少期から舞台に立たされる」

「虐待まがいの厳しい躾も、稽古《けいこ》の一環として許される風潮がある」

「そして家督のために男児優先とか、妾の子がどうとかも、歌舞伎役者なら芸の肥やしだ、と大して批判されないもんな」

それにしても――と敦が額に手をやる。

「妙なところで繋がったな。いや、繋がるのか？」

噂が本当なら、大坂雪蔵は和服の下にブラジャーを装着している。自分は性的倒錯者のような行動をしておいて、どうしてサチエの性自認を頑《かたく》なに認めなかったのか。

琴音は敦と共に、急いでＬ署に戻った。

敦が福井管理官に報告、その横で琴音は家宅捜索令状請求の準備に入った。

ひな壇が沸いている。

「いよいよホシが挙がって来たぞ、神奈川県大和市下亀の佐藤文成、二十歳……！」

福井は戸籍通りの名前を言っているだけだ。それでも琴音は、サチエを思い、辛くなった。死んでもなお、男の名前で呼ばれてしまう。それから逃れたくて、自ら顔を切り刻んだはずなのに。

琴音はパソコンを開き、大坂雪蔵のホームページに入った。現在、五十八歳。本名、佐藤靖之《やすゆき》。サチエや母親は、離婚後も佐藤姓を名乗っていた。母親は丹後屋に戻れる日を夢見ていたのかもしれない。

家督を継いだ次男は十五歳になっている。十歳の時に、十六代目大坂龍之介《りゅうのすけ》を襲名していた。学業の傍ら、日々稽古に励み、父親と共に公演をこなしているようだ。親子共演の代名詞でもある『連獅子《れんじし》』の画像が出てきた。親子で紅白の長い髪を豪快に振り回す、眼目の毛振りの場面だ。

前妻について触れたサイトにたどり着く。黒木茜《あかね》、昭和四十五年生まれの五十歳。元モデルらしい。二十八歳で結婚、一児をもうけたが、四十歳の時に離婚。親権は茜が持った、とサイトにも記されている。

琴音は改めて『黒木茜』を検索してみる。モデルとしての活動期間は五年ほどしかない。専属契約していた雑誌や企業もなかった。梨園《りえん》の妻であることだけが、彼女のアイデンティティだったのだろう。

琴音は、ある一文に目が行く。

『モデルデビューした当初は〝和製ビビアン・リー〟として売り出され、日本人離れした美しい顔立ちが注目された』

慌てて書類の山を突き崩し、無差別殺傷事件の唯一の犠牲者である小沢静乃の顔写真を掲げた。

二丁目のビビアン・リーと、和製ビビアン・リー。

二人は、よく似ていた。

第六章　愛と蛇

琴音は山手線外回り電車に乗っていた。

二十時、新宿駅は大量の乗客が乗降する。

これから二周目だった。

夕刻、分析を依頼していた読唇術の専門家から、一報が入っていた。サチエが犯行直前、ビビアン・リーのフライヤーの前でなにを呟《つぶや》いていたのか、判明した。

『もう、ゆるして』

琴音は山手線の車窓の景色を横目に、スマホでサチエの母、黒木茜の画像を検索する。

〈ブレイク必至！　和製ビビアン・リー〉

〈大坂雪蔵婚約！　お相手は和製ビビアン・リーこと黒木茜〉

大坂雪蔵の前妻について触れたサイトには、当時のスポーツ紙につけられた小見出しが躍る。

サチエは事件直前、西口広場のイベントコーナーで包丁を見て、発作的に母親を殺す誘惑にかられたのだろう。購入し、自宅に帰ろうとしたが、引き返した。できないと思ったのか。トイレに入り、ルージュを引き、精神安定剤を大量に服薬し、死のうとした。死ねなかった。

ふらつく意識のまま、山手線に乗り込んだ。殺せないし、死ねない。どうしたらいい。電車を三周分も逡巡《しゅんじゅん》し、救いを求めて二丁目の『新宿なないろ会』に向かったのではないか。

その途中で、邪魔が入った。

正確に言うと、ZEROのフライヤーに出くわしただけだ。

そこには三十人のビビアン・リーがいた。

薬の大量摂取で酩酊《めいてい》状態だったサチエには、母親が増殖し、立ちふさがったように見えたか。やはり母親を殺さないとだめだ、と思ってしまったのだろう。

店へ押し入った。そこに、三十一人目のビビアン・リーがいた。今回の殺傷事件で唯一の犠牲者である、小沢静乃だ。静乃はサチエを別の殺人犯と間違え、叱責した。

母親のように。

琴音は強く目を閉じた。

山手線に、揺られている。

琴音はもう、自宅に帰らねばならなかった。今日の子守当番は敦のはずだったが、捜査本部は犯人の素性が判明したことで、お祭り騒ぎだった。捜査幹部たちは敦を誉めたたえた。

「こりゃ大金星だぞ、新井！」

「よくやった新井！」

敦は夕食を摂《と》るのも忘れて、仕事に没頭していた。そんな彼に「今日子守でしょ、帰って」などと言えるはずがなかった。いまは六花が子守をしてくれているが、寝かしつけまで頼めない。琴音が、妻が、女が、仕事をあきらめて帰らなくてはならないのだ。

夫はとてもいい顔をしていた。育児休暇中、琴音は虎太郎を抱っこして、捜査本部詰めの敦に着替えや食べ物の差し入れをしていたことがあった。あの時の敦は輝いていた。琴音の目を見て「ありがとう」「育児大丈夫か」と妻の日常を気遣ってくれた。

僕のせいでごめんね、と泣いた虎太郎を思い出す。

サチエは優子に話していた。

《自分が男になれば、全ては丸く収まる》

琴音は思い立ち、電車を降りた。そうか、と琴音は改めて思う。

《自分が警察を辞めれば、全ては丸く収まる》

琴音は駅構内の喫茶店で、辞表をしたためた。気が変わらないうちに、村下に出そう。迷ってしまうのが一番辛い。L署に戻る。

エレベーターに乗ろうとして、ロビーのベンチに妊婦が座っていることに気が付いた。優子だった。琴音を見て頭を下げたが、すぐに目を逸《そ》らした。手に千円札を握りしめている。六花を待ち伏せしているのだろう。なぜか猛烈に、優子に腹が立った。声をかける。

「堂原さんは、今日は戻らないと思いますよ」

あ……と言ったきり、優子は黙り込んだ。立ち去ろうともしない。琴音はロビーにあるカフェを指した。

「ここは冷えますよ。お腹の赤ちゃんによくないです」

優子が首を横に振る。

「二丁目にしません？」

二人でお茶をする流れになった。

琴音は優子に連れられ、新宿二丁目へ向かった。御苑大通り沿いのファミリーレストランに入った。優子が六花と出会った店だと直感する。

ドリンクバーを二つ頼んだ。琴音は自分の分のコーヒーと、優子には棒ほうじ茶を淹《い》れてテーブルに戻った。

三月末に出産予定だという話や、琴音の息子の話など、雑談をする。琴音はコーヒーに口をつけ、思い切って尋ねる。

「堂原さんは、あなたに未練があるみたい」

優子が細かく、頷《うなず》いた。琴音は重ねる。

「まだあなたのことが好き」

「私も好き」

優子が即答した。琴音の心が、抉《えぐ》られる。

「ならどうして」

つい、詰問《きつもん》口調になる。優子は茶で口を潤し、質問を質問で返す。

「新井さん。いまの旦那さんがもし不妊症で既婚者だったとしたら、それを受け入れて一緒に生きていこうと思いました？」

子供ができない、戸籍上のパートナーになれない、という状況を、不妊症や既婚者という言葉でノンケに想像させようとしているらしい。琴音は率直に答えた。

「あきらめたと思います」

「私、もともとノンケだったんですよ。女性を好きになることがあるなんて、これっぽっちも思わなかった。この店で、束縛DV野郎だった元カレの言動に疲れ切っているときに、突然目の前に六花が現れた」

口説いているつもりだったようだが、優子には余計なお世話の説教に聞こえた――六花から聞いた通りの話が、優子の口からも漏れる。

「でも、行こう、逃げよう、と腕を引く六花が、まぶしくも見えた。ピーターパンみたいだなとも思って」

ピーターパン。言いえて妙だ。永遠の子供。性差を超えた、魔法使いみたいな不思議な子。

「この子と手を取り合ったら、ネバーランドに行けるのかな、みたいな」

優子は口にして、くすくす笑った。

「まだ若かったから。六花は二十歳で、私は二十三歳だった。そして私はもう今年で三十八歳になったのに、六花はあれ、とても三十五歳じゃないでしょう。あの子は二十歳のまま」

いいえ。子供のまま――。

「ネバーランドには、行けたんですか」

琴音の、警察官らしからぬファンタスティックな質問も、優子は素直に受け止める。

「もう戻れない、戻りたくないなとは思いました」

「現実世界に？」

「いいえ。男に」

琴音はコーヒーに口をつけた。

「女は、セックスに愛を求めるじゃないですか」

優子が声のトーンを落とし、琴音の耳元で囁《ささや》く。

「でも男は、袋に日々溜まる精液を放出するという、動物的衝動がある。つまりは、性欲です。愛と性欲はイコールじゃない」

男と女は結局、ベッドの上で、イコールにはならない。優子はそう断言した。

「六花と生きていたとき、それに気がついちゃって。ああ、もう次行けない、と思いましたもん。愛がすごいんだもの、女同士は。いえ、六花は」

「でも結局、捨てたじゃないですか」

「ネバーランドで生き続けることはできない、ということです」

いつかは帰らなくてはならない。だからそこはネバーランドなのか。優子が更に声のトーンを落とし、琴音に囁く。

「私はもともとノンケだから、体が男のままの正美と寝ることはできます。でも、寝てません。してないんです。体外受精なんです」

ファミレスでの会話にしては、ずいぶん踏み込んでくる。

「正美は私が嫌がれば、体を求めるようなことはしません。とにかく私は、六花に愛された体のままで子供を産みたかった」

優子は愛《いと》しそうに、膨らんだ腹を撫《な》でた。

「この子は、私と六花の子だって、思うようにしているんです。別々の世界で生きているけれど……」

優子は握りしめていた千円札を広げた。お茶代として琴音に渡す。店を出ていった。

千円札には、画鋲《がびょう》であけたような穴があいている。なにも書いていなかった。

空白でわかり合える二人。

琴音は猛烈に、嫌な気分になった。懐の辞表を忘れてしまうほどに。

千葉県市川《いちかわ》市の自宅に大急ぎで帰る。二十二時になっていた。

「ごめんなさい、遅くなっちゃって――」

玄関の明かりをつけた琴音は悲鳴を上げた。ガイコツが浮かんでいる。

「おかえりなさーい」

ふふふ、と六花がガイコツのお面を外した。琴音は言葉が出なかった。六花のこういう子供っぽい言動に、呆《あき》れることができなくなっている。いちいち心が揺さぶられてしまう。

「どこから引っ張り出してきたの」

「コタ君が出してくれたの。気分だけでもディズニーランドって」

ガイコツのお面は、ディズニーランドのホーンテッドマンションのグッズショップで購入したものだ。まだ生後三か月だった虎太郎をびっくりさせようと、敦がこのお面をかぶった。無反応だった虎太郎に、敦は「これは大物になるぞ」と得意げだった。虎太郎を産んだ琴音を感謝の目で見た日のことを、思い出す。

記憶の中の敦はセピア色にあせて見えた。目の前の六花があまりに色彩豊かで、輪郭がはっきりしているからだ。

「虎太郎は？」

「もう寝た。八時半になったら自分で歯を磨いて、お休みって二階あがってったよ。すごい真面目《まじめ》。きっちり躾《しつ》けてるんだねぇ」

ガイコツのお面とにらめっこしながら六花が説明した。

夕飯は寿司《すし》の出前を取ったらしい。琴音の分もある。琴音は冷蔵庫から缶ビールを二つ出し、六花と乾杯した。寿司をつまむ。

「今日は本当にありがとう、助かったわ」

「で、どうだった」

六花が琴音の正面ではなく、隣に座った。身を寄せてくる。

琴音は佐藤サチエの生い立ちから、『二丁目』と『和製』の冠がついた二人のビピアン・リーまで、詳しく説明した。六花は神妙な顔で缶ビールを飲む。

「それはそうと、須川正美が対応に出たの？」

「詳しく教えてくれたのは、優子さん」

六花は唇の端をあげて、ビールを呷《あお》った。ニヒルな調子は、中年の渋い男みたいだ。

「優子、私のことなんか言ってた？」

まだ愛している、これは六花との間にできた子だと思っている等の優子の発言を、琴音は封じる。言いたくなかった。琴音は尋ねてみる。

「まだ好きなの？」

六花は宙を見たまま、答えない。

「妊娠八か月だってね。男の子らしいよ」

六花の親指に力が入った。ビールの缶が少しだけへこむ。

「でも、あまり幸せそうじゃなかった」

「本人がそう言ったの」

「女の直感」

いや、と否定する。

「私と同じ空気を感じた、というか。欲しいものを手に入れたはずなのに、なぜか幸せじゃない、みたいな」

笑う。六花が琴音の横顔を覗《のぞ》き込んでくる。穴があくほど見られた。心の中を覗かれてしまいそうだ。六花が囁く。

「――ちゃんと笑える話でもする？」

六花の、いたずらっぽく微笑《ほほえ》む顔はやんちゃだが、琴音を気遣う瞳の色は優しい。

「私、中二のときね。いじめられてたんだ」

「それ、笑えないよ」

困ってしまった琴音の太腿《ふともも》を、「いいから聞いてよ」と六花が叩く。

「小学校から私立の名門女学園に入れられたの。小さいときから女の子が好きだったから、ある意味学校は楽園。お気に入りの女の子とか、大好きな女の子がいっぱいいた」

風向きが変わったのが、少女たちが体の変化を迎える、第二次性徴期――十四歳、中学校二年生の時のことだという。

「ずっと好きだった女の先輩がいて。無邪気に告白しちゃったんだ。そしたらすごい気持ち悪がられて。目立つ先輩で、取り巻きも多かった」

六花はその取り巻きにいじめられたらしい。

「上履きには画鋲、教科書は焼却炉に捨てられる、筆箱は給食でパンについてくるジャム塗りたくられてるとか。で、不登校になったわけ」

「どこが笑える話なの」

「笑えないでしょ？」

「笑える話、するって言ったじゃない」

「欲しいものを手に入れたはずなのに、なぜか幸せじゃない、なんて言って笑われても、こっちは笑えないからね、っていう話。つまり、大丈夫？」

また六花が琴音の瞳を見つめてきた。カッと体の内側が熱くなる。琴音は、二階で息子が寝ていることを強く意識した。話を逸らす。

「ご両親は知っているの、娘がビアンだってこと？」

「うん」

「なにも言われない？」

「全然。お前はお前で勝手に生きろ、その代わり成人したら面倒はみないし支援もしないっていうスタンス」

六花の両親は地元で小児科医院を夫婦で営んでいるらしい。

「医者だから金あるはずなのにさ、不登校のときも毎日食事代として二千円しかくれないの。仕方ないから図書館に入り浸るしかなくて。夜、二丁目でご飯食べるために、昼はお金を浮かせる、みたいな。そのうち村下さんにつかまっちゃって。警察学校に放り込まれたの」

「高校、卒業してないのに？」

「警察学校入るために、高校卒業認定試験は受けてるよ」

琴音はそこではたと、気が付いた。

「あれ――。高卒ってことは、Ⅲ類採用だよね。何期生？」

「一二三四期。平成十五年四月入校」

琴音はつい叫んだ。

「うそでしょ。私、一二三三期。おなじ四月に入校だったんだよ！」

警察学校は、大卒と高卒でカリキュラムが違うので、別の期に割り振られる。大卒期は半年で卒業するが、高卒期は卒業までに十か月かかる。

「思い切り、時期かぶってたじゃん。学校長は新田《にった》警視正だったでしょ」

「そうそう。すごい鷲鼻《わしばな》の鉤鼻《かぎばな》でそれこそホーンテッドマンションに出てきそうだったよね」

二人で大笑いしてしまう。他、体育指導教官、けん銃指導教官なども同じだった。新宿二丁目の人間関係も狭いが、警察組織の人間関係も狭いのだ。

「私たちきっと、どっかですれ違ってたね」

六花は薄く、笑っただけだった。

「夫もいたのよ。同期だったから」

「あっくんに気がつくはずない。存在感薄いじゃん」

琴音は腹の底から笑った。

「言ってやってよ。もっと、もっと」

琴音は瓶ビールを出し、六花にすすめた。

夫の分だが、全部飲み干してしまえばいい。

「そういう琴さんは、どうして警官に？」

するすると言葉が出た。

「いじめられてたんだ、私も」

誰にも話したことはなかった。夫にも。母親には、必死に隠していた。

「いじめられてた子をかばったのがきっかけ。最後は守った子すらいじめる側に回るんだもん」

「うわ、それきついね」

クラス中から無視され、おさげ髪を引っ張られたり、教科書を捨てられたりした。朝になるとお腹が痛くなった。今日はなにをされるか、怖くて仕方がない。それでも必死に学校へ行った。

「闘ったんだね、琴さんは。不登校になったら負けと思ったの？」

六花が頬杖をつき、訊いた。琴音は首を横に振る。

「母親に、いじめられていることを隠さなきゃと必死で」

「なんで隠すの？　相談すればよかったのに。うちの親は〝学校なんか行かなくていい〟だったよ」

わかっている。琴音のこの苦しい人生の根源には母親の存在がある。もう死んでこの世に存在しないし、琴音に小言を言うこともないのに。

琴音は話しながら、自覚した。

絶望的な自覚だった。

無意識に、辞表の入っているトートバッグを引き寄せる。辞表を出したとしても、琴音の人生はずっと辛いままなのだろう。

六花になりたかった。生まれ変わって、六花の家に生まれて愛されて自由に育ちたかった。もしくは、六花の子供になる。六花に育ててもらったら、きっと、毎日、楽しい。

そんな気がした。

「琴さん、大丈夫？」

琴音は、六花の上の入口を見た。しげしげと、眺める。分厚くて、真っ赤なルージュが引かれている。しっとりと濡れていて甘そうだな、と思う。

《もう、ゆるして》

サチエはそう呟いた。

《ネバーランドに行けるのかな》

優子は六花にそれを願った。

六花の手が、伸びてきた。

抱きしめてほしい。琴音は確かにいま、そう願う。

六花の手は琴音の体を通り過ぎてしまった。琴音のトートバッグの内ポケットから辞表を引き抜いた。六花はそれをテーブルに置いた。辞表という文字を、研究者のような顔で、しげしげと眺める。

「琴さん。警察の仕事、好き？」

「好きよ。大好き」

「それなのに辞めるの？」

理由を述べようとして、人差し指で口を封じられる。

「琴さんにはきっと、他人には聞こえてない声が聞こえているんだと思う」

琴音は鼻で笑った。

「幻聴でも聞こえているというの？　そこまで病んでないわよ」

「母親、生きてるの」

「死んだ」

「ねえ、これ貰《もら》っていい？」

琴音は噴き出した。

「上司預かりならぬ、部下預かりってこと?」

「違うよ。頂戴《ちょうだい》って言ってるの。だって字もかわいいんだもん、琴さんは」

「は?」

琴音は拍子抜けする。彼女は文字の意味を無視し、琴音がしたためた文字そのものを、意味あるものとみなしていた。

「声も字も、なにもかもかわいい」

階段の方から、息子の咳が聞こえてきた。

琴音は我に返った。

階段の方に耳を澄ませる。咳はすぐに治まり、虎太郎が起きてくる様子もない。

琴音は、母であるという意識を失わないよう、キッチンへ逃げた。

食器棚の一番下に寝かせてあったワインボトルを取り上げた。カウンター越しに六花に手渡す。ウェディングアニバーサリー、と六花がラベルを読む。

「ワインでも飲む?」

「結婚記念のワイン?」

夫と結婚した二〇〇八年、新婚旅行先のフランスのワイナリーで購入した記念ボトルだ。結婚二十周年に開けようと夫婦で約束して、食器棚の中に大事にしまっていた。

六花は遠慮すらしない。

「うわーっ。これ絶対おいしい奴でしょ。飲もう飲もう!」

琴音がグラスを準備している間に、六花が勝手にボトルの封を切っていた。その無邪気なずうずうしさに、また琴音は救われる。

夫婦二人で封印したコルク栓に、六花が栓抜きをねじこむ。スポン、ととても軽い音がして、それは抜けた。

*

六花が熟睡していた。肩に寄りかかってくる。長い睫毛《まつげ》、少しだけ開いた口から覗く白い歯。肩に食い込む、柔らかそうな頰。

電車が揺れた。六花の首が前にガクッと落ちる。六花はごにょごにょとなにか呟いたあと、甘く言った。

「琴さん……」

敦は途端に白ける。六花の頭を突き戻した。

「起きろ。次だ」

小田急江ノ島線の快速急行に乗っている。中央林間《ちゅうおうりんかん》駅を出発した。次は目的地の大和駅だ。

敦は令状を持っている。佐藤サチエの自宅で家宅捜索だ。母親の茜が家にいるはずだ。隣の六花がげっそりとした顔で、宙を見ている。

「ああ、飲みすぎた」

「なにやってんだよ、事件が大きく動く前夜に、女幹部と自宅で酔いつぶれるとか。ありえないからな」

六花が欠伸《あくび》をしながらも、きつい口調で言う。

「女をそういう風に追い詰めているのは、男」

懐から白い封筒を出した。辞表とある。敦は飛び上がった。

「なにこれ、なにどういうこと。六花、なんで刑事辞めるんだよ！」

「私のじゃない。琴さんの」

敦は息をするのも忘れ、辞表を見る。やっと決断してくれたか、とため息が出る。

「なんのため息」

「え、いや……。まあ、琴もこれまでよくがんばった──的な」

六花が眉を寄せた。睨《にら》んでいる。なにを言えば女性にとって正解なのか、敦にはわからない。六花が言い放つ。

「救いようがない」

電車が停まる。扉が開いた。

『佐藤』という堂々たる筆遣いの表札が出ていた。ブラウンの外壁に、黒い屋根が重厚感を放つ。母子二人で住むにはかなり大きい、目立つ邸宅だった。

インターホンを何度か押したが、応答はない。新聞を取っている様子はなく、郵便ポストにはDMやチラシ、郵便物が溜まっていた。消印は全て一月十四日以降だ。

六花が隣で手袋をしている。気が早い。玄関のドアノブをひねった。鍵がかかっている。敦は扉を叩く。

「佐藤さーん！　いますかー！」

応答はなく、物音ひとつしない。

「不在か」

「母親、仕事しているんだっけ？」

敦は一度門を出て、邸宅を遠目に見る。

両隣の一軒家を見る。少し聞き込みしてみるか。六花が、佐藤家の庭へ回り、勝手口の先を通って玄関に戻ってきた。目つきが厳しい。敦を手招きする。

「縁側の窓の鍵が開いてた。ぶら下がってる」

「なにが」

「死体。たぶん、母親」

敦は捜査本部に一報を入れた。琴音が電話に出た。辞表を書いたとは思えないほど、妻の声はしゃきっとしている。

「すぐ鑑識をやる。とりあえず中に入って、死体が佐藤茜かどうか、確認を」

敦は電話を切った。縁側でヘアキャップ、シューカバー、手袋を装着する。六花が先に中に入った。縁側に面した、八畳ほどの和室だった。隣はリビングルームか、ソファや大型テレビがある。

死体は、和室とリビングを隔てる梁《はり》にぶら下がっていた。真冬の寒さのせいか、さほど腐敗は進んでいない。臭いもあまりしなかった。死体は留め袖に羽織を着ている。宙にぶらつく足は、足袋《たび》を履いていた。髪は後ろでまとめ、べっ甲のかんざしで飾られていた。

「普段からこんな恰好《かっこう》だったのかな」

「梨園《りえん》の妻として死にたかったんじゃないの」

六花が突き放したように言う。敦は背伸びして、皮膚が露出している手や顔面を観察する。郵便物の消印から死後二週間以上経っていると推測できる。死斑《しはん》はもう出ていない。頬が落ちくぼみ、ビビアン・リーの面影は全くない。

六花が死体の横を抜けて、リビングに入った。ガラステーブルにあったメモを敦に示す。

「遺書みたい」

二人で文面を覗き込んだ。

息子がしたこと、大変申し訳ありませんでした。育て方を間違えました。死んでお詫びいたします。　佐藤茜　令和二年一月十四日家に戻らぬ子供、二丁目無差別殺傷事件、そして伝えられる、犯人の特徴。我が子が起こした事件と気づいたのだろう。

六花が歯ぎしりする。

「まだ認めない。娘だって」

敦は二階を確認することにした。遺留品の他、不審な痕跡《こんせき》がないか留意しながら、二階へ上がる。階段の壁に、額縁に入れられた写真が何枚も飾られていた。大判に引き伸ばされたスナップ写真から、写真店で撮ったと思《おぼ》しきものまである。

『文成　生後百日お食い初《ぞ》め』と仰々しく筆文字でタイトルづけされた額縁を見る。和服姿の大坂雪蔵が、我が子を抱く。『文成』は紺地に金色の刺繍《ししゅう》が施された着物を着せられている。隣で微笑む茜は幸せそうだ。彼女は浅葱《あさぎ》色の着物姿で、日本髪を結っている。五十人ほどの人が、丹後屋の家督を継ぐ『文成』を囲んでいる。見覚えのある歌舞伎役者が何人もいた。

七五三の写真の『文成』はふくれっ面だ。男児の着物を着せられて嫌だったに違いない。目が少し赤い。女の子の着物が着たい、と泣いたのではないか。

七歳ごろか、日本舞踊の稽古《けいこ》中のスナップもあった。羽織はかま姿で扇子《せんす》を持つ。父親からメイクされている写真に目が行った。雪蔵はすでににりりしい隈取《くまど》りのメイクをしていて、あとはカツラをかぶるだけといった様子だ。真剣な面持ちで、我が子の唇に紅を塗っている。『文成』は一心に父親を見つめている。紅をつけられて嬉しいのか、父親への敬慕なのか。

敦は父と子を直視するのが辛くなってきた。階段をあがりきる。

二階には部屋が三つあった。うちひとつは、若者の部屋のような雰囲気があった。『文成』の部屋だろうか——。

なんともちぐはぐな空気が漂う部屋だった。

窓辺に観葉植物とテディベアが飾られている。だが、カーテンは濃紺色の地味なものだった。ベッドカバーは青と水色のストライプ模様なのに、枕カバーはカラフルな花柄だった。

ベッド脇のデスクは、どこかの社長室にでもありそうな、重厚なカリモク製品だ。男性的で力強いフォルムのデスクなのに、色とりどりのマニキュアが並んでいる。

デスクの上に、手のひらサイズのメモ帳が置いてあった。水濡れしたのか全体的に歪《ゆが》み、ページが浮いている。中にはコーヒーのレシピが絵と文で記されていた。ラテのときはこう、モカのときはなにをトッピングするのか等、記してある。

カフェでアルバイトでもしていたのだろうか。『文成』が仕事熱心だった様子が窺《うかが》える。

デスクの足元に、写真がコラージュされたコルクボードが立てかけてあった。海をバックに、『文成』がVサインして笑う写真に目が行く。艶《つや》やかな長い髪が風になびいていた。メイクは濃いめだ。頬紅と口紅が浮いて見える。すっぴんの方がきっときれいだったはずだ。自分の体に残る男性のシンボルを意識して、つい、厚塗りになってしまったのかもしれない。

敦はZEROでの彼女の最期を、見届けている。「ふうーっ」と長いため息をついていた。あの時、悲しく揺れた空気の振動を、耳元にまた、感じる。

昔の彼女は、事件当時の坊主にスーツとは、あまりにかけ離れた姿だった。防犯カメラ映像を公開したところで、全く情報が集まらなかったわけだ。

ファッション雑誌が何冊か並んでいる。ヘアカタログのようなものもあった。ふせんが貼ってある。敦はページを捲《めく》ってみた。

〈成人式のヘアメイクはこれで決まり！〉

無差別殺傷事件は、成人式の夜に起こった事件だった。

サチエは仕立てたスーツを着ていたが……。

敦はクローゼットを開けた。ワンピース、スカート、ブラウスなど、女性の衣類がつり下がっている。男物のスラックスやジャージもあるが、タグがついたまま脇に追いやられていた。母親が買ってきた衣類を、拒絶していたのだろう。

この部屋はどこもかしこも、母の意思と『文成』の意思が、せめぎ合っている。

床に、細長く平べったい段ボール箱があった。『佐藤サチエ様』宛ての宅配便の伝票がついていた。送り主は、横浜市内の呉服店だ。敦は箱をクローゼットから取り出し、蓋を開けた。

草履《ぞうり》や手提げ、かんざしなどが付属され箱の中に入っている。たとう紙に包まれた振袖が下にあった。敦は紐《ひも》を解き、たとう紙を開いた。

色鮮やかな生地と柄が目に飛び込んでくる。ターコイズブルーの地色に、梅、椿《つばき》、菊の花がめいっぱい咲き乱れる。プリントされた柄で、刺繍などの装飾はない。成人式に着用する振袖にしては安っぽくみえた。それでも、二、三十万円はしただろう。

自力で購入したのか、と敦は想像した。あの母親が、振袖を買ってやったはずがない。むしろ、勝手にスーツを仕立てていた。それが、テーラーフジワラのタグのついたあのサイズの合わないスーツだったのだ。

サチエは振袖を着たかった。頑張ってカフェでアルバイトをして、振袖購入資金を貯めた。やっと手に入れ、成人式当日を楽しみにしていたのではないか。

「あっくん」

階下から、六花の声が聞こえる。敦は振袖を仕舞わず、廊下に出た。あれは事件と直接関係する遺留品ではないが、鑑識に写真を撮ってほしかった。捜査資料の中に、事件の一部として、残すべきものだ。

階段を下りる。六花は階段のすぐ脇にある扉から、手招きしている。脱衣所と浴室のようだ。敦は脱衣所に入る。六花が、浴室の扉を開けた。

浴室はとても――とても、寒かった。壁も床もタイル張りだ。湯船は空っぽで浴槽も冷たく沈黙している。清潔そうなのに、もう何十年も生きたものが入っていないような、ある種の廃墟《はいきょ》に見えた。

洗い場の床に、黒い髪の毛が散らばっていた。長さが三十センチ以上はある。束になって落ちているものもあれば、こんもりと積もった細かい毛髪もある。

毛が絡みついたバリカンと、刃の隙間に髪の毛が引っかかったハサミが、落ちていた。

＊

琴音は受話器を置いた。

六花から報告を受けたところだ。事件当日の母子の修羅場を、想像する。悪寒が走った。

琴音はテーラーフジワラの電話番号を押した。店主の藤原が電話に出る。琴音が名乗ると、面倒そうなため息が聞こえてきた。

「また例の、リニツィオのスーツの件ですか」

「購入者がわかりそうなんです。もう少々お付き合いいただけますか」

返事を待たず、続ける。

「恐らく、購入者は佐藤茜という五十歳の女性だったと思うんです。きれいな女性です。ビビアン・リーによく似た……」

店主はしばらく黙っていた。やがて、膝を叩くような音がした。

「ああ――もしかしてあの奥さんか」

「覚えがあるんですね」

「いやいや。どちらかというと、幸薄そうな……。ビビアン・リーみたいな華やかさはなかったよ。陰があるというか。死んだ息子のためにスーツを仕立てたいと言うんだから」

死んだ息子――琴音は絶句した。

「息子さんは十五歳の時に、事故で夭折《ようせつ》したとね」

琴音は強く目を閉じた。スーツの採寸に行くのを拒否したであろうサチエに、どうしてもスーツを着せたかったのか。母親の凄《すさ》まじい執念を感じる。

「生きていたら成人で、仏壇の横に飾ってやりたいというから、特別に引き受けたんです」

「佐藤の刺繍をした覚えは？」

「うん、したかな。十五歳当時の体格を聞いて。身長と体重だけですけどね。その情報だけで仕立てたんですよ」

それにしてはサイズが合わなすぎだ。

「どれくらいの身長、体重を伝えられたか、覚えてますか？」

「ちょっと待って。カルテがあるはず」

カルテがあったのか、と琴音はしばし、額に手をやる。つい疑ってしまう。

「まさか、隠していたんですか」

「死人だよ、リピーターになることはないでしょう。だから刑事さんたちが調べていったあの顧客棚にしまうはずない。納品後、即、倉庫行きだよ」

ずいぶん回り道をさせられたが、藤原の言い分は筋が通っている。しばらくの保留音の後、電話口に藤原が戻ってきた。

「ありました。名前は佐藤龍之介君ってなってますよ」

襲名するはずだった名前だ。

「リニツィオのクイニアンを使っています。身長が一八〇センチ、体重六十五キロという申告でしたよ」

サチエの身長は一七三センチ、体重は五十八キロだ。

この大きな誤差はなんだろう。

母の願い、だろうか。

歌舞伎という伝統を継ぐ立派な男性になって欲しいという……。

その叶《かな》いようもない願いが、母親の認知を歪ませた。サチエが、男のように大きく見えたのだろうか。母親には、大男が女装しているようにしか見えなかったのかもしれない。だからこそ、成人式にサチエを風呂に引きずり込み、丸坊主にさせるという暴挙に出られた。

琴音は電話を切った。福井管理官に報告する。事件は収束したが、本当にこれで終わりなのか。本当に糾弾するべき人物が別にいる、という心残りが琴音にはあった。

福井管理官は一通の書類を手元に寄せた。

「公安三課からだ」

いまさら公安三課、と琴音は眉を顰《ひそ》める。

「忘れたか。『日本桜の会』」

「覚えてますが……。いまとなっては、ただのいたずらですよね」

「ネットの書き込みのIPアドレスが判明していたが、上からストップがかかっていた」

琴音は目を剝《む》いた。反論を聞きたくないのか、福井がいっきにまくしたてる。

「大物だから、時期を見極めろと。見極めているうちに、繫がった」

書類を見た。IPアドレスからわかった、投稿した人物の自宅住所が記されていた。

渋谷区松濤《しょうとう》。世帯主、佐藤靖之。

大坂雪蔵の本名とその自宅だ。世帯員の氏名を見た琴音は、絶句した。

都道304号沿い、銀座の高層ビルに囲まれた一画に、瓦《かわら》屋根の巨大な日本家屋が見えてきた。銀座四丁目にある歌舞伎座だ。明治に開業した、歌舞伎の一大拠点でもある。漏電による火災や戦火でたびたび焼失し、いまの真新しい建物は五代目らしい。二〇一三年に完成したばかりだ。

琴音は正面玄関に立った。四つの太い柱に支えられた瓦屋根が、緩いカーブを描き左右に広がる。金細工が施され、豪華だ。その下には赤い提灯《ちょうちん》がずらりと並ぶ。紫色の大暖簾《のれん》には座紋が入り、伝統を感じさせる。

琴音の懐には家宅捜索令状がある。

新宿二丁目の飲食店に対する、威力業務妨害容疑だ。

本当は、無差別殺傷事件の犯人としてワッパを掛けてやりたいほどだった。

直接の犯人は、佐藤サチエで間違いない。だが彼女をそこまで追い詰めたのは、母親の茜だ。茜にそうさせたのは大坂雪蔵なのだ。第一子の性自認を認め、女の子として丹後屋で育てればよかった。歌舞伎一家に生まれた女の子にも役割と活躍の場がある。子供の性自認を認めないばかりか母子共に放り出して、愛人を正妻の座に据えその子を跡継ぎにさせるなど、あまりに身勝手だ。

だが伝統芸能一家では許される。茜とサチエが家を追われたのは十年ほど前だが、大坂雪蔵の離婚や再婚を糾弾するマスコミはなかった。梨園ではよくある話と見たのだろう。大坂雪蔵はテレビや映画には殆《ほとん》ど出ない。知名度が高くないことも手伝った。

大坂雪蔵の渋谷区松濤の自宅にも捜査員が飛んでいる。雪蔵はいま『壽《ことぶき》 初春大歌舞伎』公演昼の部の舞台に立っている。琴音は彼に接触するため、歌舞伎座にやってきた。

隣に、六花が立つ。雪蔵との接触には彼女が必要だという直感があったのだ。

ロビーにはチケットがないと入れない。琴音は警察手帳を示し、事情を話して中に入れてもらった。

「歌舞伎に詳しいんだよね？」

六花に尋ねた。

「琴さんは？」

「全く。見たこともない。でも基礎知識だけは詰め込んできた」

いまは昼の部の演目の真っ最中で、終わるのは十五時半、あと三十分ほどある。琴音はいま行われている演目の看板を見た。

『京鹿子娘道成寺《きょうかのこむすめどうじょうじ》』

大坂雪蔵はこの主人公である白拍子花子《しらびょうしはなこ》を演じている。この演目は『所作物《しょさもの》』という、舞踊を見せる歌舞伎の中で、大作と呼ばれる有名作品らしい。

大坂雪蔵は代々、男役である立役《たちやく》も女形《おんながた》も、両方器用に演じてきた。夜の部では『連獅子』だ。隈取りメイクの立役で舞台に立つ。息子と共に。

伝統的なつくりになっている大広間を、琴音は六花と見上げる。漆塗りで赤茶色に輝く幾本もの柱に括《くく》りつけられたたくさんのぼんぼりが、淡い光を放つ。公演の真っ最中なので、人が少ない。琴音は、暇そうにしている案内役の女性に声をかけた。

六花が写真を見せる。茜がまだ梨園の妻だったころのものだ。昔の歌舞伎座のロビーで、客の出迎えをしていた。自宅の梁からぶら下がっていたときと、同じ着物姿だった。

「すみません。この女性、ご存じです？」

女性は首を傾《かし》げた。

「さあ。どなたです」

茜とサチエが梨園を追い出されてから九年、もう忘れ去られている。拡声器を持った案内係の男性が近づいてきた。六花が写真を見せると、少し眉を顰めた。

「ああ――。前の奥様ですね」

この男性の方が詳しそうだ。琴音は尋ねる。

「いま舞台に上がっている大坂雪蔵氏ですが、最近の調子はどうでしょう」

男性に変な顔をされた。琴音は訊き方を変える。

「一月十四日以降、大坂氏に変化はなかったですか。気分が落ち込んでいるようだとか、セリフをとちったとか」

「私は演目を見ませんし、役者さんとお話をする機会もありませんので」

男性が首を横に振った。六花が口を出す。

「息子はどうです。十六代目、大坂龍之介」

相手はただ首をひねる。

「一代前の龍之介君についてはどうでしょう」

琴音は質問を重ねた。男性は困惑顔だ。

「前の奥様の……ということですか。十一歳で梨園を出た」

琴音は六花とそろって頷いた。男性が遠慮がちに説明する。

「迫るものがない、やる気がないとお客様からも散々でしたね……体型や雰囲気が女形向きで、いい線を持っていると期待されていたんですがねぇ」

雪蔵が女形の芸を体得するまで、どれほどの苦労があったか、という話が始まった。

「雪蔵さんは体が大きいでしょう。一八三センチで体重も八十キロ近い。手足が長くて、胸板も厚い。立役のときは非常に映えるんですが、なにせ振袖や留め袖姿がとんと似合わない」

雪蔵は体が大きいがために、手足の隅々にまで意識が行き届かない。雑な踊りだ、指先が下品だと若いころは散々な言われようだったらしい。

「ようは、指先、足先、爪の先まで意識が届かず、持て余してしまうんですよね。克服するのに大変な努力を重ね、乳房がある女性の仕草を体得したいと、日常生活でブラジャーに詰め物して過ごしてたほど、熱心で」

ブラジャーは芸を磨くためで、性癖などではなかったようだ。

話すうちに記憶が蘇《よみがえ》ったのか「そういえば」と案内係の男性が手を打つ。

「附打《つけうち》の方が、数日前にこんな話をしていました。見得《みえ》の大事なところで、ここのところ雪蔵さんとタイミングが合わないと」

訳がわからない琴音に、六花が説明をしてくれた。附打とは、柝《き》と呼ばれる拍子木を打ったり、床に打ち付けたりして出す効果音のことだという。走るシーンに疾走感を出したり、役者が見得を切るクライマックスを盛り上げるものだ。

六花の説明を待ち、男性案内役が話す。

「白拍子花子が最後、鐘に登り大蛇になって、見得を切って幕となるんですがね。附打とタイミングが合わない。柝の音はその日の天気でも変わる繊細なもので、役者さんの体調や心境の変化でもズレちゃうんですよ」

「ズレが始まったのは、いつごろですか」

「中旬ごろからと聞きましたよ。それで、附打さんが、雪蔵さんの体調を心配されてましてね」

二丁目の殺傷事件は十四日、中旬の出来事だ――。

六花が琴音に提案する。

「一幕見席で様子を見てみようか」

公演の一部のみ見られる席が四階にあるらしい。琴音は一幕見席のチケットを二枚買った。四階直通のエレベーターに乗り込む。

「京鹿子娘道成寺……どんな話なの」

琴音の問いに、六花は端的に説明する。

「紀州《きしゅう》道成寺の関連話。安珍《あんちん》と清姫《きよひめ》の」

熊野詣《くまのもうで》の僧侶の安珍に清姫がひと目惚《ぼ》れして、二人は結婚の約束をする。だが安珍は修行の妨げになる、と約束を破った。清姫は怒り狂って大蛇になり、安珍を追いかけていく――。琴音は古文の授業で習った覚えがある。

「清姫のストーカー話ってことね。もう千年以上前の話なのに、現代にも通じる」

女性が色恋沙汰で狂気に走り、男を傷つけた事件を、琴音も刑事として見聞きしてきた。

「さすがに大蛇には変身しないけど」

「人が人を殺す。その時点でもう人じゃなくて、怪物だってことだよ」

悟ったように言う六花の横顔に、琴音は魅せられた。子供なのか、経験を重ねた大人なのか。一昨日の晩、琴音はワインで飲んだくれ、いつの間にか眠ってしまった。目覚めたら、虎太郎のベッドで寝ていた。昨日は一日中本部にいた琴音と、現場にいた六花は、顔を合わせることがなかった。

エレベーターの中で、琴音は尋ねる。

「おととい、いつの間に帰ったの」

六花は、困ったように琴音を見上げた。

「これから捜査だよ」

口角をニヒルに上げて、なにかを揶揄《やゆ》するように、咎《とが》める。

一幕見席専用入口から中に入った。三列ほどしかない一幕見席は外国人観光客が占めていた。琴音と六花は立見席から舞台を見た。

白塗りの女が体中の関節を悩まし気にくねらせながら、踊る。

「色っぽい……。あれが大坂雪蔵？」

琴音は目を見張った。あの物腰はどう見ても女だ。いや、リアルな女を超えている。

舞台からかなり離れた席なので、顔の細部はわからない。それでも琴音は、自分に向けて白拍子花子から流し目を送られているような錯覚を覚える。

雪蔵が青紫色の羽織を脱いだ。金糸の刺繍が振袖に施されていて、照明できらきらと光る。会場から拍手が起こった。見せ場か、囃子方《はやしかた》たちも高い声で長唄を歌い上げる。太鼓や笛も盛り上げた。

舞台下手《しもて》の天井近くに、巨大な吊り鐘がぶら下がっている。六花がそれを指さした。

「安珍は、吊り鐘の中に隠れて難を逃れた」

「安珍はどこにいるの」

「この舞台では出てこないの。これは安珍と清姫の物語から派生した物語のひとつ」

白拍子花子は大蛇となった清姫の生まれ変わり、またはその怨念《おんねん》が乗りうつっているという設定らしい。

「踊るうちに安珍を隠した吊り鐘への恨みを思い出す——というわけ」

三味線《しゃみせん》や太鼓を奏でるテンポが速くなっていく。琴音はなぜか心拍数が上がっていた。

白拍子花子の踊りが激しくなっていく。何度も何度もその目が、吊り鐘を捉える。最初はあでやかに見えた踊りも、いまはその手つき、足さばき、袖を振る仕草から、凄まじい怒りが伝わってくる。舞台から遠くはなれた一幕見席までも、かんざしの垂れがギラギラと鳴る不協和音が聞こえる。琴音は落ち着かない気持ちになった。

白拍子花子が吊り鐘の下に、入った。

鐘を吊るしていた紅白縄が、するすると動く。吊り鐘が、落ちた。白拍子花子の姿が隠れる。

長唄の調子が変わった。笛が主役だ。一定のリズムと調子を繰り返すのだが、音が外れているかのような不愉快な合奏だった。人の心の底にある不安や焦燥を掻き立てる音、調子なのだ。

琴音は足踏みしてしまうほど、心がざわついた。

これから怪物が現れる。音色の不気味さで、琴音の体がそれを察する。背筋が寒くなっていく。

怪物。

お母さん。

最後に、自宅の玄関で見た母の顔が蘇る。蛇みたいに見えた。なにを言われたのか、はっきり思い出せずにいる。その直後に命を失った母の屍《しかばね》を前に、思考停止したまま……。

太鼓が笛のリズムに合わせて叩かれ、場内は張りつめていく。曲の盛り上がりが頂点に達する。

吊り鐘の上部に、ぬっと、人影が現れた。鮮血を連想させる赤の羽織を身にまとった、白拍子花子だ。吊り鐘にまとわりつくようにして登り詰める。目つき、表情、仕草、全てに粘着質な感情が見える。愛する人を隠してしまった、吊り鐘に対する憎しみだ。やがて赤い羽織も脱ぎ捨てた。振袖が翻るたびに、銀色の模様が反射し不気味に光る。蛇を連想させる、鱗《うろこ》模様だった。

大蛇が、空を睨む。

『あんたなんか、産まなきゃよかった。不幸が広がるだけ！ あんたがキャリアという名のエゴのために、夫と息子の人生ごと、お母さんの人生も、台無しにしていくのよ！』

柝の音がカン、とひとつ鳴る。

琴音は気が付いた。左右の耳の後ろに琴音がぶら下げているのは、蛇だった。


十五時半、琴音は六花と歌舞伎座の裏側にある、楽屋口を抜けた。

雪蔵のいる楽屋は一階のエレベーターのすぐ目の前にあった。中奈落、大奈落へと通じる場所から最も近い楽屋だ。

琴音は腕をぐいと引かれた。六花が心配そうに琴音を見ている。

「ねえ――」

「大丈夫」

心配される前に、遮った。六花が見抜いていることを、琴音も察している。

「まずはワッパ。決着つけるよ、六花」

「……わかった」

引き戸の扉が開いていた。畳敷きの広々とした楽屋が見える。

雪蔵は付き人に、銀色の鱗模様が入った着物を脱がせてもらっているところだった。近くで見るとそれは銀色の三角形が並ぶシンプルな模様だった。雪蔵が身にまとい情念深く踊れば、蛇に見える。蛇に見えたから、鱗模様に見えたのだ。伝統芸能を体得した者は、衣装の模様ですら観客を見まがわせる。

雪蔵はカツラを取っていた。楽屋の並びにある床山《とこやま》で外してきたのだろう。鏡越しに目が合う。琴音は六花と共に、警察手帳を示した。

「お待ちください」

澄んだ声をしている。還暦間近の男性とは思えない。刑事が来たことにあまり驚きが感じられないのは、その襲来を予見していたからか。なにが来ても動じない性格か。

着物を脱がされた雪蔵は、長襦袢《ながじゅばん》姿になった。付き人が別の着物を着せる。紺色のそれは、前身ごろに役者個人を表す紋が入っていた。五本の線を基調とした格子柄で、格子の中にひらがなの『へ』のような模様が入る。五本線は降り注ぐ雪を表し、への字は建物の屋根で、蔵を表現しているらしかった。『大坂雪蔵』を襲名した者しか着用できないこの着物は、二百年前の十代目大坂雪蔵のころから、同じ呉服屋で仕立てられているものだと聞いた。

着物ひとつにも重い『伝統』を背負う雪蔵が、素早くメイクを落とす。白塗りと、目尻に甘く差した朱の下から、肌色が浮かび上がってくる。雪蔵は付き人に座布団と茶を出すよう、指示した。琴音は座布団の上でかしこまりながら、尋ねる。

「佐藤サチエさんについてお話を伺いたく、参ったのですが」

雪蔵は蒸しタオルで顔を拭《ぬぐ》い、こちらを見た。眉を剃《そ》り落としているが、チンピラやヤクザのようには見えない。

「どなたか存じ上げません」

立役者然とした調子で雪蔵は答えた。時計を見る。

「あと一時間もしないうちに夜の部が始まります。できれば十分ほどで切り上げたいのですが」

「夜の部の出演ができれば、の話ですよね」

六花が思い切ったことを言う。雪蔵が目を眇《すが》めた。

「端的に言います。あなたの娘さんが、殺人事件を起こしました」

「私に娘はいません」

「その頑《かたく》なな態度が彼女とその母親を追い詰め、新宿二丁目の無差別殺傷事件につながった」

雪蔵は尻を基点にくるりと後ろを向く。やっと琴音たちに向き直ったが、目を合わせようとしない。引き出しからティッシュを一枚抜いて、洟《はな》をかんだ。琴音は問う。

「──ご存じだったのでは」

「周囲は無責任です」

唐突に、雪蔵は言った。

「あの子の性自認が女とわかっていたら、男性器の形成手術に莫大《ばくだい》な金をつぎ込みません。一千万円でしたか、かかりました」

「金を使ったから、本人の性自認はそれに合わせるべきだと言うんですか」

「あの子は江戸時代から続く丹後屋の長男として生まれてきた。宿命というのがあります。それに従うのは当然のこと。私だって友達とろくに遊べず、父親に殴られ、抱きしめてもらうこともなく、芸事に励んできた。宿命――」

「あんたの宿命なんか知らない」

六花が切り捨てた。

「でもサチエさんは、文成じゃなかったし、宿命なんかに性別を決められる筋合いはない」

「他人はどうとでも言えます」

雪蔵が、琴音と六花を交互に見る。

「私はサチエという女性を知りません。私が知っているのは文成という息子だけです」

「なぜ未《いま》だに認めないんですか、女だと」

「女になりたいなんて思うから、倒錯して頭がおかしくなって人を殺した！」

「知っていたんですね」

六花が指摘し、咳払いをひとつ、はさむ。

「二丁目で無差別殺傷事件を起こしたのが、我が子だと」

雪蔵は開き直った。

「そりゃわかります。犯人の特徴、報道されたでしょう。眉の上の古傷——あれは文成が三歳のとき、三味線の稽古に精進しないので、私が殴ってついた傷です」

バチで顔を殴ったようだ。眉毛の上の皮膚がパックリと割れ、サチエは三針縫ったらしい。いまなら逮捕か児童相談所への通報案件だが、伝統芸能という特殊な世界だけに、許されてきた。

雪蔵が続ける。

「それに、スーツに『佐藤』という苗字の刺繍が入っていたことも。リニツィオ・デラ・ストリアのクイニアンの生地でしたか——。テーラーフジワラで仕立てたのでは？あそこは歌舞伎座のすぐ裏手にある。私の父の代から御用達《ごようたし》の店です」

被害者、小沢静乃の顔写真がテレビで報道されたのが決定打だったようだ。

「最初は、文成の嫉妬と怒りが動機だと思っていました。LGBTとかなんとかの、自由で陽気に生きる二丁目の人たちへの——。けれど唯一の死者である女性の顔を見て、合点がいった。恐らく文成は、母親を殺したかったのだろう、と」

雪蔵は不愉快そうに一口茶を飲む。

「殺人鬼を育てた責任を問うなら、私ではなく茜に。私は十一歳までの文成に責任を持っていただけだ。親権は放棄した。養育費は全額一括で支払い済みだ。親としての責任は茜に――」

琴音は遮った。

「彼女は責任を全うしたと言えます。方法は間違えていますが」

雪蔵が眉をひくりと動かした。六花も琴音も、それ以上は言わなかった。雪蔵がため息をつく。

「――死にましたか」

雪蔵が耳の上を掻く。いつまでも掻き続ける。ようやく、口を開いた。

「日本はひどい社会だ。子がなにか不祥事を起こすと必ず親を引きずり出し、マスコミのカメラの前で土下座させる。あなた方は私にそれを望んでいるんですか」

六花がぴしゃりと言う。

「違います。ここまでは前置きです。先の件にかかる威力業務妨害の捜査に来ています」

お父さん、と背後から声がした。学校の制服姿の、長身の少年が立っていた。

十六代目大坂龍之介だ。学校を終え、急いで帰ってきたのだろう。親子は夜の部の二幕目で、『連獅子』を披露する。

「あの――この方たちは」

追い払おうとした雪蔵を、六花が制した。

「ちょうどよかった。君も座ってくれる？」

龍之介が父親の顔色を窺う。その上目遣いに琴音はデジャヴを覚える。大和市の自宅から押収された佐藤サチエの写真を思い出す。腹違いの姉弟《きょうだい》は、よく似ていた。二人とも、父親似なのだ。

琴音は父親の方に令状を出す。

「一月十四日、ＳＮＳ上にて『日本桜の会』を名乗る極右暴力集団を標榜《ひょうぼう》する組織が、新宿二丁目無差別殺傷事件の犯行声明を出しました。続けて、他の店舗に対して今後も攻撃を続ける旨、投稿しています。これにより新宿二丁目のいくつもの店舗が休業を余儀なくされました。従ってこの投稿をした者を威力業務妨害の疑いで捜査、立件することとしました」

雪蔵は腕を組み、聞き入っている。表情に変化はない。琴音は、龍之介を見た。

「捜査の結果、件《くだん》の投稿は、渋谷区松濤の佐藤靖之氏宅のＩＰアドレスから発信されたものと判明しました」

雪蔵が目を丸くして、龍之介を見た。初めて雪蔵の無防備な表情が出た。

琴音は立ち上がり、まだ成長しきっていない少年を、本名で呼んだ。

「第十六代大坂龍之介こと、佐藤文成君」

六花がぎょっとした様子で、琴音を見る。彼女にはまだ、佐藤靖之一家の住民票を見せていなかった。先妻の子も後妻の子も同じ『文成』という名前をつけられている、と……。

顔を歪めた六花が、もう一人の文成に尋ねる。

「君が書き込んだの？」

婚外子として生を享《う》け、本妻の子と同じ名前をつけられたその少年は、うなだれ、父親の顔色ばかりを見る。

雪蔵の顔がみるみる赤くなっていく。

「文成！　本当なのか！」

拳を握り、立ち上がる。途端に文成は、ひれ伏した。土下座する。

「ごめんなさい、でも、お父さんが……ニュースを見て、これで丹後屋も終わりだと呟いてらっしゃったので、これは、僕がなんとかしないと、歴史ある丹後屋がついえてしまうと――」

それでこの少年はあの事件をテロと見せかけることにしたようだ。警察がもう一人の『佐藤文成』にたどり着くのを妨害するため、架空の右翼団体を名乗って犯行声明を出した。

「ばかもんっ」

雪蔵は息子の前に立ちふさがる。咄嗟《とっさ》に文成が頭頂部を両手で守る。父親の拳が振りあげられた。六花がその腕をつかんだ。

「息子に対する虐待容疑であんたも立件してやろうか？」

「これは虐待ではない。躾《しつけ》であり、十七代続く大坂雪蔵の、丹後屋の……！」

「そんなんどうだっていい！」

「私にとっては人生だ！　丹後屋を継ぎ、それを次世代へつなげることこそが……！」

雪蔵が腕を振り払った。声を裏返し、嘆く。

「どうしてだッ……！　なんで私の息子たちに限って、身も心も、出来損ないばっかりなんだ！」

六花が激高した様子でなにか言おうとする。琴音は止めた。代わりに、雪蔵に問う。

「あなた、保険をかけていたんですね」

なぜ、外にできた子供にまで、文成という名前をつけたのか。

「彼が生まれた時点で、まだサチエさんは五歳ですよね。ここで丹後屋の跡取りとして頑張っていたときです。なぜ愛人の子に跡取りと同じ名前をつけたんです？」

雪蔵が目を逸らした。

「愛人に同じ名前の男児を産ませることで、保険をかけていた。インターセックスとして生まれた最初の『文成』の性自認が女性である可能性を医者から指摘されても、男として育てることにした。女形をやるには有利になるかもしれない、と計算したんじゃないですか？」

雪蔵は口を引き結んだままだ。

「性自認が女の男児なら、歌舞伎界の新たな女形として、進化と発展が見られるかもしれない。あなたは体が大きいことで、女形をやる上で苦労したと聞きました。線が細くそもそもが女性の形質を持っていたサチエさんに、期待をかけていた」

一方で、不安もあっただろう。舞台上は女形で光ることができても、日常生活で、男しかなれない歌舞伎役者として生きることができるか――。

「だから、うまくいかなかったときのために、あなたはスペアを用意したんですよね」

愛人との間に子供を作って同じ名前をつけることで。

琴音は言葉を切り、鋭く切り込んだ。

「出来損ないは、あなたです」


二月上旬、歌舞伎町のホテルで起こった母親殺しの捜査本部は、解散となった。犯人の中尾尚人は現在、家庭裁判所で審理の真っ最中だ。

新宿二丁目無差別殺傷事件も、終結した。警察は犯人の素性を公表した。

戸籍名、佐藤文成。通称はサチエ。

発表された動機は「母親との確執」というシンプルなものだった。具体的に、と記者連中から質問が相次いだ。捜査一課長はこう答えた。

「犯人が性的マイノリティであったとは思いません。そもそもの戸籍が間違えていたというひとことに尽きるかと思います。そのあたりは個人情報にあたるため、控えさせていただきます」

奥歯にものが挟まったような言い方だったが、警察がこれ以上の詳細を公表するのは道義的にも困難だった。あとはマスコミがどう報じ、世間がどう受け取るのか、警察は見守るのみだ。

　意外なところで動きがあった。

　新宿区議会議員の須川正美が新聞にコラムを寄稿した。無差別殺傷事件の犯人がインターセックスだったことを記したのだ。梨園の血を引くことも、暴露した。

『みなさまに当事者の苦しみを伝えることが、サチエさんの意思だと私は信じています。これを公表しない警察は、ひどい事なかれ主義です』

　世間は大騒ぎになった。事件直後のようにマスコミは連日報道し、新宿二丁目や歌舞伎座に記者が押しかけるようになった。

　そもそも須川正美のある種のアウティングは許されるのか。賛否両論だった。警察がインターセックスを公表すべきだったという意見もある。犯人が性的マイノリティだったということに人々が過剰反応しすぎている、という意見もあった。

　須川の知名度は格段にあがった。新宿二丁目の代表のような顔で、ワイドショーや報道番組のコメンテーターとして意見する。

　日本桜の会の事件については、犯人が未成年だったために不起訴処分で終わったことを公表している。警察は丹後屋の〝た〟の字も出さなかったが、須川のコラムで丹後屋の内情が告発された。

　十六代目大坂龍之介が捜査妨害のため日本桜の会として犯行声明を出したことは、週刊誌が突き止め、すっぱ抜いた。

二つの事件の犯人の父親として、大坂雪蔵は槍玉にあげられた。

記者会見を開き、頭を下げた。これまでも梨園の人間が関連した事件はあるが、無差別殺傷は例がない。大坂雪蔵は廃業を表明した。大坂雪蔵という名は十七代で、大坂龍之介も十六代で途絶えることになった。

どんな卑怯《ひきょう》な手を使っても、三百年の伝統を守ろうとした結果、雪蔵は自らの手でその伝統を絶つことになったのだ。

この事態に再び議論が巻き起こった。

三百年続いた『大坂雪蔵』という伝統に、こんな形で終止符が打たれていいのか。

「たかだか元風俗嬢ひとりが殺されたくらいで」

小沢静乃の命と、大坂雪蔵の名を天秤《てんびん》にかける人まで現れた。事件直後は被害者への同情から明るみに出ることがなかった静乃の経歴が、次々とネット上で暴露されていく。

十三歳で家出、十四歳で売春、東京に出てからはアダルトビデオに出演したこともある。当時の動画や画像が掘り起こされ、垂れ流しにされた。卑猥《ひわい》な恰好で男たちに足を開き喘《あえ》ぐ静乃と、歌舞伎という日本が誇る伝統の舞台に立つ女形の雪蔵の姿を並べる画像も多く出回った。

『守るべきものはどちらか』

須川正美が反論する。左派議員らも議論に参戦し、個の平等を訴えた。個の命に勝る伝統などない、と。

これに保守層や極右が嚙みついた。ターゲットは『二丁目』だ。平和だった新宿二丁目界隈で、彼らがデモや集会の申請をするようになった。少人数が勝手に集まって拡声器でヘイトスピーチを行ったこともある。まだ大きなトラブルには発展していないが、衝突が起こるのは時間の問題だった。

ネット上では『新日本桜の会』なるアカウントが登場した。誰が先導しているのかまだ判明していない。投稿された呼びかけに応じる形で、数百人規模のデモが新宿で行われている。最初は新宿アルタ前周辺、次は紀伊國屋書店周辺。先週、伊勢丹前周辺には五百人が集まった。

いつ二丁目に入って来てもおかしくない情勢だ。L署の警備課や地域課が巡回を強化しているが、両者が正面衝突したとき、なにが起こるのか。

新宿二丁目無差別殺傷事件は、ネット上で衝突しながらも直接刺激し合うことのなかった両者を、覚醒《かくせい》させたのだ。

二月十四日のバレンタインデーの日、琴音は新宿二丁目を徒歩で巡回していた。各飲食店でバレンタインイベントが行われている。仲通りではドラァグクイーンが籠《かご》に入れたチョコレートを配っていた。

まだ十八時だ。夜になれば二丁目は人々の酔狂の声で溢れるだろう。元来は平和で、歌舞伎町に比べずっと事件の少ない街なのだ。

だが、今日もここでヘイトデモの申請がなされていた。憲法で集会の自由が保障されている以上、警察はデモの申請を理由なく却下することはできない。理由があれば別だ。今日はバレンタインデーということもあり、二丁目の各飲食店ではイベントが行われる。人出が多いのを理由に、L署は申請を却下した。

琴音は二丁目を隅々まで歩いた。デモや嫌がらせの人々が来ている様子はなく、ほっとして、帰路についた。

夫と子供の食事の世話をしたあと、琴音は洗濯物をたたみながら、テレビを見た。雪蔵が涙ながらに廃業を報告する記者会見の映像が、スタジオ背後のモニターに流れる。その前で、須川と保守系の議員がやりあっていた。

「伝統は確かに大切で守るべきものですが、それによって、個の命や人生を投げ出せというのはありえない。またその歪みによって全く無関係の女性が命を落とすにいたった責任を、大坂氏は取ったままでです」

保守の論客が迎え撃つ。

「確かに事件によって無関係の女性が命を落としたのは痛ましいことですが、そもそもこんないかがわしいパーティに出ている時点で危なっかしい。彼女の経歴を見ても、いつ誰に刺されてもおかしくないような狂った人生を送っている」

「それは家庭に問題があったからで――」

「大変な家庭に生まれたとしても、真面目に生きている人はたくさんいますよ。彼女のような人間を、家庭のせいだとして認めてしまうことは、不幸な家庭に生まれても真面目に生きている人々の勤勉さや忍耐を否定することになります」

「否定することにはなりませんし、殺されていい理由にはなりません！」

「事件に巻き込まれても仕方ないような人生を送っていたと私は言いたい。そのために三百年の伝統をここで絶つのはどう考えてもおかしい！」

右か、左か。

琴音は、それどころではなかった。ガラステーブルの引き出しを開ける。琴音の署名、捺印《なついん》が済んだ離婚届が入っている。敦にその意思を示し、親権や養育費の話を進めるつもりだった。揉《も》めたらどの弁護士に相談するのかも決めている。

二十時半、虎太郎が子供部屋にあがり、リビングで夫婦二人きりになった。

琴音はコーヒーを二人分入れ、ソファに向かい合わせに座った。敦は察しているのか、表情が硬い。煙草《たばこ》に火をつけた。普段は換気扇の下でしか吸わない。琴音はキッチンにある灰皿を持ってきて、ガラステーブルの上に置いた。

「今日は優しいな。いつもここで吸うと怒るのに」

琴音は自分のバッグから、煙草を出した。

「自分が吸いたいから」

独身時代に吸っていた銘柄はもう売っていなかった。とりあえず、同じタール量で女性向けのパッケージの煙草を吸っている。

敦が目を丸くした。

「あれ、いつ復活したの」

「先週から署では吸ってたよ」

「へー」

敦は、興味がなさそうだった。

琴音は引き出しに手を掛けた。二階の部屋の扉が開く音がした。

「パパー」

虎太郎の声に、琴音は思わず引き出しを押し返す。ン、と敦が階段の方へ首をもたげながら、答えた。ゲームの話が始まった。

「そこは明日パパが攻略してやるから、もう寝ろよ」

「絶対だよ。明日だよ！」

「おう。明日も早く帰れると思うから」

虎太郎が部屋の扉を閉める音がした。

切り出せなくなってしまった。幸せじゃないのに、逃げられない。この男は琴音を不幸にするだけなのに、琴音の大切な存在が、この男を必要としている。

敦と琴音、二人同時に煙草の煙を吐く。二つの煙は混ざることなく、空気に薄められて、見えなくなる。

そんなものなのよ、琴音、結婚生活なんて。

母の声が聞こえてくるようだ。

我慢しなさい。私も我慢した。琴音、あなたのために——。

むなしくても、憎しみだらけでも。ごくたまにポタリと琴音の胸に落ちる、家族でいることによる『幸福』。この一滴のために、歯を食いしばれ。

三つ編みが。

「なんか、いつかの夜を思い出すね」

琴音はなんとか、場をまとめようとした。敦ともう一度、やり直すために。

「いつかの夜って？」

「声、かわいいねって言ってくれた。警察学校の喫煙所で」

敦は目を逸らし、「ああ」とだけ言う。本当に、苦々しい顔だった。それは、もう二度と琴音をかつてのように愛することはない、と宣言しているようにも見える。

「——嬉しかったんだよ、本当に」

むなしさを絞り出し、琴音は口にする。

「この声、大嫌いだったから。母親にもどうしてそんな煙草焼けしたようなガラガラ声なんだって、小学生のときから言われてた」

声、かわいいね。

警察学校の寮の外にある喫煙所で敦と偶然居合わせ、言われた言葉だ。明け方、個室で勉強していて眠気覚ましに煙草を吸いに出たときのことだった。空は薄紫色、地平線はオレンジで……あの瞬間の言葉を、琴音は空気ごと、大切にしてきた。

かわいい。すっごくかわいい――。

ふいに六花の声と重なる。

琴音ははっとして、敦の顔を見た。敦はびくりと肩を揺らし、目を逸らす。

「――あなたじゃなかったの」

敦は耳の後ろを、ポリポリと掻いた。

「あのさ、何年前の話を」

「ちゃんと答えて。あの時、警察学校の学生棟脇の喫煙所で……」

「だって再会したときさ、俺たちもういい雰囲気だったじゃん。あの状況で、いや、声を誉めたのは俺じゃないし、なんて言えないよ。白けるし」

琴音は沈黙した。敦が、話題を強引に逸らした。最悪の方向に。

「ところでさ、琴。辞表はいつ出すの？」

琴音は目の前の男に、ただ、瞠目《どうもく》した。

電話が鳴る。村下から呼び出しだった。琴音はガラステーブルの引き出しを開け、離婚届を敦に突き出した。敦はひっくり返った。

「え、ちょっとなに。え!? 辞表じゃなくて、離婚届って。俺の妻を辞めたいと。そういうこと？」

琴音は立ち上がった。出動準備だ。夫婦の寝室へ上がり、クローゼットからパンツスーツを出す。敦が追いかけてきた。

「琴！　どこ行くんだよ」

「出動命令。どいて。刑事だから」

琴音はジャケットをはおる動作のうちに敦を蹴散らした。


二十二時になろうとしていた。新宿三丁目駅で下車し、地上に駆け上がる。目の前の光景に、琴音は戦慄《せんりつ》した。右翼の街宣車が軍歌を垂れ流し、御苑大通りをUターンしてくる。二丁目の入口ともいえる花園通りには、旭日旗がはためいていた。

シュプレヒコールがこだまする。

「日本の伝統を、壊すな！」

「日本から出ていけ！」

L署の地域課の警察官数人が、デモ隊の周囲を固め、衝突が起きないように警戒している。警察官が押し戻しているのは野次馬たちだ。みなスマホを突き出し、デモの様子を撮影している。外国人観光客も集っている。迷惑そうな顔をしている者、冷ややかに見ている者、興奮している者、様々だ。

琴音は靖国通りへ回った。仲通りから二丁目に入ることにした。細い路地から怒鳴り合う声が聞こえてきた。

軍歌も近づいてくる。

小型車一台通れるか通れないかの路地を、真っ黒な街宣車が我が物顔で一台、二台、三台と向かってくる。琴音は慌てて道端に退く。背中を建物の外壁にくっつけても、街宣車は琴音の鼻先すれすれを通った。道端に出た看板を、大きなタイヤが破壊していく。

二丁目の中心地である仲通りと花園通りの交差点には、デモ隊の最後尾がいた。先頭は、新宿二郵便局の目の前だ。通せんぼしているのは警察官と私服刑事たちだった。客や店の従業員らは店内に引っ込み、出入口からじっと様子を窺う。目尻の涙を拭う女装男性や、腕を組み合い、デモを睨みつけるレズビアンカップルもいる。スマホで撮影をする外国人観光客もいた。

旭日旗の下で、声明文のようなものを読んでいる男性がいた。紺色のスーツにネクタイを締めている。眉尻が垂れた優しそうな中年男性なのに、目を真っ赤にして、二丁目の人々にヘイトスピーチを浴びせかけている。

なにか言うたびに「そうだ！」「出ていけ！」の掛け声が沸き上がる。二丁目からの反撃、反論は殆どない。彼らはただ無言で、ヘイトの言葉を受け止めていた。

見覚えのある看板が目に入った。

『風俗と共に去りぬ』

静乃の店の前だった。殺傷事件後、店主を失《な》くした店はシャッターが閉め切られたままだ。主催者たちは敢《あ》えて静乃の魂が眠る場所で、ヘイトスピーチをしている。

やめさせなくては。

琴音は私服刑事の群れに入った。L署の警備課長とデモの主催者風の男性が話し込んでいる。隣には村下もいた。琴音は間に割って入った。

「デモ申請は却下したはずです、なぜやめさせないんですか……！」

主催者は六十代くらいの初老の男性だった。琴音を見て、またか、と呆れたため息をつく。

「いまの警官たちは公安条例が頭に入っていないのか？　どの国民にも集団で抗議活動をする権利が保障されている」

「公道での集団示威運動の際は許可が必要です。許可されていませんよね」

「その不許可を不服として我々はデモを強行した。不服とする人々がこれだけ集まったということだ。よく見たまえ！」

主催者の男性は顎《あご》でデモ隊を示す。七割が男性、三割が女性だった。若い女性も多くいる。赤子を抱いている女性までいた。揶揄や高みの見物をしに来ているわけではない。彼らは本気で性的マイノリティを嫌い、憎んでいるのだ。

「まず我々は公安条例の禁止事項に抵触していない。官公庁の業務を妨害していない。危険物を所持していない。交通の妨げにもなっていない。秩序を守っているしゴミを不法投棄したりもしない、ここの連中みたいにな！」

主催者は、電柱の下に積み上げられたゴミの山を指した。ゴミは朝出すルールになっている。収集は八時以降だ。夜間のうちにこうしてゴミが積み上げられてしまうのが、二丁目の日常風景だ。ゴミ出しのルールを守らない飲食店が多く、出されたゴミが客によるゴミ投棄を誘う。朝になると空き缶や煙草の吸い殻、嘔吐《おうと》物までも置き土産にされる。片付けているのは、地元住民と二丁目の飲食店組合に加入している店舗の人間のみだ。

「公衆衛生を守ってないのは、そもそもどこのどいつらだって話でしょう！」

二丁目のゴミ問題を逆手に取って、主催者は主張した。琴音は言い返す。

「夜間のデモや集会は規制されています。夜間の静謐《せいひつ》保持の妨げに――」

「二丁目の夜が静謐なのか？　酒飲んでギャーギャー騒いでるのはどっちだ！」

琴音はそれでも反論した。

「だとしても、こんなひどいスピーチや威嚇はやめるべきで――」

「やめろ」

腕を引かれた。村下だ。彼は顔色ひとつ変えず、静かに言った。

「彼らには、その権利がある」

「人を傷つけていい権利なんか――」

「それでも、自分の意見を公共の場で主張し、集会する自由を憲法は保障している。憎むのも嫌うのも彼らの自由だ」

村下の表情には、苦悶《くもん》も憎しみもない。静かだ。これはもう何十年も村下に対して繰り返されてきたことなのだろう。

マイクを握る男性が、涙ながらに憎しみをぶちまけている。

「直接凶器を振るったわけでもない大坂雪蔵さんが廃業したことで、三百年の伝統がついえた。それを知った私は涙し、父親の仏前で号泣しました。またＬＧＢＴ、またレインボーカラーにやられたと！　またあいつらが日本古来のかけがえのないものを踏みにじっていったと！」

実家は明治初期に開業した銭湯だった、と男性は訴える。

「震災や戦争のたびに煙突を破壊されながらも、なんとか乗り越えて営業を続け、地域の人々の憩いの場として歴史を刻んできた。それを廃業に追い込んだのは、お前たちＬＧＢＴだ！　ぽつぽつとゲイと思しき人が来ていると思ったら、ネットの掲示板でうちの銭湯の名前が最高のハッテン場として勝手に取り上げられていた。あんたらの仕業だろ！」

数多《あまた》のゲイが、その日限りの性行為を楽しむためだけに、集まるようになってしまったらしい。男性は方々を指さし、糾弾を続ける。

「こいつらは一般の人々の目の前で性行為をし、ときに、一般の人の体を触って逃げる。警察だってなにもしてくれなかったじゃないか！」

男が、制服姿の警察官たちを順ぐりに指さしていく。警察はゲイのこの行為について、現行犯でないと逮捕できない。逮捕できたとしても、よほど悪質でない限りは不起訴処分だ。男は悔しそうに叫ぶ。

「そのうち一般の人々は寄り付かなくなって、私の店は廃業してしまった。お前らが、明治時代から続いた大事な家業を踏みにじったんだ！」

琴音は男性の元に駆け寄った。説得を試みる。

「一部の悪質な性的マイノリティの罪を、二丁目全体にかぶせるのは間違っています」

「私が否定しているのは悪意あるLGBTだけじゃない。自分は弱者だ、いい人間だという顔でLGBTであることを公言する全ての人間を、私はここで、否定する！」

琴音は絶句した。凄まじい差別発言が、公の場で、正義面した人間の口から出る。それはもう、恐怖だった。男がなおも琴音を挑発する。

「男女のあるべき姿を否定し、個を優先するのが間違っている。あんた、いまの歌舞伎町は昔、なんていう町名だったか知っているか」

「角筈や三光町《さんこうちょう》などです」

「そうだよ。どうして歌舞伎町になったか、知っているか！」

「もちろんです。空襲で焼け野原になり、再開発が進んだあの一帯に歌舞伎座を誘致しようとしたのがきっかけです。それと二丁目になんの関係が――」

「歌舞伎は街の名前にすらなるほどに文化的価値のあるものだということだ。それからあんた、殺傷事件の負傷者に、コスプレしたのがいたろ」

映画『スター・ウォーズ』のアミダラ女王の恰好をした女性の例を挙げる。

「あれはもともと歌舞伎役者をイメージして作られたもので、演じた海外の女優だって歌舞伎役者の所作を真似たと公言している。歌舞伎という伝統は、そこまで日本人の意識に根差し、世界の人々を魅了するものなんだ！」

人差し指でいちいち鼻先を指さされ、まくしたてられる。

「伝統を否定して個を優先するくせに、ＬＧＢＴのパーティでは伝統を真似て楽しみだけを享受する。そんな都合のいい話があるか！」

琴音は反論できなくなってしまった。

琴音はヘイトスピーチとそれに賛同する喚声を背中に受けながら、路地を回った。退散に等しい。わざわざ現場に飛んできて、当事者に止められてもなお、議論をふっかけたのに――。『風俗と共に去りぬ』の勝手口の前を通りかかる。扉の隙間から明かりが漏れていた。

ドアノブをひねり、勝手口から中に入る。事務室のデスクに、お菓子と煙草、缶ビールが供えられていた。位牌《いはい》もある。静乃のものだ。遺骨と位牌は最近まで、捜査本部の祭壇にあった。無縁仏だったが、六花が預かったと聞いた。ここに一日置いていたようだ。

店舗スペースは明かりがついていなかった。事務室から漏れる照明の光だけが頼りだ。埃《ほこり》っぽかった。手入れする人を失い、全体的に色あせてみえる。

床の上にひとり、あぐらをかいて座る人がいた。

六花だ。

扉とシャッターで遮られていたとしても、すぐ目の前のヘイトスピーチは聞こえてくる。六花はそれを、村下のように単なる一つの事実として受け止めることはできないようだった。

泣いている。

見ず知らずの人から発せられるヘイトスピーチを、彼らの悪意ごと、受け止めてしまう。

彼女も自宅から飛んできたらしい。ノーメイクらしく、その横顔は虎太郎よりも幼く見えた。

琴音はただ六花の隣に寄り添う。ＬＧＢＴは消えろというシュプレヒコールを、六花の代わりに受け止めてやらねばと思った。膝を抱えて六花の横に座り、彼女の手を握りしめる。気がつけば、六花は泣き止んでいた。琴音を、じっと見つめている。

琴音は、ぽろり、と呟いた。

「どこへ行けばいいんだろうね」

敦に叩きつけた紙切れのことを思い出す。スカッとした。だが、虎太郎を思うと、気が狂いそうになる。

《私が我慢すれば、全ては丸く収まる》

そしてサチエは、暴発した。

琴音は――。

誰かが琴音の髪を撫でていた。

六花だ。

「もっかい、言って……。さっきの言葉」

「どこへ行けばいいんだろうね」

六花が、口の端をきゅっと持ち上げた。

「私の声、好き？」

六花が答えようと、口をほんの少し開けた。琴音はその隙間に、吸い付いた。舌が絡む。六花の唇や舌は、とろけるような柔らかさだった。女同士の味は、こんなにも優しい。

これが、琴音ができる、精一杯の〝暴発〟なのだろうか。六花が顎を引き、言う。

「声、ずっと好きだったよ」

琴音はもう一度欲しがったが、六花は傷ついたような顔をしていた。

「だからって、なんで？」

六花に腕をつかまれ、押し倒された。琴音は少し後頭部を打った。六花は構わず琴音の腹の上に馬乗りになった。ジャージを脱ぎ、長袖Tシャツをあっという間に取り去った。乱暴だった。女同士らしい優しさ、癒し、わちゃわちゃした楽しい感じ――女同士の性行為にイメージしていたものなんて、かけらもなかった。

琴音はどうしていいのかわからず、ただ背中に感じる床のリノリウムの冷たさを意識した。六花を傷つけてはいけないし、愛を伝えた責任を果たさねばならないし、なにより——新しい世界が欲しい。男に消耗させられるだけの世界は、もう、いやなのだ。

絶叫するようなスピーチが聞こえてきた。

『LGBTなんかそもそも存在しない。社会に適合できないからといって、性別を言い訳にして逃げている弱虫集団だ！』

促されてもいないのに、琴音はブラウスのボタンを外し、スラックスのホックに手をかけた。六花に手をつかまれた。六花は上下黒い下着姿になっていた。筋肉質でほっそりとした体は若い獅子《しし》のようだが、ボリューム感ある両乳房は違和感なく六花の体に収まっている。両手首をつかまれ、頭の上に持っていかれた。琴音は無防備で、不安な気持ちになる。

六花に押さえつけられて初めて、自分が寒さではないものでブルブル震えていることを悟る。

ブラウスのボタンを外される。肌着を首まで上げられた。背中に六花の手が回り、簡単にホックが外された。どうやればいいのか、どう応《こた》えればいいのか全然わからない。身を任せていればいいのか。気がつけば身に着けていた物が全部、裸の体の脇で山を作っていた。事務室から差し込む光が、窓に山脈のような影を作る。

棚に飾られた色とりどりの性玩具が目に入った。卑猥で下品な商品棚だった。これを使った息子を罵り、殺された母親がいたことを思い出す。琴音の母も、天国から娘のしようとしている非道徳的で非伝統的な行為を——。

打ち消す。琴音は目を閉じた。

覚悟を決める。母はいない。だが、息苦しくなってきた。蛇が——。

耳の後ろに垂れ下がっていた蛇が、いま、首に絡みついているようだ。窒息しそうなほどに苦しい。恐怖がせりあがってくる。震えが止まらなくなった。早く六花に来てほしい。めちゃくちゃに愛して、私をゆるしてほしい。苦しみながら必死に願った。

六花は、来なかった。

目を開ける。全裸の琴音の横に、六花は膝立ちになっている。しげしげと、琴音の顔を眺めていた。冷たく言い放つ。

「怖いでしょ。女に抱かれるのが」

「……………」

「良妻賢母の道から外れるようなことをいましようとしていて、怖くて仕方ない。いま頭の中を駆け巡っているのは誰の顔。夫？　息子？　それとも死んだ母親？」

琴音は言い返そうと、身を起こした。六花が腹の上に馬乗りになり、琴音の顎をつかみあげた。

「あんたには、無理」

「え………」

「古い価値観と男女差別で頭がガチがちになったあんたには、私の世界に来ることは無理」

「そんなこと――」

「あんた、L署に来てから謝ってばかりだったでしょ。仕事抜けてごめんなさい、遅れてごめんなさい、子供を預けっぱなしでごめんなさいって。いろいろ理由つけて謝ってるけどさ、ホント、誰に対して謝ってるの？」

琴音は言い返せず、考えてしまった。

「誰もあんたのことを責めてない。見留署長も村下さんも木島さんも、子育て中の女性を幹部として迎え入れる覚悟を決めてた。捜査本部に入った管理官だって、あんたが常駐できないことをわかっている。誰も謝れなんて言ってないし、あんたのことを悪い女だとも思ってない。虎太郎だってそうでしょ？　刑事やってるお母さんをかっこいいって、応援したいって言ってたよ」

まくしたてた六花は、もう一度訊くよ、と強く出た。

「なんで謝るの？　誰に対して謝ってるの？　みんな理解していて、あんたを応援しているのに、あんたの耳にはそれがひとつも入っていない！」

琴音はただ茫然《ぼうぜん》と、六花の言葉を、聞いた。

「あんたは、死んだ母親に謝ってるの。お母さんの理想通りの娘になれず、ごめんなさいって、あんた自身に謝っているの。あんた自身が、母親はこうあるべきだ、女性はこうあるべきだというゴリゴリの価値観の中で生きている証拠だよ！　あいつらみたいに！」

六花が、扉とシャッターの向こうを、強く、指さした。シュプレヒコールが流れてくる。

『ＬＧＢＴは日本の伝統を壊すな！』

琴音は悲鳴を上げた。パニックだった。琴音は六花にすがりついた。髪を乱暴につかみ、泣いて懇願する。

「切って。この髪を切って。この三つ編み嫌なの。お願い切って。切って。私はあなたを愛したい。隣にいたいの。髪を――」

髪を掻きむしり、引っ張り、涙と鼻水を無様に垂れ流す。泣き崩れた。

わかっている。

私はたぶん、空を飛べない。

ピーターパンの真似をした途端、落ちて死ぬ。

どれだけ泣いたか。

頭に、すうっと指が滑る感触がある。頭を撫でられているようでいて、ちょっと、違う。

六花の指が、琴音の髪の隙間に入っていた。彼女の指が、心地よく、琴音の髪の波間を滑っていく。荒れ狂う波を制しようとする力強さはない。むしろ、それに身を任せるしなやかさがある。六花の指が、琴音の海を、そういうふうに、なだめている。

六花は手ぐしで、琴音の、少し大人しくなった髪を、真ん中から二つに分ける。

六花が髪を束に分けた。三つの束をねじり、かさね、まとめていく。耳の下からさらさらと髪が触れ合う、優しい音がした。

「六花」

「うん」

「なにを編んでるの」

「愛」

主な参考文献

『セクシュアルマイノリティ第3版　同性愛、性同一性障害、インターセックスの当事者が語る人間の多様な性』　セクシュアルマイノリティ教職員ネットワーク／編著　明石書店
『現地レポート　世界LGBT事情　変わりつつある人権と文化の地政学』　フレデリック・マルテル／著　林はる芽／訳　岩波書店
『13歳から知っておきたいLGBT＋』　アシュリー・マーデル／著　須川綾子／訳　ダイヤモンド社
『はじめよう！SOGIハラのない学校・職場づくり　性の多様性に関するいじめ・ハラスメントをなくすために』　「なくそう！SOGIハラ」実行委員会／編　大月書店
『日本と世界のLGBTの現状と課題　SOGIと人権を考える』　LGBT法連合会／編　かもがわ出版
『同性愛は「病気」なの？　僕たちを振り分けた世界の「同性愛診断法」クロニクル』　牧村朝子　星海社新書
『百合のリアル』　牧村朝子　星海社新書

『百合のリアル　増補版』牧村朝子　小学館
『新宿二丁目の文化人類学　ゲイ・コミュニティから都市をまなざす』砂川秀樹　太郎次郎社エディタス
『新宿二丁目』伏見憲明　新潮新書
『新宿「性なる街」の歴史地理』三橋順子　朝日新聞出版
『平成新宿　歌舞伎町・新宿ゴールデン街・大久保コリアンタウン』権徹　若葉文庫ムック
『いまこそ行きたい！　新宿ゴールデン街　最新版』新宿～御苑～四谷タウン誌「ＪＧ」編集部／編
Ｈ14ＪＧムック
『コツがわかる本　歌舞伎キャラクター絵図　厳選53演目の見方・楽しみ方　新版』
辻村章宏／イラスト・解説　「江戸楽」編集部／編著　メイツ出版
『歌舞伎のびっくり満喫図鑑』君野倫子／著　市川染五郎／監修　小学館
『ヘイトデモをとめた街　川崎・桜本の人びと』神奈川新聞「時代の正体」取材班／編　現代思潮新社

解説

東《あづま》　えりか（書評家）

警察小説の人気はますます盛り上がっている。その理由のひとつが女性作家の活躍だと思っている。柴田《しばた》よしき、高村薫《たかむらかおる》、乃南《のなみ》アサなどのベテランはもとより、「孤狼の血」シリーズの柚月裕子《ゆづきゆうこ》、「法医昆虫学捜査官」シリーズの川瀬七緒《かわせななお》、元白バイ隊員で「女副署長」シリーズの松嶋智左《まつしまちさ》など、独特の視点から描いた物語がとても魅力的なのだ。

なかでも吉川英梨《よしかわえり》はいま断トツに面白い警察小説を書くと評判が高い。二人の子供を持つ女性捜査官を描いた「原麻希《はらまき》」シリーズをはじめとした警察小説の数々は多くのファンを集めている。

センシティブな政治や社会問題を取り上げ、優等生ではない視点や行動も否定することなく描く。その人にとっての正義は社会通念に沿わなくてもいい、というリアルな人間の姿を突き付けてくるのがこの作家の魅力だ。

その吉川英梨が今回の小説で選んだ舞台は新宿二丁目、三丁目、そして歌舞伎《かぶき》町という歓楽街。この場所を重点的に管轄する架空の「警視庁新宿特別区警察署」はゴールデン街の南側に隣接した花園神社の裏側にあり、管轄エリアの地図上の形から「新宿L署」と呼ばれることもある。

主人公の新井《あらい》琴音《ことね》警部は三十九歳。この新宿特別区警察署に刑事課長代理として赴任する朝、小学校三年生の息子、虎太郎《こたろう》がインフルエンザで熱を出した。夫で警視庁本部刑事部捜査一課の警部補である新井敦《あつし》は、病気の息子を琴音に押し付け、先に出勤してしまう。ムカつく琴音だが、ふたりは警察学校の同期夫婦。今は琴音の方が階級が上になったため、夫婦間に隙間風が吹きはじめている。

虎太郎を敦の姉に預け、新勤務地に大幅に遅刻した琴音を待っていたのは、アディダスの赤いジャージに黒のタイトスカート、ヒールが十センチ近くある黒革のブーツを履き黒いダウンコートを羽織った女だった。派手ないで立ちで横柄な言葉遣いの堂原六花《どうばらりっか》巡査部長は琴音の部下で、現在三十五歳。レズビアンであると公言している。

その六花によると、歌舞伎町一丁目のホテルで殺人事件があったという。ただちに現場に向かう琴音。現場検証の立ち合いには間に合った。

殺されたのは鳥取県に住む中尾美沙子《なかおみさこ》、四十三歳。スーツケースに半身を突っ込んだ全裸状態で発見された。死体発見直後、従業員がノコギリを持った男に襲われたが、その男は凶器を持ったまま逃走中だ。犯人は同宿していた十八歳の息子、尚人《なおと》だったのか？　なぜか部屋には男性用性玩具《がんぐ》が残されていた。

現場には琴音の直属の上司にあたる村下久徳《むらしたひさのり》刑事課長も臨場していた。歌舞伎町の鬼刑事と囁《ささや》かれる強面《こわもて》だが、なぜか六花には非常に甘い。

死体を発見した従業員に事情聴取している木島昇介《きじましょうすけ》刑事は敦と琴音の仲人《なこうど》でもある。しかし琴音は今年五十歳になるベテラン刑事、木島の階級も越してしまった。

現場検証後、所轄署に捜査本部が設置される。土地勘をつけるため琴音は六花とともに管轄内をまわることになった。六花は、高校時代から通い詰めたこの界隈《かいわい》のちょっとした顔だ。刑事としての才能を見抜かれ、村下が警察官にスカウトしたのだ。

管内の道は狭く、新宿通りや靖国《やすくに》通りはすぐに渋滞する。駐車場を見つけるのも一苦労。だから、ふたりは自転車で疾走する。戦前戦後のこのあたりの歴史にも詳しい六花からL署付近の成り立ちを教えられる琴音。性玩具の出所も六花の知り合いである雑貨店だった。

その夜、新宿二丁目のイベントスペースでまたしても殺人事件が勃発《ぼっぱつ》した。今度は無差別殺傷事件だ。現場の階下にはたまたま六花と飲んでいた木島に合流した敦がいた。

殺されたのはスカーレット・オハラの仮装をした六花の友人で、さっき会ったばかりの雑貨店の店長。犯人は自分の顔を出刃包丁でめちゃくちゃに切り刻んだ後、自殺した。

二つの事件は同一犯なのか。動機は、目的は、何か。ＬＧＢＴが多く集まるこの場所の事件なら、思想犯やヘイトクライムも考えられる。関係者は三百人以上だが、ほとんどが人に知られることを恐れて逃げた。お互いの身元もほとんど知らない。外では公にできない性的マイノリティたちがたどり着いた束《つか》の間のオアシスがこの新宿二丁目という場所なのだ。

難航する捜査の突破口はいつも六花だ。裏の事情に詳しく、長くこの街に馴染《なじ》み、情報を取ることに長《た》けている。六花は彼らの屈折した深層心理を推理し行動を分析していく。手続きを踏まえ、正当な捜査を真正面から生真面目に行う琴音との異色のコンビの誕生だ。反発し合いつつ、お互いの欠点を補いながら真実に向かって少しずつ近づいていく。

もう十分頑張っているのに「女性はもっと活躍せよ」、と政府は言う。子どもを持つ母は仕事を優先させることが難しいということも、もはやまちがった常識ではないのか？　能力を認められ地位や階級が上がったとしても、母として子を守ることと、仕事とを比較することはできるのだろうか。

有能な女性ほど悩み苦しむ。パートナーと出会い子供を持ちたいと願いながら、仕事では誰よりも「出来る」人になりたい。

性的マイノリティとひとくくりにされる人たちの心はさらに複雑だ。それぞれの持つ性の自己認識は千差万別。彼らの中でさえお互いに理解できない心と身体を持っている。最近ではさらに細分化した性的多様性を認めようと叫ぶ人々も、自らが持つ本当の〝性〟を自覚しているのだろうか。

事件の原因も、また解決の手掛かりも「性の多様性」に起因していた。同じ時代に暮らす人間同士、お互いを認めることができないのならば、せめて生きる邪魔をしないことが平和に過ごすための一歩だと思っているのだけど間違いなのか？

ここ数年はカッコイイ女性たちがコンビを組んだ、痺《しび》れる女性バディ小説がたくさん登場した。本書と同年に発売された藤野《ふじの》可織《かおり》『ピエタとトランジ〈完全版〉』、第１６８回の直木賞候補となった一穂《いちほ》ミチ『光のとこにいてね』、70代女性二人の逃避行を描く井上荒野《いのうえあれの》『照子《てるこ》と瑠衣《るい》』など、痛快な小説がめじろ押しだ。それに続く吉川英梨『新宿特別区警察署　Ｌの捜査官』もぜひ堪能《たんのう》してほしい。

＊本稿は単行本刊行時の二〇二〇年十二月、ＫＡＤＯＫＡＷＡ文芸ＷＥＢマガジン「カドブン」に公開された書評に、加筆修正して収録したものです。

本書は、二〇二〇年十一月に小社より刊行された
単行本を加筆修正のうえ、文庫化したものです。

新宿《しんじゅく》特別《とくべつ》区《く》警察署《けいさつしょ》　L《エル》の捜《そう》査《さ》官《かん》

吉川《よしかわ》英梨《えり》

令和６年２月25日　初版発行

発行者●山下直久

発行●株式会社KADOKAWA
〒102-8177　東京都千代田区富士見2-13-3
電話　0570-002-301（ナビダイヤル）

角川文庫 24031

印刷所●株式会社暁印刷
製本所●本間製本株式会社

表紙画●和田三造

ISBN 978-4-04-114731-3　C0193

◇◇◇

角川文庫発刊に際して

角川源義

第二次世界大戦の敗北は、軍事力の敗北であった以上に、私たちの若い文化力の敗退であった。私たちの文化が戦争に対して如何に無力であり、単なるあだ花に過ぎなかったかを、私たちは身を以て体験し痛感した。西洋近代文化の摂取にとって、明治以後八十年の歳月は決して短かすぎたとは言えない。にもかかわらず、近代文化の伝統を確立し、自由な批判と柔軟な良識に富む文化層として自らを形成することに私たちは失敗して来た。そしてこれは、各層への文化の普及滲透を任務とする出版人の責任でもあった。

一九四五年以来、私たちは再び振出しに戻り、第一歩から踏み出すことを余儀なくされた。これは大きな不幸ではあるが、反面、これまでの混沌・未熟・歪曲の中にあった我が国の文化に秩序と確たる基礎を齎らすためには絶好の機会でもある。角川書店は、このような祖国の文化的危機にあたり、微力をも顧みず再建の礎石たるべき抱負と決意とをもって出発したが、ここに創立以来の念願を果すべく角川文庫を発刊する。これまで刊行されたあらゆる全集叢書文庫類の長所と短所とを検討し、古今東西の不朽の典籍を、良心的編集のもとに、廉価に、そして書架にふさわしい美本として、多くのひとびとに提供しようとする。しかし私たちは徒らに百科全書的な知識のジレッタントを作ることを目的とせず、あくまで祖国の文化に秩序と再建への道を示し、この文庫を角川書店の栄ある事業として、今後永久に継続発展せしめ、学芸と教養との殿堂として大成せんことを期したい。多くの読書子の愛情ある忠言と支持とによって、この希望と抱負とを完遂せしめられんことを願う。

一九四九年五月三日

角川文庫ベストセラー

警視庁53《ゴーサン》教場　吉川英梨

捜査一課の五味のもとに、警察学校教官の首吊り死体発見の報せが入る。死亡したのは、警察学校時代の仲間だった。五味はやがて、警察学校在学中の出来事が今回の事件に関わっていることに気づくが――。

偽弾《ぎだん》の墓　警視庁53《ゴーサン》教場　吉川英梨

警察学校で教官を務める五味。新米教官ながら指導に奮闘していたある日、学生が殺人事件の容疑者になってしまう。やがて学校内で覚醒剤が見つかるなどトラブルが続き、五味は事件解決に奔走するが――。

聖母の共犯者　警視庁53《ゴーサン》教場　吉川英梨

府中警察署で脱走事件発生――。脱走犯の行方を追っていた矢先、卒業式真っ只中の警察学校で立てこもり事件も起きて……あってはならない両事件。かかわる人々の思惑は⁉　人気警察学校小説シリーズ第3弾！

正義の翼　警視庁53《ゴーサン》教場　吉川英梨

府中市内で交番の警官が殺された――。事件を追っていた矢先、過去になく団結していた53教場内で騒動が……警官殺しの犯人と教場内の不穏分子の正体は？各人の思惑が入り乱れる、人気シリーズ第4弾！

カラスの祈り　警視庁53《ゴーサン》教場　吉川英梨

捜査一課の転属を断り警察学校に残った五味は、窮地に立たされていた。元凶は一昨年に卒業をさせなかった〝あの男〟――。53教場最大のピンチで全員〝卒業〟は叶うのか⁉　人気シリーズ衝撃の第5弾！

角川文庫ベストセラー

警視庁文書捜査官　麻見和史

警視庁捜査一課文書解読班——文章心理学を学び、文書の内容から筆記者の生まれや性格などを推理する技術が認められて抜擢された鳴海理沙警部補が、右手首が切断された不可解な殺人事件に挑む。

緋色のシグナル　警視庁文書捜査官エピソード・ゼロ　麻見和史

発見された遺体の横には、謎の赤い文字が書かれていた——。「品」「蟲」の文字を解読すべく、所轄の巡査部長・鳴海理沙と捜査一課の国木田が奔走。文書解読班設立前の警視庁を舞台に、理沙の推理が冴える！

永久囚人　警視庁文書捜査官　麻見和史

文字を偏愛する鳴海理沙班長が率いる捜査一課文書解読班。そこへ、ダイイングメッセージの調査依頼が舞い込んできた。ある稀覯本に事件の発端があるとわかり作者を追っていくと、更なる謎が待ち受けていた。

灰の轍　警視庁文書捜査官　麻見和史

遺体の傍に、連続殺人計画のメモが見つかった！　さらに、遺留品の中から、謎の切り貼り文が発見され——。連続殺人を食い止めるため、捜査一課文書解読班を率いる鳴海理沙が、メモと暗号の謎に挑む！

影の斜塔　警視庁文書捜査官　麻見和史

ある殺人事件に関わる男を捜索し所有する文書を入手せよ——。文書解読班の主任、鳴海理沙に、機密命令が下された。手掛かりは1件の目撃情報のみ。班解散の危機と聞き、理沙は全力で事件解明に挑む！

角川文庫ベストセラー

罪火　大門剛明

花火大会の夜、少女・花歩を殺めた男、若宮。被害者の花歩は母・理絵とともに、被害者が加害者と向き合う修復的司法に携わり、犯罪被害者支援に積極的にかかわっていた。驚愕のラスト、社会派ミステリ。

確信犯　大門剛明

かつて広島で起きた殺人事件の裁判で、被告人は真犯人であったにもかかわらず、無罪を勝ち取った。14年後、当時の裁判長が殺害され、事態は再び動き出す。事件の関係者たちが辿りつく衝撃の真相とは⁉

逸脱　捜査一課・澤村慶司　堂場瞬一

10年前の連続殺人事件を模倣した、新たな殺人事件。県警を嘲笑うかのような犯人の予想外の一手。県警捜査一課の澤村は、上司と激しく対立し孤立を深める中、単身犯人像に迫っていくが……。

歪　捜査一課・澤村慶司　堂場瞬一

長浦市で発生した2つの殺人事件。無関係かと思われた事件に意外な接点が見つかる。容疑者の男女は高校の同級生で、事件直後に故郷で密会していたのだ。県警捜査一課の澤村は、雪深き東北へ向かうが……。

執着　捜査一課・澤村慶司　堂場瞬一

県警捜査一課から長浦南署への異動が決まった澤村。その赴任署にストーカー被害を訴えていた竹山理彩が、出身地の新潟で焼死体で発見された。澤村は突き動かされるようにひとり新潟へ向かったが……。

角川文庫ベストセラー